세뇌당한 뒤
행방불명되었던
스우와 감동의 재회……?!

"오라버니이이이이이이!!!!"

저미입니다만, 문제라도? 15

저자 바바 오키나
일러스트 키류 츠카사

contents

메라조피스

제4군 군단장

집사로서 케렌 가문을 섬기는 인족이었다. 하지만 궁지에 처했을 때 소피아에게 물려 흡혈귀로 변화했다. 극진하게 섬기던 케렌 영주 부부가 사망한 지금은 오직 소피아를 보호하기 위해서 목숨 바쳐 노력을 거듭하고 있다.

규리에디스트디에스

제9군 군단장

세계 및 시스템을 관리하는 관리인 중 한 사람이며 신이다. 그 권능으로 용(龍)과 용(竜)을 휘하에 거느리고 있다.

페르미나

제10군 군단장

본래 소피아가 다니던 학원의 학생이었다. 다만 이런저런 풍파의 끝에 약혼자를 빼앗겼고, 게다가 학원에서 쫓겨났고, 가문에서도 절연당하고 말았다. 가문의 이름을 잃은 페르미나를 시로가 주워다가 훌륭한 밀정으로 키워 냈다.

퍼펫 타라텍트 시스터즈

퍼펫 타라텍트. 소녀로 보이는 외모는 인형이며, 본체는 작은 거미형의 마물. 인형 안에서 몸을 조종한다. 아리엘 직속의 권속이었지만, 지금은 시로를 잘 따른다.

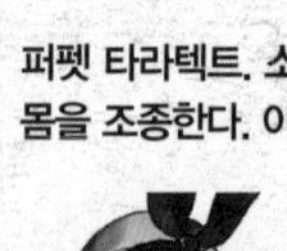

아엘

아무진 아이이면서 깍쟁이 기질도 있는 장녀 비슷한 존재.

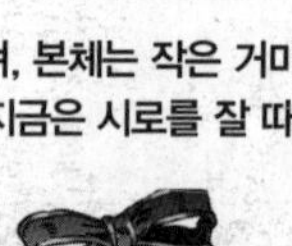

리엘

괜히 허공을 쳐다보거나 기행을 저지르는 등 수수께끼가 많다.

사엘

명령받은 것 말고는 아무것도 못 한다.

피엘

장난을 좋아하고 붙임성 좋은 명랑한 아이.

아리엘

마왕

포티머스의 불사 연구 실험 중 만들어진 인간과 거미의 키메라. 포티머스의 연구소에서 구출받은 뒤 여신 사리엘의 고아원에서 자랐으나 스스로 만든 독소가 몸을 해쳤던 탓에 병약했다. 당대 마왕으로 취임 후 포티머스를 죽이기 위해 차근차근 준비를 진행했었지만, 엘로 대미궁에 갑자기 나타났던 수수께끼의 거미 때문에 애를 먹다가 최종적으로 함께 싸우는 길을 선택한다.

시로

제10군 군단장

진명 시라오리. 통칭 시로. 일본의 고등학생이었던 기억을 지닌 전생자이며 전세의 기억은 와카바 히이로. 엘로 대미궁에서 삶을 시작한 이후 수많은 생존 경쟁을 극복한 결과, 인간에게는 『미궁의 악몽』이라며 두려움을 샀고, 마왕 아리엘을 난감하게 만들었던 당사자. 대륙을 파괴한다는 강력한 폭탄 에너지를 흡수함으로써 신화를 이루어 냈다.

소피아 케렌

흡혈귀

사리엘라 국 케렌 영주의 외동딸. 전세의 이름은 네기시 쇼코. 전세에서는 「리호코(리얼 호러 코)」라는 별명으로 불리며 반 학생들이 무서워할 만큼 음침한 인물이었다. 현세에서는 이 세계에는 이미 존재하지 않는 흡혈귀 진조로서 태어났다.

라스

제8군 군단장

전세의 이름은 사사지마 쿄야. 고블린으로 다시 태어나서 행복하게 살아가던 중 제국군의 습격을 받아 마을도 가족도 모든 것을 잃어버렸다. 그 후 자아를 잃고 각지에서 폭주하던 처지에서 아리엘과 시로에게 구출을 받아 마족군 소속으로 합류한다. 전세에서는 용사 슈레인과 친우였지만, 지금은 입장상 적대 관계에 있다.

❖ 전생자

유리

성녀 후보

성 아레이우스 교국의 성녀 후보. 전세의 이름은 하세베 유이카. 신언교에 경도된 상태이며 포교에도 열심이다. 전세 때부터 슌에게 호의를 갖고 있었고 현세에서도 그 마음은 변함이 없다.

유고

렝잔드 제국의 왕태자로 다시 태어난 전생자. 전생 전 이름은 나츠메 켄고. 제국 내부의 분쟁에 큰 영향을 받아 성격이 비뚤어졌고, 거만한 태도를 취하게 됐다. 시로의 꼭두각시가 되어 애너레이트 왕국 전복 및 엘프의 마을 침공을 지휘했다.

쿠니히코/아사카

전세의 이름은 타가와 쿠니히코, 쿠시타니 아사카. 전세부터 소꿉친구였는데 현세에서도 소꿉친구. 마족령과 가까운 인마 완충 지대의 용병 마을에서 태어나 자랐지만, 갑자기 들이닥쳤던 마족 메라조피스가 일족을 괴멸시켰다. 모든 것을 잃은 두 사람은 전세의 이름을 내세워서 모험가가 됐다. 모험가 중 꽤나 유명한 실력자.

쿠도 사치

예전에는 반장이었던 아이. 지금은 엘프의 마을에 끌려와 갇힌 전생자들의 중재자 역할. 어리고 어린 시절에 부모의 손에 팔려서 엘프의 마을로 오게 되었다. 전세에서는 담임인 오카 쌤과 사이가 좋았지만, 마을을 못 벗어나는 감금 생활 때문에 지금은 불신감과 적의를 품고 있다.

쿠사마 시노부

신언교에 소속되어 밀정 활동을 담당하고 있다. 강한 사람에게는 적극 수그러들자는 정신으로 전세 때부터 심부름꾼 체질이었다. 엘프의 마을 공방전에서는 전이진을 마검으로 파괴하는 역할을 담당했다.

슌

용사

애너레이트 왕국 제4왕자로 다시 태어난 전생자. 전세의 이름은 야마다 슌스케. 전세에서는 어떤 분야에서도 평균적인 남학생이었지만, 현세에서는 왕자로 다시 태어난 데다가 또한 용사라는 칭호까지 계승한 까닭으로 격동의 인생을 보내게 된다. 존경하는 형이자 선대 용사였던 율리우스의 발자취를 좇고 있다.

카티아

남자 고등학생에서 공작가의 영애로 다시 태어난 전생자. 전세의 이름은 오오시마 카나타. 유고가 손을 쓴 세뇌를 자기 목숨을 끊음으로써 해제했고, 그때 슌이 목숨을 구해주었다. 그 사건을 계기로 몸과 마음 모두 여자로서 살아가겠다는 결단을 내려 지금은 어엿한 슌의 본처 위치를 획득.

페이

지룡으로 다시 태어난 전생자. 전세의 이름은 시노하라 미레이. 슌과 계약을 맺은 뒤 지룡에서 광룡으로 진화했다. 인간화 능력을 써서 인간의 형태를 취하는 때가 많지만, 전투력은 광룡일 때와 마찬가지인지라 기본 능력치만 두고 보자면 슌보다 강할지도 모른다.

필리메스

슌을 비롯한 전생자들의 담임이었던 오기지키 카나미 선생님. 엘프로 다시 태어나서 어린 시절부터 학생들을 보호하기 위해 사력을 다하며 바삐 뛰어다녔다. 포티머스의 지배 영역에 속한 엘프의 마을에서 태어나 자랐던 터라 「관리자는 적」이라는 관점이 머릿속에 깊숙이 박혀 있다.

로난트 오르조이

제국 필두 궁정 마도사

과거에 『미궁의 악몽』이 구사하는 마법을 목격하고 반한 뒤 단신으로 엘로 대미궁에 뛰어들어서 스승이라 소리치기까지 했던 변태. 아무튼 인족 최강의 마도사임은 틀림없다. 엘프의 마을 공방전에서 포티머스의 병기와 대치하여 살아남은 몇 안 되는 맹자 중 한 명. 그때 퍼펫 타라텍트 시스터즈와 함께 싸우며(?) 사이가 돈독해졌다.

하이린스 쿼트

애너레이트 왕국 쿼트 공작가의 차남. 율리우스의 소꿉친구이자 용사 파티의 일원이었다. 율리우스가 사망한 후는 슌의 파티에 참가하여 큰형님처럼 엘프의 마을까지 이끌어준다. 진짜 정체는 규리에디스트디에스의 분체.

스우

애너레이트 왕국 제2왕녀. 슌의 이복 여동생. 슌에게 접근하는 인물 전원을 얼어붙을 듯한 시선으로 죽이려 드는 극도의 브라콤. 슌의 생명이 천칭에 올라갔을 때 시로의 협력자가 된다.

전권 줄거리

story

불사, 오직 자신의 소망을 이루기 위해 MA에너지를 대량 소비하며 세계를 멸망으로 이끌었던 포티머스. 세계의 해악인 포티머스와 놈의 지배하에 있는 엘프를 멸하기 위해 마왕 아리엘 휘하의 마족군은 제국군을 방패막이 삼아서 엘프의 마을을 침공했다. 마족군의 침공을 미리 예상했던 포티머스는 전장에 비밀 병기를 투하. 제국군 병력은 엘프와 함께 속절없이 도륙당했다. 그러나 시로의 활약 덕택에 병기들은 모조리 파괴되었고, 혼자서 다른 별로 도망치려고 했던 포티머스 본인도 아리엘의 손에 의하여 결국 최후를 맞이했다.

❖ 엘프

포티머스

엘프의 마을의 족장. 시스템 구축 전부터 쭉 살아왔었고, 세계를 붕괴 직전까지 몰아넣은 계기를 만들었던 원흉. 단 하나의 목적, 불사에 이르기 위해 수단을 가리지 않고 각지에서 암약했다. ……다만 시로라는 이레귤러의 앞에서 결국 무대 바깥으로 퇴장하게 된다.

❖ 신언교

더스틴 61세

신언교 교황

사후 기억을 계승하여 다시 태어나는 효과를 가진 스킬의 소유자. 시스템 구축 전부터 현대까지 장대한 기억을 보유하고 있으며 인족을 구원하기 위해, 세계를 구원하기 위해 수많은 세대를 건너 인생을 소모하고 있다.

❖ 여신

사리엘

이탈자 천사. 신언교에서는 신언의 신, 여신교에서는 여신이라 호칭하고 있는 인물. 세계를 붕괴로부터 구원하기 위하여 제 몸을 바쳐서 시스템의 중추가 되었고, 온갖 고통을 감내하며 시스템을 존속시키고 있다.

❖ 관리자

관리자

사신

어러 신들 중 특히 강력한 힘을 보유한 최상위 신의 일좌. 재미있다면 어떻게 되든 만족한다. 이야기를 휘저을 대로 휘저어 놓고 자신은 방관하는 최악의 훼방꾼.

1 새로운 아침

안녕하신가요.

아침이에요.

유감스럽게도 상쾌하다는 형용사는 못 붙여주겠지만.

내가 하룻밤 잔 곳은 엘프의 마을 안에서 무사했던 집.

이야기에 자주 나오는 엘프의 집처럼 나무속에다가 구멍을 뚫어 만드는 트리 하우스.

트리 하우스? 응, 뭐, 틀린 표현은 아니야. 아마.

멋져. 판타지~ 팬시~.

그리고 또 메르헨~.

평소 잘 때는 마이 홈에 쏙 틀어박히지만, 이런 광경을 딱 목격하면 나도 하룻밤쯤 묵어보고 싶어지잖아.

다만 유감스럽게도 별로 편안한 마음으로 지내지는 못했다.

그야 전쟁을 치른 다음인걸.

포티머스의 비밀 병기, 성게라든가 삼각추라든가 이것저것 신나게 날뛴 덕분에 원래는 푸른 잎 가득 넘치는 숲이었던 곳이 현재는 쑥대밭.

까놓고 말해서 탄내 나.

쑥대밭이 된 장소에서는 제법 떨어진 곳이지만, 아무튼 냄새가 풀풀 흘러는단 말이야.

게다가 여기도 로봇이랑 강화 로봇이랑 싸움이 벌어졌던 부근이라서 잔해가 아직 막 굴러다니니까.

적 로봇 녀석들은 아마 가솔린 같은 연료를 태워 움직이는 게 아니었을 테니까 기름이 흘러나와서 냄새가 끝내주는 상황은 아니지만, 희미하게 쇳내라든가 그게 눌어붙은 냄새라든가…….

쑥대밭 쪽 냄새랑 비교하면 훨씬 낫지만.

이런 땐 후각 강화가 있는 사람은 진짜 힘들겠네.

나는 신화했을 때 평범한 인간 비슷하게 후각이 떨어졌지만, 예전 상태였다면 이 냄새에 시달리느라 분명 제대로 잠도 못 잤을 거야.

아니, 스킬 오프로 설정하면 그냥 끝나는 문제이기는 한데 말이야.

게다가 여기에 원래 살았을 집주인은 엘프.

이 시점에서 벌써 좀 가슴속이 찝찝해진다.

그뿐 아니라 원래 주인은 우리들 손에 죽어 나갔고.

유령이든 원념이든 딱히 무섭지는 않은데 아무튼 역시 기분이 썩 유쾌하지는 않다.

다시 한마디를 더 보태보자면 피나 내장 비슷한 냄새가, 좀…….

결론, 집의 편안함을 운운하기 전에 시기가 너무 나빠서 못 즐기겠어.

만약 여행을 와서 하룻밤 묵는 입장이었다면 감상이 또 달라졌겠지만, 이런 상황에서는 아무래도 좀.

잠자리도 살짝 불편해서 꿈자리까지 안 좋았고.

겨우겨우 큰일을 하나 끝낸 참이니까 기분 좋게 푹 잠들었다면 좋았을 텐데 말이야.

이때 큰일이라는 게 하필이면 엘프 대학살이니까 역시나 기분 좋게 잠들어서 깨어나기는 힘든가.

엘프의 마을을 쳐서 멸망시키자는 중대사.

최종 목적은 물론 포티머스를 죽이는 것.

이 별이 이렇게나 엉망진창의 상황에 처한 이유는 대부분이 그 자식 때문이었으니까.

얼른 원흉을 작살내서 뒤틀린 상황을 조금이나마 바로잡는다.

이번 작전의 목표였다.

뭐, 다만, 포티머스는 아무래도 마왕이랑 얽힌 게 이래저래 많았잖아.

마왕한테 포티머스의 처분을 양보한 건 솔직히 복잡한 기분이야.

포티머스와 맞붙어서 마왕은 놈의 숨통을 끊고 결국 염원을 이루었다.

그러나 대가는 거대하다.

마왕은 전투의 반동 때문에 거의 싸울 수 없는 몸이 되어버렸다.

그게 전부가 아냐.

오히려 전투력 따위보다 훨씬 더 중요한 문제인데 마왕은 이제 수명이 얼마 안 남은 신세가 되어버렸어.

원래 마왕은 자기 수명을 깨달아서 마왕이라는 자리를 맡았다.

마왕은 육체는 불로(不老)이지만 혼이 이미 한계에 가까운 상태까지 치달았으니까.

그것은 마왕의 스테이터스에 잘 나타나 있다.

마왕의 스테이터스는 스킬을 포함해서 더 이상 변화가 없다.

시스템에 의한 능력치 및 스킬 강화는 쓰러뜨린 상대의 혼 일부를 경험치라는 형태로 흡수해서 자신의 혼에 정착시키는 방식으로 이루어진다.

달리 말하자면 강제적으로 혼을 비대화시키는 셈이지.

그리고 마왕의 혼은 이미 파열 직전의 풍선처럼 빵빵하게 부풀어 오른 상태이고.

따라서 경험치라는 명목의 혼이 들어와도 더 이상 흡수하지 못하는 탓에 능력치나 스킬도 변화하지 않는다.

그리고 이 같은 상태에 처한 마왕의 혼이 경험치를 추가로 더 받아들이기는 불가능하니까.

혼이 깨져서 터져 나가거나, 풍선에 구멍이 뚫린 것처럼 내용물이 새어 나가서 쪼그라들거나.

어떤 형태이든 간에 마왕의 혼은 한계를 맞이했다.

이런 근거로 마왕은 가까운 장래에 본인이 죽을 것이라 예견했었지.

다만 어디까지나 기막힐 만큼 오래도록 살아온 마왕 기준의 가까운 장래이고.

평범한 인간의 기준으로 헤아리자면 분명 아직껏 충분히 많은 시간이 남아 있었는데.

그 시간이 포티머스와 대결하며 쭉 줄어들었다.

지금 마왕은 언제 죽어도 이상할 게 없는 상태였다.

눈에 딱 보이는 탓에 과연 포티머스와 싸우게 놔둔 게 진짜로 잘한 짓이었나 의문이 들어.

아무리 마왕이 신신부탁했어도 단호히 거부하는 게 맞지 않았을까.

다만 그와 동시에 마왕이 포티머스를 맡아준 덕에 나는 쓸데없이 에너지를 낭비하지 않고 해결했다는 계산속이 머릿속에 치고 올라온단 말이지.

마왕이 반쯤 죽어 가면서 얻은 가치 있는 승리인데도 대뜸 숫자로 처리하고자 한다.

이런 태도는 내가 봐도 참 야비하다.

자기혐오.

으응, 뭐, 마음을 다잡도록 하자.

지나간 과거는 바꿀 수 없어.

반성은 한다. 그래도 후회는 하지 않는다.

후회는 곧 지난날의 자신을 부정하는 셈이니까.

무슨 일이 있어도 받아들이고 밑거름 삼아 앞으로 나아가야지.

음, 아무튼.

그럼 앞으로 나아가기 위해 우선은 포로의 상황이나 보고 올까.

이번 전쟁에서 포로로 잡은 인물은 야마다 군을 비롯한 용사 일행.

그리고 이곳 엘프의 마을에서 보호라는 명목의 감금을 당해왔던 전생자들.

아울러 엘프 중 유일한 생존자인 선생님.

이상 끝.

즉 대부분 전생자뿐.

엘프는 싹 죽여버렸잖아.

엘프는 즉 포티머스의 클론을 근간으로 한 종족.

포티머스의 클론이 있고, 거기에 엘프로 개조당한 사람을 더하고, 저들의 자손들이 모여서 엘프라고 불리는 종족을 구성한다.

아마 엘프는 전생자들을 납치하기 이전부터 비슷하게 납치를 저질러왔던 것 같아.

또한 납치해서 데려온 사람을 엘프로 개조한 뒤 포티머스의 클론과 아이를 만들게 했던 거야.

종족 구성원이 포티머스의 클론뿐이면 유전자적으로 편향이 발생하니까.

그렇게 태어난 아이들을 엘프로 키운다.

이 같은 특징 때문에 엘프는 대부분이 포티머스와 혈연관계를 맺게 된다.

종족이랄까, 혈족이네?

뭐, 그런고로 엘프는 싹 근절하는 게 이래저래 좋았어.

예외는 선생님과 하프 엘프.

선생님이야 당연한데 하프 엘프까지 손을 쓰기는 번거로웠거든.

내 눈도 만능은 아니다.

미처 못 살피는 곳도 있고, 깜빡 빠뜨리기도 한다.

가능한 한 엘프는 근절하는 게 좋단 생각을 갖고 있지만, 이곳 엘프의 마을 바깥에 있는 녀석들 전부 다 해치우려면 뼈가 쑤시잖아.

쪼끔은 가만 놔둬도 뭐, 어쩔 수 없음.

그런고로 엘프와 인연을 끊고 바깥세상으로 떠난 녀석들은 무시~.

그러니까 야마다 군 일행에 속한 하프 엘프도 무시하기로 했다.

뭔가 그 하프 엘프는 한번 죽은 것 같기도 하니까 노카운트야, 노카운트.

죽었다가 살아났으니까 넘어가자고.

그 탓에 야마다 군이 털퍼덕 쓰러졌었지만 난 몰라!
모른다!
어떻게 돼도 몰라요!
응.
야마다 군이 어떻게 되었을지 조금 무섭지만 확인은 꼭 해야겠지?
아마 야마다 군이 픽 쓰러졌던 게 내 탓이니까~.
대충 알잖아?
아마 금기가 10레벨로 오른 탓이지?
어떡하지, 금기에 시달려서 성격이 확 바뀌어버리면…….
아~ 무서워라.
그나저나, 다른 전생자들한테 이것저것 설명도 해야 할 텐데?
오니 군한테 다 떠넘기면 안 될까.
입을 여는 게 귀찮다오.
어떤 의미로 엘프의 마을 공략보다 난이도 높은 퀘스트가 이 뒤에 기다리고 있다.
우울한걸.
아무튼 상황을 보러 가자.
그렇게 트리 하우스에서 나와 향한 곳에는 시체의 산이 쌓여 있었다.
아니, 진짜로.
딱히 비유가 아니라 진짜로.
산처럼 쌓인 시체의 정체는 엘프의 마을에 쳐들어왔던 제국군의 허망한 최후다.
나츠메가 여기까지 끌고 온 제국군은 엘프와 싸워야 했고, 그뿐 아니라 후방에서 협공당하는 형태로 마족군의 습격을 받아 처참하게 와해되었다.

물론 생존자도 꽤 있지만 이른바 군사적인 의미에서 전멸 판정을 내리기에 충분한 수준으로 타격을 받고 말았다.

사상자가 3할을 넘기면 전멸이었던가?

4할이었던가?

뭐, 피해가 큰 것은 확실하네.

나츠메가 직접 끌고 온 부대는 야마다 군 일행과 선생님 등 비교적 평범한 인원을 상대해서 피해도 적은 편.

하지만 그 밖에 다른 부대를 살펴보면 포티머스의 비밀 병기와 맞닥뜨려서 도망도 못 치고 처참하게 전멸한 경우도 있었던 것 같아.

비밀 병기라고 해 봤자 내가 상대했던 성게라든가 마왕이 상대했다던 글로리아 오메가 같은 녀석과 달리 양산품이다.

내가 로봇이라고 부른 녀석들.

강화 로봇도 아니고 그냥 양산품에 졸병이었다.

그렇다 해도 나한테는 조무래기나 마찬가지이지만, 이 세계의 사람들이 가진 기준에서는 터무니없는 위협이다.

얼마나 큰 위협이냐면 로봇 한 대가 세상에, 지룡 아라바와 맞먹거나 오히려 더 셌단 말이지!

평범한 인간은 대항 불가능할 만큼 강력한 병기인데 그게 양산품에 불과하니까 당연히 우글우글 튀어나온다.

응. 거뜬히 죽을 수 있어.

그 결과 만들어진 시체의 산이 여기에 있다.

아마 살아남은 제국군 병사와 메라의 부하들이 밤새 전투를 치른 구역에서 수습해 왔을 거야.

내가 꿈자리 안 좋다고 투덜대는 동안 저 사람들은 싸운 날부터 곧장 철야로 일했던 건가.

뭔가 미안하네~.

투정이나 부리고 미안하네~.

수면 보장만으로도 좋은 대우였다.

이세계의 병사는 죽을 때까지 싸우고 안 죽었으면 철야 작업에 동원되는 초절 블랙 직업이었던 건에 대하여.

이세계에 동경을 품은 제군들! 자네도 이세계에서 병사가 되어보겠나?

……뭔가 엄청나게 불쌍하다는 느낌이 든다.

처음부터 제국군 병사 제군들은 소모품으로 쓸 예정이었으니까 이런 처지도 다 계획의 일부이지만 말야~.

일부러 죽어도 되는 부패한 제국 귀족의 병력을 소집해서 편성하도록 나츠메한테 시켰지만, 윗사람이 썩었을 뿐 병사들한테는 죄가 없잖아~.

개중에는 위에서 떨어지는 달콤한 꿀을 빨아 마시는 부류도 있었겠지만.

뭐, 아무튼 이 사람들은 자기 역할을 다 완수해줬다.

따라서 적절한 예의를 갖춰 명복을 빌어주고 싶다.

이곳에서 시체를 제국까지 온전히 갖고 돌아가는 건 노저히 불가능하기 때문에 몇몇 유품을 챙기거나 아니면 화장해서 뼛가루만 가져가거나.

어느 쪽이든 정성껏 장례를 치러줘야겠지.

반면에 엘프의 시체는 이곳에 없다.

전부 내 배 속으로 사라졌다.

더 정확하게 말하면 내 분체들이 분담해서 먹었다.

이게 내 나름대로는 정성껏 장례를 치러준 거다?

왜냐면 자연계에서는 죽인 상대를 먹는 게 예의잖아.

적의 시체가 내게 먹혀서 나의 피가 되고 살점이 된다.

음, 멋지네.

포티머스도 자기 일가가 신의 피가 되고 살점이 되는 셈이니까 울며 기뻐할 게 틀림없다.

"시로 님. 좋은 아침입니다."

시체의 산을 바라보던 때 메라가 가까이 와서 인사했다.

"아침 식사는 드셨습니까? 아직이시면 곧 준비시키겠습니다."

뭔가 되게 깍듯하게 아침 식사를 제안한다.

아니, 음.

메라는 이래저래 세심하기도 하고 평소라면 이렇게 신경 써주는 말도 위화감이 없었겠지만, 지금은 군단장 신분으로 여기에 와 있잖아.

부하들이 아직 주위에 있는데 일단 직책상 동격인 내게 이렇게까지 깍듯한 모습은 조금 이상하거든.

메라는 공사 구분도 잘할 줄 아는 인물이니까.

부하 앞에서 티 나게 자신이 아랫사람이라는 모습은 보이지 않아야 해.

……설마 싶기는 한데, 메라 군?

내가 시체를 먹어 치울까 봐 걱정해서 이러는 거야?

눈꺼풀 열고 다녔다면 분명 가자미눈을 떴겠네.

항의의 뜻을 감지했는지 메라의 시선이 살짝 흔들거린다.

평범한 사람은 감지 못 할 만큼 자그만 동요였지만, 나의 눈은 못 속인다네.

이 자식.

뭐, 됐어.

아침 식사를 안 하기는 안 했으니까 지금 메라의 말대로 준비시켜서 먹도록 하자.

괜히 심부름이라도 시켜야 분이 풀리겠어.

앗, 살기?

날카로운 살기, 곧이어 마법을 쓰는 기척.

나보다 한순간 늦게 상황을 파악한 메라가 움직이려 하기에 손짓으로 제지했다.

"흠. 역시 이런 정도로는 위협은커녕 도발조차 안 되는가 보오."

살기를 날렸던 인물이 천천히 이쪽 가까이 걸어온다.

제국군의 장수 중 한 명, 이름은 분명 로난트였지.

용사 율리우스의 마법 스승이라는 설명이 더 잘 와닿겠네.

"무슨 의도인가?"

그리고 로난트를 향해 메라가 살기를 마주 보낸다.

메라가 날린 살기는 위압 등등 스킬의 영향 때문에 터무니없는 효과를 발휘할 수 있다.

근처에서 작업 중이던 마족군과 제국군 병사가 핼쑥한 표정을 짓거나 못 견뎌서 쓰러지거나 한다.

그런 위압의 표적이 된 로난트는 태연하게 웃음을 띠고 있었다.

음, 과연 인간들 중 괜히 오래 살았던 게 아니구나.

스테이터스만 본다면 분명 메라가 압도적으로 더 강한데도 관록을 두고 말하자면 로난트가 오히려 거물 같아 보인다.

"무얼, 소소한 인사 대신이었다네."

"흠. 제국에서는 인사 대신에 마법을 날리려고 드는가. 금시초문이군."

끝까지 태연자약한 로난트와 마주하며 메라는 더욱 강력한 위압감으로 압박한다.

일촉즉발 느낌의 찌릿찌릿한 분위기.

그렇긴 한데 이 긴박한 분위기를 깨부수는 요소가 있다, 아니, 인물이 있는데 말야…….

잠깐 따져도 될까?

피엘 꼬마야, 대체 왜 로난트의 등에 달라붙어 있을까?

피엘이 로난트의 등에 달라붙어 있는 탓에 메라가 할배 손녀한테 시비 거는 불량배 같단 구도가 연출되잖아.

이게 뭐야?

영문을 알 수가 없네.

메라도 위압하는 와중에 살짝 난처해하는 눈치다.

그야, 당연하지?

"고작 이러한 농지거리에 과잉 반응을 하면 그릇이 다 드러나지 않는가? 고개 돌려보시게, 옆에 계시는 분께서는 내게 마법을 실제 날리려 하는 뜻은 없음을 간파하시고 태연하시잖은가."

아니, 대충은 맞는 말인데 내가 안 움직였던 가장 큰 이유는 댁의 등에 매달려 있는 피엘의 존재감이 무척 황당해서거든요.

유녀를 등에 달고서 우쭐대는 할아범.

이 자식 도대체 뭐냔 느낌이 장난 아니야.

"옆에 계시는 분과 본인은 제법 깊은 인연이 있어서 말이네. 물론 귀인께서 나 같은 늙은이를 굳이 기억해주시지는 않을 터이니 이 기회에 어서 인사나마 올리고 이름을 전해드리고 싶었을 따름이라네."

아, 응. 이름은 이미 알고 있었어.

그런 데다가 이렇게나 충격 가득한 연출과 함께 등장하면 잊고 싶어도 못 잊을 것 같은데.

"나의 이름은 로난트 오르조이. 렝잔드 제국 필두 궁정 마도사일세."

짜잔~! 요란한 효과음이 잘 어울릴 듯한 느낌으로 자기 이름을 외치는 할아범.

직후에 할아범의 두 뺨을 잡아당기는 피엘.

개구리 얼굴의 할아범이 앞에 서 있었다.

"푸흡?!"

메라가 뿜었다.

나도 하마터면 세차게 뿜을 뻔했다.

방금 전 타이밍에 얼굴 개그를 선보이면 당연히 뿜지!

예능인이 봤다면「치사하다!」라고 외쳤을 거야!

이러면 웃을 수밖에 없잖아!

아, 안 되겠어. 여기 있다간 웃어버릴 거야.

"가자."

"으음, 괜찮으신 겁니까?"

엄청 난처해하는 메라에게 힘줘서 고개를 끄덕거리며 긍정.

내 복근과 표정근이 할 일을 해주는 동안 철수한다!

얼굴 개그를 선보인 채 굳어버린 할아범에게 등을 돌리고 부리나케 걸음을 뗀다.

"요 녀석아, 이게 무슨 짓이더냐?!"

곧이어 웬 고함 소리가 터져 나와도 신경 쓰지 않는다.

메라는 힐끔힐끔 할아범에게 시선을 돌리다가도 내가 망설이지 않고 걸어가버리는지라 허둥지둥 뒤를 좇아왔다.

뒤쪽에서 「기, 기다려주시게!」라든가 뭔가 말이 들린 것 같기는 한데 분명히 착각일 거야.

보나 마나 개구리 다음 또 뭐든 튀어나오겠지.

이대로 쭉 가버리는 게 당연히 정답이야.

전생자들과 만나기 전에 어쩐지 엄청 지쳐버렸다.

맙소사~.

얼굴 개그 할아범과의 조우 때문에 기선 제압을 당해버렸지만, 아무튼 아침 식사를 위해 메라가 다시 움직여서 안내해준 곳은 내가 묵었던 곳과 똑같은 트리 하우스였다.

마족군은 텐트 등 야영 물자도 물론 지참했지만, 막사보다야 역시 제대로 된 지붕이 있는 건물이 훨씬 지내기도 편안하잖아.

일부 구획은 도저히 쓸 만한 상태가 못 되지만, 쓸데없이 넓기만 한 엘프의 마을에는 아직도 사용 가능한 주택이 남아 있었다.

주민도 다 사라졌으니까 가만히 놀려 둘 순 없지.

"어머? 좋은 아침이야."

트리 하우스 안에서는 흡혈 양이 우아하게 아침 식사를 먹고 있었다.

이 집에 있던 물건일까, 목제 그릇에 담긴 갖가지 요리들.

아침 식사라서 분량은 적은 편이지만, 종류가 풍부해서 가만 보기만 해도 입맛이 돈다.

빵에 샐러드에 과일과 한입 크기의 고기 스테이크에 스크램블 에그.

전쟁을 끝낸 첫 다음 날이라는 생각이 안 드는 호화롭고 알찬 식사를 나이프와 포크를 써서 고상하게 먹고 있는 흡혈 양.

귀족이냐?!

아, 출신은 진짜배기 귀족이었다.

"2인분을 추가로 준비하도록."

메라가 안쪽에 있던 부하에게 지시 내린다.

아마도 여긴 장교라든가 높은 사람들 전용의 식사 공간으로 쓰는 장소인 것 같다.

지시를 받은 사람은 곧장 안쪽으로 휙 들어갔다.

아마 저 안쪽이 조리실이겠네.

그나저나 2인분이면 메라도 같이 먹는 건가.

뭔가 흡혈 양이랑 메라가 같이 식탁에 앉는 광경을 엄청 오랜만에 보는 것 같아.

일단 메라는 흡혈 양의 종자니까 말이지~.

주인과 함께 식사를 한다는 게 뭔가 좀 어색하다는 느낌은 있지.
사리엘라 국에서 마족령으로 갈 때까지 여행 도중은 평범하게 같이 식사를 했으니까 이제 와서 뭐가 어색하냐 싶기도 한데.
뭐, 게다가 군단장인 메라가 공식적인 지위는 더 높고 말이지~.
응?
잘 따져보니까 오히려 여기에서 식사를 하는 흡혈 양이 어색하지 않아?
나랑 메라는 군단장이라는 정식 직책을 갖고 있지만, 흡혈 양은 아무 계급도 없는데?
세세한 사정을 알지 못하는 마족군의 사람들은 어떤 느낌을 받고 있을까?
으음~ 뭐, 여기서 당당하게 장교 대우를 받는 만큼 일반 병사들도 이것저것 눈치챘으려나?
그렇게 아무래도 좋은 생각을 하며 메라가 빼준 의자에 앉았다.
앗?! 얼결에 앉아버렸어!
굉장하다, 종자력!
이게 잘나가는 남자의 힘인가!
묘하게 감탄하는 동안 메라도 자리에 앉았다.
잘 살펴보면 메라의 얼굴에는 피로의 빛이 떠올라 있다.
엘프들을 상대로 전투를 치른 뒤 밤새 전후 처리까지 맡으려니까 당연히 지치겠지.
밥도 제대로 못 먹은 눈치이고.
그게 아니라면 메라가 나랑 흡혈 양이랑 같이 식사하려고 앉진 않았을 거야.

분명 사양했다가 나중에 혼자 먹었겠지.

흡혈 양 이외에 여기에서 밥 먹는 사람이 없는 이유도 아마 일하는 중이거나 지쳐 잠들었거나 둘 중 하나가 아니려나.

아침 일찍부터 흡혈귀 두 사람이 우아하게 아침 식사를 먹는다는 게 굉장히 위화감이 느껴지지만.

"아리엘 씨는 자. 쿄야 군이 호위 중이고. 페르미나는 몰라."

내 생각이 들여다보이는 걸까, 다른 사람들이 지금 무엇을 하고 있는지 흡혈 양이 가르쳐줬다.

그나저나, 페르미나는 모르는 거니.

페르미나는 부지런하니까 분명 열심히 임무를 맡아주고 있을 것 같은데 변함없이 존재감이 희미하구나.

잠깐만, 페르미나는 내 부하니까 내가 행동을 파악 못 하면 이상한 게 아닐까?

……괜찮아! 문제없어!

분명, 아마도, 어쩌면.

"아, 하나 더, 쿠사마 군은 다른 전생자들 숙소에 갔어. 지금쯤 같이 아침밥이라도 먹고 있지 않을까?"

쿠사마 군? 아, 맞다. 걔도 있었지.

교황의 부하이자 닌자답지 않은 닌자, 쿠사마.

쿠사마는 교황의 밑에 있는 암부의 간부를 아버지로 두었다는데, 그 쪽 경로로 교황에게 전생자의 존재를 노출시키는 원인이 되있다고 한다.

그 후 쿠사마 본인도 암부 소속이 돼서 훈련받았고.

우리하고는 엘프와 맞서기 위해 교황과 임시 협정을 맺었을 때 대면했다.

오니 군하고는 전세 때부터 꽤 친했다던가. 교황과 이것저것 협의할 때 휴식 시간에 만나 웃고 떠들더라고.

나랑 흡혈 양은 쿠사마의 싱글벙글 신바람을 좀 따라갈 수가 없어서 딱히 교류를 하지 않았지만.

응, 쿠사마는 전세 때부터 촐싹데기랄까, 무드 메이커랄까, 되게 생기발랄한 캐릭터였거든.

음침 캐릭터인 나랑 흡혈 양하고는 안 맞아…….

어째서 저렇게 밝은 쿠사마한테 닌자(忍者)라는 묘한 유니크 스킬이 있냐 묻는다면 아마 쿠사마의 이름이 시노부(忍)이기 때문이라는 단순한 이유 아니려나~.

D라면 그러고도 남아.

그나저나, 으음~.

쿠사마의 입장에서는 오랜만에 만난 반 친구들과의 재회.

기분은 동창회려나?

나는 알다시피 딱히 찾아가서 추억을 되새기자는 생각은 안 들지만, 흡혈 양이랑 오니 군의 마음은 어떨까?

"왜?"

내 의문을 짐작하지는 않았을 텐데 흡혈 양의 목소리에서 언짢아하는 기색이 배어난다.

아, 네.

그러고 보니까 흡혈 양은 전세에 별로 좋은 기억이 없었던가?

뭐, 여기에서 이렇게 식사나 하고 있는 시점에서 눈치채야 했네.

그래도 이후에 있을 전생자 대상 설명회에는 강제 참가야.

물론 오니 군도.

아, 맞다.

전생자 말이 나와서 떠올랐는데 야마다 군은 뭐 하고 있을까?

슬슬 정신을 차렸으려나?

흡혈 양은 뭔가 알려나?

"야마다 군."

"응? ……어, 아하. 지금은 아직 자고 있을걸. 내가 아는 한 깨어났다는 말은 못 들었어."

오래 알고 지내서 이제는 흡혈 양도 내 속마음을 제법 잘 알아주는데 그래도 종종 헤매고는 한다.

이번에도 내 짧은 질문의 의미를 일순간 이해하지 못해서 답을 머뭇거렸고.

독해력이 아직도 많이 부족하구나.

오니 군을 본받도록 하렴.

"오히려 그쪽보다도 세뇌가 풀린 하세베가 더 위험한 것 같던데. 도무지 제정신을 못 차린다나 봐."

아.

그랬지, 그랬다.

나츠메를 시켜서 세뇌했던 전생자 중 자력으로 세뇌를 풀어냈던 오오시마는 넘어가고, 다른 한 사람, 하세베는 지금까지 쭉 세뇌 상태로 지내왔다.

그게 갑자기 해제되고 현실을 직시하게 되면?

아…….

기억 제거라든가 애프터케어가 필요하려나~.

"지금은 아마 강제로 재워 놓았다던데 신경 쓰이면 나중에 보러 가든가?"

그렇게 하자.

다만 식사가 먼저다!

가져다주는 식사를 맛있게 먹는다.

으음~.

전쟁 다음 날인데 사치스럽구나.

높은 사람의 특전이야.

밤새 일 안 해도 이렇게 맛있는 식사를 먹을 수 있잖아. 참 좋은 직책을 맡았어.

옆에 메라랑 어딘가에서 지금도 일하고 있는 페르미나랑 마왕의 호위를 담당하며 한숨도 못 잤을 오니 군은 잊어버린다.

다들 열심히 일해주게나~.

이렇게 마음속으로 난 정말 못된 사람이야~ 헛생각이나 떠올리며 아침 식사를 맛있게 먹었다.

잘 먹었습니다, 흠흠.

아침 식사를 다 먹고 메라하고는 여기서 잠시 작별.

아직 전후 처리가 다 끝나려면 멀었거든.

제국군의 시체 처리라든가 포로의 대우라든가.

철야 후 곧바로 연속 작업이지만 이대로 쭉 힘내주게나.

아무튼 나랑 흡혈 양은 뭘 하냐면, 마왕이 있는 곳에 가기로 했다.

마왕은 아직 자고 있겠지만, 호위를 맡은 오니 군을 회수하기 위해서다.

전생자들과 만날 때 오니 군의 커뮤니케이션 능력은 필수 불가결.

오니 군이 있냐 없냐에 따라 임무 성공률이 확 차이 난다.

그렇게 오니 군을 찾아왔더니.

사전에 아무 설명도 안 했는데 오니 군은 역시 대단하다니까, 내 손짓 몸짓으로 하려는 말을 눈치채줬다.

따라서 무난하게 오니 군을 데리고 나올 수 있었다.

호위는 아엘, 사엘, 리엘 셋이 있기도 하고, 오니 군을 빼내도 지장은 없을 거야.

아니, 할아범한테 달라붙어 다니던 피엘은 대체 뭐야?

왜 마왕 호위는 안 하고 할아범 등에 들러붙었어?

수수께끼다.

암튼, 준비도 다 끝났겠다, 전생자들의 거처로 가보실까.

……꼭 가야 되는 거냐고.

마음이 안 내킨다.

와카바 히이로를 아는 전생자들과 만난다?

여기서 벌써 마음이 안 내키는데, 게다가 설명하려면 어쩔 수 없이 입을 열어서 움직여야 되잖아.

왜, 무슨 벌 게임이야.

아~ 가기 싫다.

가기 싫은데 가야 되잖아.

정말 가야 하나?

곰곰이 잘 생각해보면 딱히 전생자들한테 사정을 설명해줄 의무는 없지 않아?

이대로 걔네 다 아무 사정도 모른 채 우왕좌왕하게 놔두면 그만 아니야?

가능? 안 가능?

가능!

"시로 씨. 뭔가 안 좋은 생각을 하는 것 같은데?"

끙!

오니 군, 네 녀석은 독심술자냐?!

쳇쳇쳇.

후유.

어쩔 수 없지.

오니 군한테 훈계를 듣기도 했고, 단단히 각오하고 가보실까.

그렇게 찾아온 곳은 전생자들이 있는 트리 하우스.

엘프와 전쟁을 개시했을 때 전생자들은 일단 내 이공간에 격리했다가 전쟁이 끝난 다음은 곧장 여기 트리 하우스에 집어넣어 두었다.

야마다 군 일행 등등도 나츠메 군을 제외하면 여기에 대충 집어넣었고.

전생자들도 인원이 꽤 많은데 한군데에 넣어 두면 좁을 테니까 좀 미안하지만, 같이 모아 놔야 우리도 관리하기가 편해서 말야.

일단 내부는 남녀 공간을 따로 나누어 놨을 테니까 사고 치지는 않았을 거야.

감시자도 물론 배치했고.

합의 후 사고? 몰라.

트리 하우스의 문에 손을 얹는다. 다만 아무 특별한 구석 없는 이 문짝이 지금 나에게는 몹시 무겁게 느껴졌다.

얼굴 마주하면 이런 말 저런 말 들어야 할 텐데…….

어쨌든 나는 얼굴이 와카바 히이로 판박이니까.

아, 덧붙이자면 이공간에 격리했을 때도 꺼냈을 때도 애네는 내 얼굴을 못 보게 했었다.

전생자들 입장에서는 느닷없이 낯선 이공간에 내던져졌다가 또 금방 꺼내서 내동댕이쳤으니까 아마 영문을 모르는 처지일 거야.

그런 상황에서 뭔가 사정을 아는 분위기로 와카바 히이로 얼굴인 내가 어슬렁어슬렁 들어갔다간 질문 공세에 당할 미래가 보인다! 보인다고!

으으, 싫어라, 싫어.

싫지만 마냥 끙끙대면서 시간을 헛되이 보낼 순 없다.

좋아! 각오 다지고 안에 들어가자.

그렇게 문을 열었더니 저 앞에서 쿠사마와 오기와라가 밧줄로 묶여 있었다.

콰당.

무심코 문을 닫는다.

응?

응응?

~~응응응~~?!

방금 전, 뭐야? 환각인가?

설마 나한테 환각을 보여줄 만한 경지의 실력자가 있단 말인가?!

절대 잘못 본 게 아니란 걸 확인하기 위해서라도 다시 한 번 사알짝 문을 열었다.

그곳에는 역시 쿠사마와 오기와라가 밧줄로 꽁꽁 묶여 있었다.

……응.

뭐, 응.

어으어, 응.

백번 양보해서 묶여 있는 것은, 뭐, 넘어가.

쿠사마와 오기와라는 신언교의 공작원이다.

쿠사마는 엘프의 마을을 습격한 범인, 즉 우리와 한패였고 오기와라는 일부러 엘프에게 붙잡힌 뒤 내부에서 정보를 빼돌렸던 밀정.

맞아, 오기와라도 교황의 입김이 닿은 전생자거든.

오기와라는 무한 통화라는 유니크 스킬의 소유자인데 놀랍게도 엘프의 마을을 둘러싸는 장벽인 결계 안쪽에서도 바깥으로 염화를 보낼 수 있었다.

이게 은근히 굉장하거든.

엘프의 마을에 쳐 놓았던 결계는 MA 에너지를 황당하리만치 왕창 소비하는 만큼 상당히 고성능이었으니까.

그런데 아무 지장도 없었다는 게 은근히 굉장하다.

고작해야 염화. 하지만 염화.

오기와라 경유로 엘프의 마을 내부 사정을 파악할 수 있었던 것은 습격 작전을 실행으로 옮기는 과정에서 상당히 큰 역할을 했다. 뭐, 말할 필요도 없겠지?

그 때문에 일부러 엘프에게 붙잡히고 엘프의 마을 연금 생활을 감수하면서 몇 년 동안이나 버텨줬으니까 머리가 절로 수그러진다.

뭐, 이건 어디까지나 우리 시선으로 본 이야기이고.

다른 전생자들 입장에서는 거의 배반자나 다름없기도 하고, 심문을 위해 꽉 묶어 놓겠다는 것은 대충 이해할 수 있다.

이해할 수 있는데, 왜 두 사람은 마주 보는 자세로 같이 붙여서 묶어 놓은 거야?

보통 이런 때는 등을 맞대는 자세로 묶지 않아?

방향이 거꾸로인데?

쿠사마도 오기와라도 고개를 막 힘껏 젖히고 있지만, 그래도 서로 얼굴이랑 얼굴이 맞닿아버리는걸.

조금만 더 각도가 어긋나면 키스까지 하게 될 거리잖아.

그리고 어째서 저 광경을 여자애들이 만족하는 표정으로 구경하는 걸까?

카메라가 있으면 사진을 찍으려 할 분위기.

정상은 선생님이랑 전직 반장인 쿠도랑 쿠시타니뿐이잖아.

아, 아니다.

선생님은「이런 건 좋지 않아요~」라고 입바른 말은 하면서도 얼굴을 가린 손에 틈을 만들어서 힐끔힐끔 보고 있다.

쿠도는「아니아. 2차원이니까 용납되는 거야. 3차원은 안 된단 말이야!」라고 영문 모를 소리를 하며 떠들고 있다.

결론, 쿠시타니밖에 정상이 없어!

으음, 뭐야? 이거 뭐야?

"와카바! 살려줘!"

이 수수께끼의 광경 앞에서 내가 아연실색하던 때 쿠사마가 막 등장한 나를 알아보고는 곧장 도움을 요청했다.

굉장히 많이 다급했는지 목소리에 울음이 묻어 나온다.

야! 나를 왜 끌어들여?!

쿠사마가 내지른 소리 때문에 실내에 있던 거의 전원의 시선이 이쪽으로 집중됐다.

이러지 마!

이 괴상망측한 상황에서 나를 보지 마!

쳐다보지 마!

"거짓말."

"와카바라고?"

"어, 하지만."

"진짜?"

소곤소곤하며 이쪽을 보고 대화하는 전생자들.

그중에서 대표로 한 명이 한 발짝 앞에 나섰다.

전직 반장인 쿠도.

"오랜만이네, 오랜만 맞지? 너는, 와카바이고?"

사실은 좀 다른데 굳이 아니라며 부정하면 상황이 복잡해지니까 묵묵히 고개를 끄덕였다.

내가 긍정하자 선생님이 눈에 띄게 동요했다.

"그리고 뒤쪽에 있는 재는 사사지마가 맞으려나?"

"응. 맞아. 오랜만이야, 반장."

"어어."

차분하게 인사말을 하는 오니 군의 반응에 맥이 빠졌는지 쿠도는 딱딱하게 굳어 있었던 어깨를 축 늘어뜨렸다.

그러나 곧 마음을 바짝 다잡고 다른 한 사람에게 눈길을 준다.

"너는, 소거법으로 네기시?"

"그래, 맞아."

흡혈 양이 긍정하자 쿠도의 뒤쪽에 있던 전생자들이 웅성웅성했다.

무슨 말 하나 쓱 들어보니까, 뭐, 대부분이 흡혈 양의 확 달라진 모습에 깜짝 놀라는 느낌의 잡담이었다.

웅성대는 전생자들을 쿠도가 짝, 손뼉을 쳐서 조용히 시킨다.

"그래서? 너희는 무슨 목적으로 여기 온 거야?"

경계심을 가득 드러내며 쿠도가 묻는다.

뭐, 경계하는 마음은 이해된다.

엘프의 마을에 붙잡혀 있던 전생자들은 제국군이 쳐들어왔다는 사실까지만 알고 있다.

그러나 그 후는 아무 상황도 파악하지 못하고 나 때문에 공간 격리를 당한 데다가 다시 깨달았을 때는 이렇게 구금을 당하게 된 처지이니까.

이제 자신들은 어떻게 되나?

도대체 무슨 일이있지?

아무것도 알지 못한 채 붙들려 있는 상황에서 갑자기 같은 전생자가 세 명이나 나타났으니까 시기가 수상해서라도 물론 경계하겠지.

그 밖에는 당황하는 느낌이려나.

"일단 마음 놔. 위해를 가할 생각은 없어."

나보다 먼저 오니 군이 입을 열었다.

"선생님은 어쩌면 안 믿어주겠지만 우리는 적이 아니야. 이 말만큼은 믿어줘."

오니 군의 진지한 말에 장내가 고요해진다.

전생자들 중 몇 명이 힐끔힐끔 선생님에게 시선을 보냈다.

그러나 선생님은 전혀 깨닫지 못한 채 혼란에 빠진 모습으로 입을 벌렸다가 닫았다가 하고 있었다.

아마도 뭔가 말하려다가 결국은 말이 안 나오는 상태일 거야.

"오늘 여기에 온 이유는 대화를 나누기 위해서야. 우리는 서로 대화를 나눠야 해."

오니 군이 모두를 둘러보면서 선언했다.

딱히 이의를 제기하는 인물은 없었다.

역시 오니 군을 데려온 게 정답이구나~.

"저기~ 그 전에, 이거 풀어주면 안 되나?"

"멍청아! 분위기 파악 좀 해라!"

쿠사마가 맥 빠지는 목소리로 애원하고, 곧장 오기와라가 타박을 준다.

"……쿠사마가 묶여 있는 이유는 알겠는데 왜 오기까지 묶어 놓은 거야?"

오니 군이 소박한 의문을 입에 담았다.

그러고 보니까 쿠사마는 야마다 군 일행과 한판 붙어서 적군 취급일 테니까 묶여 있는 이유를 알겠는데 오기와라는 왜 밀정 신분을 들킨 걸까?

입만 다물면 들킬 이유가 없었을 텐데…….

“이 바보가 입 열자마자 내가 첩자였다는 걸 떠들어 댔어…….”

“아하…….”

바보, 쿠사마는 「데헷!」 혀를 내밀며 웃고 있다.

보나 마나 「작전 대성공이야, 오기!」라든가 대충 비슷하게 오기와라한테 치근거렸겠지.

그 탓에 오기와라도 쿠사마와 같은 편이었다고 들킨 건가…….

뭔가 그 광경이 눈에 보이는 것 같아.

“……가만히 세워 놓기는 뭐하니까 앉아서 이야기하자.”

쿠사마 관련으로 긴장감이 사라졌는지 쿠도가 조금 지친 느낌으로 제안해줬다.

쿠사마와 오기와라는 유감이지만 이대로 방치.

이곳, 트리 하우스는 4층 건물이다.

나무 안쪽을 파내서 만든 집에 4층 건물이라는 표현이 과연 들어맞는지 지금은 신경 안 쓴다.

아무튼, 1층은 식장이었다.

탁자를 몇 개 들여놓았고 의자도 자리에 맞게 놓아두었다.

다만 지금은 탁자를 벽 쪽에 밀어서 의자만 꺼내 제각각 다들 자리를 잡아 앉아 있었다.

탁자가 있으면 우리 이야기를 듣는 데 방해된다며 쿠도가 지시해서 정리해버렸다.

전생자들은 나를 중심으로 반원을 만들어 앉은 채 이야기가 시작되기를 기다리고 있다.

그래, 나를 중심으로!

어째서냐!

그냥 오니 군을 중심에 놔도 되잖아!

방금 전까지 오니 군 주체로 이야기했으니까 이렇게 쭉 같은 흐름으로 이어 나가면 되잖아!

그런데 오니 군은 아무렇지도 않게 나한테 가운데 자리를 양보하고 한 걸음 물러난 옆에 앉아버렸다.

그리고 눈빛으로 재촉하고 있다.

내가 직접 말하라고.

괜찮거든.

그런 뭔가 이상한 배려는 안 해줘도 괜찮거든!

크으, 이래서 고지식한 녀석은 못 써먹는다니까!

규율에 엄격한 녀석은 이런 때 융통성 발휘가 안 돼서 난감하다.

투시를 써서 고개는 안 움직이며 대각선 뒤쪽에 앉은 오니 군을 쳐다본다.

아주 꼼짝도 안 하는구나.

내가 입을 열 때까지 나설 생각이 전혀 없군요.

난감.

도움을 구하려고 오니 군 반대편 옆쪽을 본다.

거기에 있는 녀석은 뭔가 못마땅한 표정을 짓는 흡혈 양.

얘도 똑같아, 나설 낌새가 없어.

어휴, 못 써먹겠네.

오히려 이 녀석한테 설명 맡겼다간 쓸데없이 더 사태가 복잡해질 거야.

정면을 본다.

딱 눈에 들어온다, 팔짱을 끼고 다리도 같이 꼬고 이쪽을 쳐다보고 있는 쿠도.

전세 때도 눈매가 꽤 예리했는데 이번 세상에서도 우아하게 갸름한 눈매의 미소녀가 된 쿠도.

그런 쿠도가 눈을 막 부라리는 느낌으로 쏘아보니까 위압감이 장난 아니다.

위압 스킬 갖고 있어요?

그리고 쿠도의 옆쪽에서는 선생님이 안절부절 불안해하며 앉아 있다.

시선이 여기저기 마구 날아다니고 몸도 눈이랑 같이 꼬물꼬물 움직인다.

거의 아무것도 알지 못하는 전생자는 현 상황도 파악이 안 되니까 딱히 긴장감이랑 인연이 없어.

하지만 상황 파악을 이상하게 한 탓에 이제부터 무슨 일이 일어날지 모르니까 불안해하는 걸까?

전생자 시점에서는 정말 아무것도 알 수가 없을 테니까~.

같이 대화를 나누자는 말에 궁금함을 풀려고 달려드는 심정은 이해가 된다.

다만 선생님 시점에서는 사정이 좀 다르거든.

선생님은 흡혈 양이랑 오니 군이 마족군 소속이라는 사실을 잘 알고 있으니까.

제국군이 쳐들어온 다음은 마족군에 가담한 전생자 두 사람이 찾아왔잖아.

그야 혼란스럽지.

게다가 선생님은 포티머스 나쁜 놈한테 이것저것 이상한 관념을 주입당했던 탓에 뭐가 옳은지 뭐가 잘못인지 판단을 못 하는 처지다.

정보가 있는 까닭에 다른 전생자들과 달리 혼란도 크지.

이 자리에 있는 전생자들 중 선생님 다음으로 정보를 많이 가진 인원은 타가와와 쿠시타니, 그리고 시노하라까지 세 사람.

타가와와 쿠시타니는 엘프의 마을에 얼마 전 막 왔던 처지이고 그 전에는 모험가로 각지를 방랑했다.

조금 이전에는 마족과 인족의 전쟁에도 참전했었고, 그때 메라랑 한판 붙었다.

그런 의미에서는 선생님 이상으로 마족군과 깊은 관련이 있겠네.

하지만 두 사람 모두 선생님보다는 차분하게 이쪽 이야기에 귀 기울일 자세가 되어 있다.

시노하라는 의자에 안 앉고 벽에 등을 붙인 채 이쪽을 빤히~ 쳐다보고 있고.

……뭔가 좀 무서운데요.

눈앞에 있는 쿠도보다도 시선의 압박이 세다.

그러나 먼저 뭐라고 말을 꺼내려는 생각은 없는 것 같아.

그 이외에 엘프의 마을에서 실제 싸웠던 전생자는 이 자리에 없다.

제각각 요양 등의 이유로 드러누워 있으니까.

걔네가 같이 있으면 또 이야기가 꼬일 테니까 지금은 없는 게 오히려 나은가?

묶여 있는 쿠사마와 오기와라 이외의 전생자도 각각 태도에 차이는 있지만, 우리 쪽 이야기에 귀 기울일 자세가 되어 있다.

선생님 이외에는 얌전하게 들어줄 것 같은 느낌이야.

야마다 쪽 인원이 없는 지금이 다른 전생자들을 구워삶을 절호의 기회!

다만 기분은 사면초가다.

대각선 뒤쪽에서 조각상처럼 꿈쩍을 안 하는 오니 군.

반대편에는 아직껏 못마땅하다는 듯이 딱딱하게 굳어 있는 흡혈 양.

정면에는 빨리 설명하려며 압박을 가하는 쿠도.

선생님은 힐끔힐끔 이쪽을 쳐다보며 불안해하고.

다른 전생자들도 빤히~ 이쪽을 쳐다보고 있다.

도망쳐도 될까? 안 돼?

이렇게 엄청 주목을 끄는 상황에서 설명을 하란 말이야?

안 되나요. 그런가요.

으~ 으~.

어, 음, 이런 땐 우선 계절 인사부터 하나?

오늘 날씨가 참 좋아요?

뭔가 좀 이상한네.

아니, 애당초 무엇부터 설명하라는 거야?

전생자들은 아~무것도 모르니까 하나부터 열까지 전부 설명해줘야 된단 말이야.

그런데 하나가 대체 어디부터야?

이 세계, 더 정확하게는 시스템의 성립부터 얘기하라고?

으음, 그치만 이런 얘기는 전생자들한테도 아닌 밤중에 홍두깨일테고, 지금 알고 싶은 내용이랑 거리가 멀 텐데?

전생자들이 지금 가장 알고 싶은 게 뭐지?

궁금한 걸 풀어주려면, 음, 아하.

"우선, 여러분은 현재 마족의 포로 신분이에요."

"뭐?"

쿠도가 일순간 어리둥절한 표정을 지었다가 곧 험악한 얼굴로 바뀐다.

다른 전생자들도 웅성거리면서 당황하기 시작했다.

앗, 이거, 선택지가 틀려먹었나 본데.

쿠사마랑 오기와라를 붙잡아 놓기도 했고, 대략의 정보는 이미 캐물었을 줄 알았는데 아무래도 전혀 못 들었나 보다.

직접 전투에 참가했던 타가와랑 쿠시타니한테도 아무 설명을 못 들었던 걸까?

……아, 저런 부분도 포함해서 이제부터 캐물으려고 쿠사마랑 오기와라를 꽁꽁 묶어 놨겠구나.

조금 더 시간을 주고 와야 했었나.

"조용!"

오니 군이 일어나 손뼉을 짝짝 쳐서 전생자들을 침묵시켰다.

"걱정 마. 말이 포로일 뿐 딱히 못되게 굴진 않을 테니까. 그래, 포로가 아니라 보호가 오히려 더 맞는 말이야. 믿고 안심해도 좋아. 아까도 한 말인데 우리는 너희에게 위해를 가할 생각은 없어. 그러니까 이상한 말이 나와도 일단은 끝까지 이야기를 들어줘. 괜찮을까?"

오니 군의 진지한 말에 웅성웅성하던 전생자들이 다시 차분해진다.

시노하라와 타가와와 쿠시타니만큼은 조용하게 있는 와중에도 경계심을 거두지 않았지만, 다른 사람들은 일단 이야기를 들어보자는 느낌이다.

후유. 오니 군, 굿 잡!

엘프의 마을에서 쭉 생활했는데도 역시 마족은 인족의 적이라는 느낌으로 무서워하는 건가.

느닷없이 마족의 포로가 되었습니다, 대뜸 통보받으면 물론 혼란스럽겠지.

어휴, 큰 실수를 했어.

오니 군이 수습해줘서 다행이야.

"으음, 결국 무슨 소린데? 너희는 마족과 같은 편이 된 거야?"

쿠도가 이마를 손으로 꾹 누르며 질문한다.

평소였다면 긍정의 의미로 고개만 살짝 까딱였겠지만, 지금 몸짓만 갖곤 전달이 안 될 테니 상황이 또 복잡해질 거야. 그 정도는 나도 알아.

뭔가, 뭔가 말해라!

이…! 으…! 오…!

……끙, 이런 짓만큼은 별로 하기 싫었는데 지금은 도저히 어쩔

도리가 없다.

일단, 잠깐만, 자존심을 접어 두자. 할 수밖에 없나.

연기를 시작한다.

"맞아요. 참고로 여기에 있는 우리 세 사람은 인간이 아니에요."

말하는 동시에 눈을 떴다.

사안은 완전히 오프로 해서 내 눈을 봐도 이상이 발생하지 않게 해 놨지만, 그래도 이 소름 끼치는 눈을 본 전생자들이 숨을 죽인다.

덧붙이자면 내 분위기가 싹 바뀌었다는 것을 깨달은 흡혈 양과 오니 군도 숨을 죽였지만, 걔들은 무시.

"우리 세 사람은 모종의 목적을 위해 마왕에게 협력하고 있어요. 자세한 내용은 나중에 곧 설명하죠. 지금은 현 상황을 확인하는 게 먼저예요."

술술, 막힘없이 대사를 읊는다.

자기 입에서 나왔는데도 자기가 또 놀라는 나.

나에게는 내 것이 아닌 기억이 있다.

가짜 와카바 히이로, D가 분신체로 지냈던 기억.

그 기억을 기반으로 와카바 히이로의 인격을 재현한다.

이름하여 와카바 히이로 모드.

이 모드를 쓰면 머릿속 생각을 온전하게 발언할 수 있다.

왜냐면 와카바 히이로는 딱히 말주변 없는 인물이 아니었으니까 말을 못하는 게 오히려 이상하다.

그치만 이 모드, 결국은 내가 D의 흉내를 낸다는 뜻과 마찬가지다.

내가! 하필이면 D를!

이따위, 이따위 굴욕이 있단 말인가!

그래서 쓰기 싫었단 말야~!

그치만 이거라도 안 쓰면 나는 제대로 말을 못 한다!

그러니까 참는다.

"우선, 제국의 군대가 이곳 엘프의 마을을 침공했다는 데까지는 소식을 들어서 다들 알고 있었겠죠. 우리 마족군은 제국군의 배후에서 엘프의 마을을 습격했습니다. 나츠메 군 휘하의 제국군은 그냥 미끼였어요."

내 말에 또 웅성거리는 전생자들.

그중에서도 선생님은 안색이 무척 안 좋았다.

"그 이야기, 나도 자세하게 듣고 싶은데?"

그때 2층으로 이어지는 계단에서 내려오는 인영이 있었다.

어라라~, 와버렸네~.

딱 안 좋은 타이밍에 이곳에 나타난 녀석은 분명 아까까지 정신을 잃고 쓰러져 있던 야마다 군이었다.

S1 바뀐 세상에서 깨어나다

꿈을 꾸고 있다.

『속죄하라.』

몹시 꺼림칙한 꿈이다.

『속죄하라.』

모든 것이 나쁜 쪽으로 나쁜 쪽으로 기울어져서 굴러간다.

『속죄하라.』

어떻게든 해야 하는데, 어떻게든 하고 싶은데 그 행동이 오히려 더욱더 나쁜 방향으로 사태를 이끌어 간다.

그렇게 마치 바닥없는 늪에 끌려가는 듯한 상태.

발버둥 치면 발버둥을 칠수록 몸은 푹푹 잠겨 들어간다.

결국 온몸이 늪에 잠기고, 최후에는…….

덜컥 놀라며 눈을 뜬다.

꿈을 꾼 것 같았다.

터무니없이 꺼림칙하며 구원이 없는 꿈을.

깨어나서 먼저 눈에 확 들어온 것은 모르는 천장이었다.

그저 멍하니 천장을 바라보던 중 바로 곁에서 누군가가 움직이는 기척이 느껴졌다.

"슌! 정신이 드냐?!"

놀라 허둥거리는 목소리가 들린 방향을 봤더니 그곳에는 카티아가 앉아 있었다.

얼굴에는 목소리와 마찬가지로 초조와 피로, 그리고 안도가 마구 뒤섞여서 나타나고 있다.

"괜찮냐?"

"그, 그래. 괜찮아."

기세등등하게 묻는 카티아의 분위기에 눌려서 반사적으로 대답했다.

"다행이다. 아무리 치료 마법을 걸어도 안 깨어나니까, 영영, 못 깨어나면 어쩌나 해서."

아마 카티아는 나한테 쭉 치료 마법을 걸어준 것 같다.

어쩐지 얼굴에 지친 기색이 역력하더라니.

거기까지 생각이 미쳤을 때 카티아가 갑자기 뚝뚝 눈물을 흘리기 시작했다.

"어? 뭐야?!"

"다행이야. 정말 다행이야……."

눈물 흘리는 카티아와 다르게 나는 어떻게 해야 할지 몰라서 허둥지둥했다.

"괜찮아. 봐, 멀쩡해, 아무렇지도 않아. 그치?"

스스로도 위로의 말이 참 서툴다는 생각을 한다만, 아무 말 안 하기보다는 나을 테니까 멀쩡하게 기운 넘친다고 강조를 한다.

실제 몸에는 위화감이 없었다.

다친 데도 없을뿐더러 아픈 부위도 없다.

자다 깬 탓인지 약간 나른한 감은 있어도 아주 건강하다.

……몸은.

“진짜 괜찮냐? 뭔가 안색이 안 좋은데?”

카티아도 유난히 걱정하는 모습이다.

그야 눈물까지 흘렸으니까. 아마도 나는 스스로 생각했던 것보다 더욱 심각한 상태에 처했었나 보다.

정신을 잃은 동안에 쭉 신음 흘렸다는 자각은 있다.

치료 마법을 걸어줘도 깨어나지 않고 게다가 지독하게 신음을 쏟아 냈다면 걱정도 꽤 됐겠지.

“그래, 괜찮아. 다만, 목이 좀 마르긴 하네?”

잠든 동안에 땀을 잔뜩 흘렸다. 옷이 수분을 흡수해서 피부에 달라붙어 있다.

상당한 양의 수분을 잃은 까닭에 목이 바짝바짝 말랐다.

“아. 그럼 물이랑 컵 금방 가져올게.”

카티아가 바로 일어나서 종종걸음을 치며 나갔다.

그 뒷모습을 지켜보면서 나는 힘을 쭉 빼내고 누워 있었던 침대에 몸을 깊숙이 파묻었다.

시야 구석에, 아니, 머리의 한쪽 구석이 맞나. 거기에 문자가 떠올라 있다.

감정을 했을 때와 비슷비슷한 감각이다.

아까 전부터 저 문자가 불쾌한 존재감을 발하고 있다.

저 문자를 의식만 해도 기분이 안 좋아졌다.

그럼에도 불구하고 감정과 달리 저 문자를 지울 수 없었다.

저곳에는, 금기라고 쓰여 있다.

불길한 존재감을 발하는 저 문자를 욕지기를 꾹 참으며 의식한다.

그러자 금기 항목이 메뉴로 표시됐다.

『금기 메뉴

시스템 개요

시스템 각 항목 상세 설명

업데이트 이력

포인트 일람

전생 이력

특수 항목 n%I=W』

"윽!"

메뉴를 열기만 해도 들이닥치는 강렬한 욕지기.

응축된 악의를 바짝 직시하는 듯한 추악함이 저곳에 있다.

나의 사고와 감정을 무시한 채 솟아오르는 오한.

본능적으로 메뉴를 닫아버리고 싶은 충동에 휩싸이면서도 가까스로 견딘다.

욕지기를 꾹 참고 시스템 개요를 열었다.

『시스템 개요

시스템 가동 전 상황

MA 에너지

시스템 가동 후 상황』

항목을 열자마자 더욱더 심한 욕지기가 솟구쳤다.

마치 문자에서 목소리가 들려오는 것 같았다.

『속죄하라.』

저주처럼 세차게 쏟아지는 사념.

욕지기를 자극하고 불쾌감을 불러일으키지만, 애써 의식적으로 무시하고자 노력한다.

무시하는데도 의식하게 된다는 모순.

그럼에도 이렇게라도 하지 않으면 정신이 나가버릴 것 같았다.

솔직하게 말하면 벌써 더 이상은 보고 싶지가 않다.

그러나 보고 확인해야만 했다.

방금 전까지 꾸고 있었던 꿈의 내용이 정말 맞는가, 어서 진실을 확인해야 하니까.

내가 꾸었던 꿈은 아무 구원도 없는 하나의 이야기였다.

딱히 누군가의 시점이 아니라 높은 곳에서 내려다보는 듯한 시점으로 바라봐야 했던 이 세계의 과거 이야기.

포티머스, 엘프의 족장이 인간이었을 때 죽기 싫다는 단 하나의 이유 때문에 별을, 아울러 본래부터 이 세계에 있었던 신들의 관계를 엉망진창으로 망쳐 놓았다.

여신 사리엘이, 그녀와 가까운 사람들이 별의 붕괴를 막기 위해서 온 힘을 쏟았던 기록.

아마 단순한 감이지만, 저것은 금기와는 관계가 없는 작용이다.

누군가가 내게 보여줬는지도 모르겠나.

그 누군가의 의도는 일단 잠시만 가만 놓아두자.

우선 난 확인해야만 한다.

자꾸 떨리려 하는 몸을 질타하며 각각의 항목을 순서대로 살펴본다.

시스템 가동 전, MA 에너지, 시스템 가동 후.

거기에는 내가 꿈에서 봤던 내용이 거의 전부 다 똑같이 쓰여 있었다.

시스템 가동 전에는 지구와 별다를 바 없는 별이었다는 것.

다만 용(龍), 지구에는 없는 생물이 있었다는 사실이 기록되어 있다.

감정을 섞지 않은 채 단지 사실만을 열거하려는 듯한 딱딱한 분위기의 문장.

다만 문자들을 눈으로 훑어가는 동안에 쏟아지는 사념.

『속죄하라.』

저 한마디를 애써 떨쳐 내면서 읽어 나아간다.

MA 에너지라는 미지의 에너지를 인류가 발견하고 사용하기 시작했다는 것.

그 정체가 별의 생명력이기에 사용하면 별의 수명을 현저하게 단축시킨다는 것도 알지 못하고.

또한 그 우행이 용의 역린을 건드렸기에 인류는 거의 멸망에 처했었다.

이때 인류를 용의 손에서 지킨 은인이 여신 사리엘.

하지만 용은 인류와 함께 별을 내버린 채 떠나갔다.

그리고 MA 에너지가 거의 바닥나면서 별은 붕괴의 카운트다운에 들어간다.

인류는 지켜준 은혜를 잊고 여신 사리엘을 산 제물로 바쳐서 별을 재생시키고자 시도했다.

이 만행에 격노한 자가 관리자 규리에디스트디에스.

그자는 여신 사리엘을 구하기 위해 시스템을 가동시켰다.

여신 사리엘의 소망과 여신의 생명, 두 가지 목표를 양립시키기 위해서.

거기까지 읽어 나가던 때 카티아가 컵과 주전자를 갖고 돌아왔다.

"슌?! 너 안색이 새파랗잖니?!"

내 안색이 그렇게 안 좋았을까?

카티아가 허둥지둥 달려와서 컵과 주전자를 옆쪽에 놓아두고 내 이마에 손을 얹으며 치료 마법을 걸어준다.

그냥 정신적인 타격이니까 육체를 회복시키는 치료 마법은 걸어줘도 효과가 없다.

하지만 카티아의 마음 씀씀이가 거칠어졌던 마음을 적셔준다.

"고마워. 조금 편해졌어."

진심으로 건넨 말이었는데 카티아는 납득을 못 하겠는지 걱정에 담긴 표정으로 쳐다본다.

자면서 흘린 땀에다가 또 식은땀까지 흘렸던 탓에 아까보다도 목의 갈증이 심해졌다.

카티아가 놓아둔 컵에 손을 뻗는다.

하지만 내가 손으로 잡기 전에 카티아가 컵을 낚아채더니 안쪽에 물을 따라서 입가에 가져다줬다.

혹시, 이대로 빋아 마시라고?

어떡하지, 딱히 환자도 아니라서 좀 많이 부끄러운데.

"호, 혼자서 마실 수 있어."

"아뇨~ 안 됩니다!"

냅다 몰아붙이는 카티아의 기세에 져서 고분고분 받아 마셨다.

바짝 말라붙었던 목에 차가운 물이 흘러든다.

순식간에 처음 한 잔을 다 들이켜자 아직 부족하다는 마음이 전해졌는지 카티아가 두 번째 잔을 곧 채워줬다.

물 두 잔을 쭉 들이켜고 간신히 한숨 돌린다.

마시면서도 금기의 메뉴를 훑어보고 있었다.

대체로 꿈과 일치하는 내용이었다.

포티머스의 이름이 없고 용이 MA 에너지를 빼앗아 떠난 이야기가 없는 등 금기의 내용에는 이빨이 빠진 부분도 조금 있었다.

그래도 꿈의 내용과 거의 일치했다.

시스템 개요를 닫는다.

다른 메뉴도 살펴봐야 할 테지만, 기력이 버텨줄 것 같지가 않다.

일단은 다른 메뉴를 잠깐만 열어봤더니 시스템 각 항목 상세 설명은 살펴보기가 싫어질 만큼 빼곡하게 글자로 가득 차 있었다.

이것을 모두 샅샅이 다 읽으려면 당연히 큰일일 테고, 한 글자를 읽을 때마다 정신을 압박당하는 기분인 터라 절대 불가능은 아니더라도 당장 다 읽자는 엄두는 안 난다.

포기하고 다음 메뉴인 업데이트 이력을 대강 살펴봤더니 그곳도 역시 막상막하로 글자가 빼곡하게 차 있는 상태였다.

그때 내 기력은 푹 시들어버렸다.

금기 메뉴를 닫는다.

닫아도 머리의 한쪽 구석에 있는 금기라는 문자는 사라지지 않는다.

또한 거기에서 새어 나오는 사념도.

메뉴를 열어 놓았을 때와 비교하면 버틸 만해도 이런 처지가 쭉 이어지리라 생각하면 너무나 갑갑하다.

거하게 한숨을 쉬고 침대에서 일어났다.

"슌, 아직 더 안정을 취하는 게 좋아."

"아니, 난 가봐야겠어."

아까부터 아래층이 시끌시끌하다.

아마 이곳은 건물의 2층 같았다.

나는 무엇인가에 이끌리는 것처럼 방을 나가서 계단을 내려갔다.

카티아도 곧 나의 뒤에서 따라온다.

그리고 계단을 다 내려간 그곳에는 내가 정신을 잃기 직전에 목격했던 인물이 있었다.

"그 이야기, 나도 자세하게 듣고 싶은데?"

내 목소리에 반응해서 하얀 소녀가 고개 돌린다.

복수의 눈동자가 나를 똑바로 주시하고 있다.

율리우스 형님을 죽인 저 눈동자가.

2 세계는 이렇게나 추하다

척 봐도 안색이 안 좋은데, 그런데 힘 있는 걸음걸이로 앞에 나서는 야마다 군.

과연 하늘의 가호 보유자답달까. 나한테 딱 싫은 타이밍이고 야마다한테는 딱 좋은 느낌의 타이밍에 등장하는구나~.

아~ 또 얘기가 복잡해지겠어.

"오랜만이야. 와카바, 맞지?"

야마다가 나를 바라보면서 말했다.

왜 말꼬리가 의문형이야?

처음에는 거의 노려보는 기세였는데 지금은 뭔가 의아해하는 표정이고.

내 얼굴에 뭐 묻어 있나?

눈에는 눈동자가 잔뜩 달려 있지만.

"뭐, 됐어. 아무튼, 나도 이야기를 듣고 싶은데. 들을 권리가 있잖아?"

야마다는 가볍게 머리를 흔들더니 계속 말했다.

잘 모르겠는데 뭔가 신경 쓰이는 게 있는가 보다.

뭐, 나도 이미 와버렸는데 어쩔 수 없지.

물론 쫓아내면 쫓겨날 녀석이지만, 그래 봤자 괜히 상황만 복잡해질 테니까.

이미 야마다가 나타난 단계에서 어떻게 대응하든 복잡해지는 것은 확정이기도 하고.

"그래요, 마음대로 해요."

어쩔 수 없어서 소극적으로 긍정하고 넘어간다.

환영은 안 하겠다고 티 내는 것도 잊지 않는다.

"고마워."

그럼에도 불구하고 전혀 개의치 않고, 오히려 대항하는 분위기로 답하는 야마다.

오오시마가 쓱 움직여서 야마다에게 의자를 가져다준다.

야마다가 오오시마에게 인사를 하며 의자에 앉자 오오시마도 자기 몫 의자를 가져와서 야마다의 옆에 앉았다.

어째서일까?

가만 상황을 지켜보던 일부 여자애들에게서 「오오」라고 탄성이 들여오는 이유는?

야마다가 의자에 앉고 이어서 천천히 주위를 둘러봤다.

시선이 몇몇 지점에서 멈췄다가 마지막으로 또 나를 향한다.

음~ 끙~.

어쩔 수 없네.

"10군단, 이리 와."

내 말에 따라 눈앞으로 하얀 옷차림의 인원이 몇 명 모습을 드러냈다.

전생자들은 대부분 이 광경을 본 순간 깜짝 놀랐다.

하얀 옷차림의 인원들은 내가 지휘하는 마족군 제10군의 병사들.

그중에서도 특별히 은밀 행동에 뛰어난 녀석들을 숨겨 놓은 채 전생자들의 감시 임무에 배치했었다.

야마다는 이 녀석들이 있다는 사실을 꿰뚫어 보고 시선을 멈췄던 것 같아.

어라, 잘 보니까 한가운데에 있는 게 페르미나잖아.

자네, 직책은 엄연히 제10군의 부군단장인데 왜 이런 잡무를 맡아서 하니?

내가 의아해하니까 잽싸게 눈치챘는지 페르미나의 이마에 파랗게 핏대가 섰다.

진짜 핏줄이 보였다는 게 아니라 뭔가 분위기로 전달된다.

네가 잠이나 쿨쿨 자는 탓이잖아! 요런 느낌의 뭔가 사념이.

응, 솔직히 좀 미안했어.

"이 자리는 해산. 지시가 있을 때까지 휴식하도록."

명령에 따라 하얀 옷 요원들이 소리도 없이 제자리에서 사라진다.

어딘가에서 「닌자」라는 목소리가 들렸다.

응, 솔직히 우리 제10군 병사들이 쿠사마보다 닌자스럽다고 생각해.

아, 다른 하얀 옷 요원들이 나간 와중에 페르미나만큼은 3층에 올라가 있구나.

그러고 보니까 착란 상태에 빠져서 재워 놓았던 하세베가 있었지.

그 아이를 누군가는 지켜봐줘야 하니까.

하필 간부인 페르미나가 또 일한다는 것이 여러모로 잘못됐다는 생각은 드는데 나는 아무 말 안 하겠어.

"누구야?"

야마다가 험악한 표정을 지은 채 묻는다.

"마족군 제10군의 병사예요. 전생자들의 감시 겸 호위를 지시했었습니다."

나의 한마디에 전생자들이 웅성웅성 떠든다.

저런 녀석들이 바로 곁에서 감쪽같이 숨어 있었다는 것을 안다면 물론 당황하겠지.

먼저 알아챈 사람은 시노하라와 타가와와 쿠시타니까지 세 명 정도이려나?

그리고 선생님도, 알지 않았을까 생각했었는데 눈이 휘둥그레져서 놀라는 걸 보니까 아마 몰랐나 봐.

"마족군의 정예라는 말인가."

아뇨, 일개 졸병이에요.

앗, 아니지. 어쨌든 나한테 스파르타 훈련을 받아 다른 군단의 병사보다는 훨씬 더 강한 애들이니까 정예라는 표현도 어쩌면 틀리지는 않나?

일개 졸병, 일개 병졸.

야마다의 안색은 좋지 않았다.

하얀 옷 부하들의 움직임을 보고 자신과 전력 차이를 가늠했을지도?

용사인 야마다 군의 힘은, 뭐, 웬만한 어중이떠중이하고는 다르다.

그래도, 강하기는 강해도 상식의 범주에 속한 강함을 못 벗어났다.

과거의 마왕이나 나한테는 한참 못 미치고, 그뿐 아니라 이곳에 있는 흡혈 양이나 오니 군도 못 당한다.

까딱하면 아까 본 하얀 옷차림 부하들한테도 운이 안 좋을 경우 패배할지도 모른다.

1대 1이면 아마 꽤 힘들겠지만, 둘이 상대하면 활로가 보일 거야.

별거 아니지.

그렇기는 한데 하늘의 가호라는 편의주의 스킬 때문에 뭔가 전투력 이상으로 저질러버릴 것 같거든.

"그래서? 유고, 나츠메를 미끼로 써서 이곳에 쳐들어왔지. 어째서?"

야마다가 직설적으로 의문을 제기한다.

으, 으음.

역시나 물어보는구나~.

나는 선생님 쪽을 힐끔 바라봤다.

알고 있기는 했다.

도저히 피할 수 없는 주제라는 것을.

다만 이 이야기를 꺼내면 선생님의 입장이 확실하게 나빠진다.

나빠질 텐데 말을 안 할 수 없거든.

"엘프의 수장, 포티머스 하이페너스는 세계의 적. 이 세계에 해를 끼치는 존재이기에 그자를 토벌하기 위해 마족군과 신언교가 손을 맞잡고 이번 공격을 실행했어요."

내 말에 선생님은 입을 쩍 벌리고 있다.

영문을 알 수가 없다고, 저 표정이 대변해준다.

반면에 야마다는 의외로 냉정하게 내 말을 받아들이고 있다.

옆쪽에 오오시마는 놀라움 절반, 납득 절반의 미묘한 표정을 짓고 있으니까 아마도 미리 포티머스의 정체를 알아내고 오지는 않은 것 같아.

"먼저 이 세계에서 엘프는 아득한 옛날부터 세계를 위협하는 존재였어요. 엘프는 표면상은 인족과 마족의 전쟁을 말리려 하는 진정한 세계 평화를 주장하는 듯 활동했습니다만, 그것은 진짜 모습을 숨기기 위한 기만책이었죠. 뒤에서는 이 별의 생명력을 착취하고 별의 수명을 단축시켜왔던 해악입니다. 포티머스 하이페너스는 이 같은 진실을 아는 일부의 인물에게 거듭 만행을 중지하도록 경고를 받고도 전혀 따르지 않았어요. 결국 별의 수명이 위험한 지경까지 치달았던 까닭에 강경 수단을 선택하여 처단했다는 것이 사태의 전말입니다."

느닷없이 스케일 큰 이야기가 나온 바람에 전생자들이 웅성댄다.

"잠깐, 잠깐만! 지금 이야기가 진짜면 이 별은 어떻게 되는 거야?"

쿠도가 절반쯤 몸을 일으키며 따져 묻는다.

백문이 불여일견이랬지.

나는 마술을 발동해서 이 별의 상태를 출력했다.

지구본 같은 느낌으로 현재의 별을 입체 영상처럼 머리 위쪽에 보여준다.

그곳에는 별의 절반이 붕괴된 영상이 있었다.

"현재 이 별의 상태예요."

아연실색.

이 자리에 있는 사람들 대부분의 반응이었다.

이미 사실을 알고 있었던 흡혈 양과 오니 군 이외의 모두에게 이 영상은 꽤나 충격적이었던 것 같다.

세상에, 대체 어떻게, 등등 이런저런 목소리가 들린다.

야마다도 물론 예외가 아니어서 눈을 커다랗게 뜬 채 영상에 시선이 못 박혀 있었다.

"말도 안 돼, 거짓말이지?"

늘 냉정 침착한 쿠도가 입술을 덜덜 떨면서 영상을 뚫어져라 들여다보고 있다.

"거짓말이 아니에요. 아니면 직접 보러 가겠어요?"

내 제안에 고개를 끄덕이는 사람은 없었다.

누구든 굳이 붕괴하고 있는 장소에 가보자는 생각은 안 들겠지.

뭐, 내가 배리어든 뭐든 펼치면 문제없지만, 얘네는 아무것도 모르는 처지니까.

다들 얼떨떨한 분위기다.

자신들이 어떤 상황에 놓여 있는지 그 대답을 설명하기 위한 자리인데.

갑자기 제국이 어쩌고저쩌고하는 차원을 넘어서 별의 존속이 어쩌고저쩌고하는 이야기가 나온 바람에 다들 사고 능력이 정지되어 버린 것 같았다.

영상을 멍하니 바라보는 전생자들.

그나마 먼저 정신을 차린 사람은 쿠도였다.

"있잖아, 이게 진짜 영상이라고 치고, 이 별은 앞으로 몇 년이나 버틸 수 있어?"

쿠도의 말에 퍼뜩 놀라는 전생자 일동.

뭐, 평범하게 생각해서 이렇게 급한 상황이라면 며칠 후 별이 붕괴합니다, 라는 말이 나와도 납득할 테고? 게다가 이렇게 대놓고 종말입니다, 느낌을 내면 신경이 쓰일 거야.

"안심하세요. 일단 여러분이 살아 있는 동안에 붕괴가 발생하지는 않을 거예요."

내 계산이 옳다면 지금 이대로 놔둬도 별이 붕괴하지는 않는다.

적어도 전생자들이 한평생을 마칠 수 있는 기간은 버텨줄 거야.

다만 엘프인 선생님처럼 오래 사는 종족이면 보장은 못 하겠다.

일단 포티머스라는 에너지 낭비의 최대 요인을 제거했으니까 앞으로는 느릿하게나마 회복될 테고.

그래, 쭉 시간을 들인다면 회복은 된다.

다만 용납할 수 없는 희생이 발생할 뿐이지.

어떤 희생이냐면 현재 시스템의 핵으로 기능하고 있는 여신 사리엘.

사리엘은 이미 시스템에 혹사당해서 사라지기 직전이다.

그리 오랜 시간을 버티지는 못할 거야.

덧붙여 말하자면 이 세계에 살아가며 열화되어온 사람들의 혼도 슬슬 위험한 영역에 들어가고 있다.

마족이 출생률의 저하로 고통 받는 이유는 혼의 열화에 따라 더 이상 전생이 이루어지지 않기 때문이다.

거듭거듭 전생을 반복한 혼은 마모되고 점점 손상을 입는다.

그 상태에서 전생을 강제하면 기다리는 것은 혼의 붕괴.

그럼 끝이다. 두 번 다시 전생하지 못한다.

쿠로가 이렇게 혼의 열화가 두드러지는 사람들을 격리해 놓은 장소도 있지만, 그런 대증 요법으로는 근본적인 문제를 해결할 수 없거든.

그곳에서 쿠로가 취한 조치는 가능한 한 사람들이 스킬을 습득하지 않게 돌보는 것. 요컨대 포티머스가 전생자들에게 한 행동과 비슷하다.

그럼으로써 스킬이라는 첨가물을 혼에 덧붙이지 않고 생애를 보내게 한다.

스킬은 존재 자체가 혼의 부담으로 연결되니까.

물론 건강한 혼이라면 큰 문제가 안 생기지만, 잔뜩 열화된 혼은 감당을 못 한다.

그치만 고육지책으로 스킬을 습득하지 않게 돌봐줘도 결국에 혼은 회복되지 않아.

병의 진행을 늦추는 게 고작인 느낌.

혼의 열화를 회복하려면 전생하지 않게 당분간 혼을 휴양시킬 수밖에 없다.

그리고 휴양하는 혼이 늘어날수록 출생률이 떨어진다.

그 결과, 세계의 인구가 자꾸자꾸 줄어든다.

인족은 마족보다 총인구가 많아서 아직 티가 안 나지만.

그렇지만 시간이 흘러가면 서서히 문제가 부각될 거야.

인구가 줄면 그만큼 별의 회복도 지체되고, 그렇게 시간이 흘러가면 또 혼의 열화가 진행된다.

별의 회복이 먼저인가, 아니면 돌이키지 못할 혼의 열화가 먼저인가.

이렇게 치킨 레이스 비슷한 상황이 된다.

뭐, 이런 사정은 전생자들과 관계없지만.

전생자들은 이번 삶이 끝나면 이 세계의 윤회가 아닌 통상적인 윤회의 고리로 돌아간다.

면 미래를 걱정하지 않아도 괜찮은 입장이다.

"우리가 안심이면, 우리의 아이 세대는 위험하다는 뜻이야?"

쿠도의 말에 살짝 의표를 찔렸다.

아이?

무의식중에 쿠도의 배에 눈길이 쏠려버렸는데 내 시선을 받은 쿠도가 허둥지둥 변명을 시작했다.

"아니야, 난 임신 안 했어. 장래의 이야기야."

아하.

그런가, 그러한가.

아이 말이구나~.

그 부분은 전혀 생각을 못 했어.

맹점이랄까, 인식의 차이랄까, 뭐라고 해야 하나.

내가 봤을 때 이 세계에서 아이를 낳는 것은 제정신으로 할 짓이 아니라고나 할까, 뭐라고 해야 하나.

애당초 아이를 낳는다는 발상 자체가 딱히 없었지만.

베이비즈?

걔네는, 응, 아이 취급하기에는 분류가 좀 달라.

이 세계에서 아이를 낳는다는 것은 즉 다시 살아난 누군가를 낳는다는 뜻이란 말이지~.

자기 배에서 다시 살아난 누군가가 태어난다.

뭐, 사실 따지면 이 별에서만 일어나는 얘기가 아니지만, 여기에서는 어쩌면 잘 아는 상대가 전생해서 태어날 수도 있는 셈이잖아.

게다가 자칫 잘못되면 자신이 죽인 상대를 아이로 낳는 사태도 평범하게 발생할 수 있다.

만약 진실을 알게 된다면 아이 낳으려는 생각도 아예 안 들지 않을까?

까놓고 말하자면 신언교 교황이 이런 진실을 사람들이 알지 못하게 감춘 이유가 아마 비슷비슷한 이유일 테고.

속죄를 위해 거듭거듭 전생을 되풀이하며 에너지를 비축하기 위한 장치로서 삶을 강제당한다.

그 진실을 알게 된다면 사람은 어떻게 할까?

자살? 하고도 남지.

그러나 자살해도 다시 태어날 뿐.

그럼 이 연옥에서 빠져나가려면 어떻게 해야 하나?

다 바치면 된다.

존재 자체를.

나는 절대로 생각도 안 하지만, 궁지에 몰린 인간이 아예 사라지기를 바란다 해도 이상한 일은 아니야.

그래 봤자 한 명의 인간이 혼을 바쳐서 회복되는 에너지는 미미하니까.

일순간 들어오는 양이 좀 넉넉할 수는 있어도 장기적인 안목을 갖고 본다면 전생을 반복해서 벌어들여야 더욱더 많은 에너지를 획득할 수 있다.

사람들은 진실을 잊어버린 것이 아니라 아는 진실도 잊어야 했다.

그런데, 여기서 다 떠들면 뭐가 달라지나?

알지 못한다면 행복한 가정을 꾸리는 것도 가능하지 않을까.

"적어도 지금 당장 이 별이 붕괴할 우려는 없어요. 애당초 붕괴를 막기 위해서 포티머스를 토벌했으니까요. 포티머스가 없으니 별의 붕괴는 멈추었고, 가만있어도 느릿하게나마 회복될 거예요."

거짓말은 하지 않았다.

그 전에 내가 이것저것 저지를 계획을 갖고 있을 뿐이니까.

아이를 운운하는 말도 일부러 꺼내지 않았다.

꺼내 봤자 쓸데없이 불행만 안겨 줄 테니까.

모르는 편이 더 행복한 진실도 세상에는 잔뜩 있는 법이지.

뭐, 출생률이 줄곧 떨어지고 있는 상황이라서 아이를 과연 가질 수 있을지도 모르고.

그나저나, 애당초 상대가 있는 거야?

"포티머스라면, 우리를 감금했던 자식이지?"

쿠도가 이마에 손을 가져다 대며 묻는다.

다만 시선은 내가 아니라 선생님을 보고 있었다.

한편 선생님은 감금이라는 말을 차마 부정하지는 못한 채 새하얗게 불타버린 듯한 상태로 멍하니 있을 뿐이었다.

너무나 놀라 아무것도 생각할 수 없는 것 같아.

뭐, 하지만 선생님은 강한 사람이니까 괜찮을 거야.

영상을 전환한다.

이 별의 현재 상황을 보여주는 화면에서 앞선 전투의 기록으로.

그곳에 비치는 것은 숲 상공에 떠올라 있는 수많은 성게와 삼각추.

그리고 숲속에서 움직이는 기계병의 모습.

이 판타지스러운 세계에는 전혀 안 어울리는 SF풍의 병기들.

"포티머스는 이러한 병기들을 가동하기 위해 에너지를 필요로 했습니다. 이때 에너지란, 바로 별의 생명력. 그것을 쭉 착취당해왔기 때문에 지금 이 별은 급박한 상태에 처해 있는 거예요."

이번 세상에서는 본 적도 없고 저번 세상에서도 화면 너머가 아니면 보지 못했을 부류의 영상.

전생자들은 넋이 나가서 시선을 빼앗겼다.

"포티머스가 전생자를 모은 이유는 전생자의 특이한 힘을 원해서였어요. 그 힘을 이용해서 안 좋은 계획을 진행하려던 것 같아요."

사실대로 말하면 불로불사를 이루기 위해 전생자를 믹서에 넣고 돌리려는 예정이었지만, 이미 다 지나간 피 튀기는 이야기는 해 봤자 소용없고 안 한다.

애당초 말야, 불로불사 얘기는 쫌 아니잖아?

보통은 코웃음 치고 안 믿을걸.

진짜 정말로 진지하게 불로불사가 목표라서 이딴 장대한 짓거리를 저질렀다고 설명해 봤자 반대로 신빙성이 없어질 거야.

"결국은, 뭐야? 우리를 이용하기 위해서 납치하고 가둬 놓았던 거야?"

"네."

쿠도의 노골적인 질문에 긍정해준다.

그게 실제로 사실이니까.

"잠, 어, 그럼, 나, 난, 무엇, 을, 위, 해서?"

응?

어?

말을 이루지 못하고 갈라지는 목소리가 들린 방향을 돌아봤더니 그곳에는 경련하며 의자에서 허물어지는 선생님이 있었다.

"선생님! 정신 차리세요, 선생님!"

한발 먼저 움직인 사람은 야마다 군이었다.

야마다가 의자에서 허물어진 선생님에게 곧장 가까이 달려가서 상태를 확인한다.

선생님은 눈물 흘리며 눈을 부릅뜬 채 불규칙적으로 거친 호흡을 반복하며 몸 또한 불규칙적으로 경련시키고 있다.

아등바등 호흡을 반복하려고 애쓰는데 그런데도 괴로워하는 이유는 과호흡 상태에 빠져서인가?

야마다가 쓰러져 있는 선생님의 상체를 안아 일으켜서 치료 마법을 써준다.

그러나 이 세계에서 치료 마법은 어디까지나 손상된 신체 조직을 회복시켜줄 뿐 병을 고쳐주지 못한다는 것을 안다.

"비켜."

치료 마법을 걸어주고 이름 불러주는 게 한계인 야마다를 밀어내고 선생님의 눈을 들여다본다.

그리고 사안을 발동.

평소와 반대의 효과를 발휘했다.

내 사안은 보는 대상을 공포에 떨게 만드는 효과가 있다.

즉 상대의 정신에 작용한다는 의미.

시도한 적은 없는데 공포를 줄 수 있다면 반대로 평정심을 되찾아주는 활용도 이론상은 아마 가능할 거다.

내 사안을 마주 본 선생님이 한 차례 세차게 몸을 경련시켰다.

그러나 그 후 심각한 몸의 경련은 멎었다.

그렇다 해도 아직껏 호흡이 많이 어지러운 데다가 작은 경련은 가라앉지 않았다.

“선생님. 괜찮아, 괜찮아요.”

가능한 한 선생님의 정신을 자극하지 않게 천천히, 조심스럽게 말을 건넨다.

괜찮아, 괜찮아, 말을 반복했다.

그동안 나는 선생님의 손을 꼭 쥐었다.

그러자 조금씩 선생님의 호흡이 안정된다.

다만 호흡은 조금 안정되었어도 뚝뚝 떨어지는 눈물은 멎질 않는다.

그리고 격하게 울고 있는 까닭인지 이따금 딸꾹질 비슷한 경련이 아직 이어지고 있다.

얼굴은 눈물과 콧물 때문에 흠뻑 젖었고.

내가 옷소매로 물기를 닦아준다.

하지만 닦아 봤자 또 곧바로 흘러넘쳤다.

한동안 선생님은 울고 또 울었다.

엘프라서 몸의 성장이 느린 선생님은 다른 전생자들과 비교해서 외모가 어리다.

외모만 보고 말한다면 이렇게 엉엉 우는 모습도 위화감이 없다.

하지만 전생자들에게는 분명 충격적인 광경이었을 거야.

선생님은 다른 전생자들과 달리 유일한 어른이었으니까.

외모와 달리 지난 삶과 이번 삶을 더해도 전생자들 중 가장 오래 살았다.

그런 어른이 이렇게 남의 시선을 신경 쓸 겨를도 없이 평정심을 잃는 모습은 분명 상상도 하지 못했을 거야.

나도 상상하지 못했다.

"괜찮아. 괜찮아요."

선생님의 작은 등에 손을 둘러서 천천히 쓰다듬었다.

"선생님은 잘못하지 않았어요."

천천히 타일러준다.

"목숨을 걸고 학생들을 위해 싸워왔던 행동이 어떻게 잘못일 수 있겠어요."

그 말에 쿠도가 무안해하며 시선을 피하는 것이 느껴졌다.

나의 시선은 선생님을 향하고 있었지만, 평소부터 투시 능력으로 주위를 파악하기 때문에 의식하지 않아도 여러 반응을 알게 되어버렸다.

쿠도가 지금껏 보인 태도에서 선생님을 수상하게 생각한다는 것은 알고 있었다.

하지만 쿠도는 막상 선생님이 얼마나 필사적으로 학생들을 구출하기 위해 발버둥 쳤나 실상을 알지 못한다.

그리고 전생자를 모은 이유가 결국 포티머스의 흉계 때문이었다는 사실을 알았을 때 이렇게 쓰러져버릴 만큼 진심이었다는 것도.

후자는 나 또한 판단이 어긋났다.

설마 선생님이 쓰러질 줄은 생각도 하지 않았다.

선생님이라면 사실을 알게 되어도 괜찮으리라고 막연하게 믿고

있었다.

"포티머스는 분명 악랄했어요. 하지만 선생님은 학생들 모두를 위해 어떠한 거짓도 없이 애쓰셨잖아요. 그 노력은 절대 잘못된 행동이 아니었어요. 게다가 이렇게 모두 살아서 만났는걸요."

오열을 멈추지 못하는 선생님에게 다정하게 말을 건넨다.

실제 선생님이 포티머스에게 이용당했던 것은 사실이지만, 그럼에도 선생님 덕에 목숨을 부지한 전생자는 많다.

이 세계는 지구와 달리 가혹하니까.

나는 몇 번을 죽을 뻔했던가 모를 지경이고 흡혈 양과 오니 군도 마찬가지다.

그냥 우리는 운이 좋았을 뿐.

살짝만 삐끗했어도 이미 죽었다.

물론 다른 전생자들도 비슷한 신세라서 야마다 등 일부 특권 계급으로 태어나지 않은 한 항상 죽음과 이웃하는 생활을 버텨야 했을 것이다.

어쩌면, 선생님이 보호해주지 않았다면 지금 이곳에 모인 생존자는 기껏해야 절반에도 못 미쳤을 가능성 또한 있었다.

그리고 이곳 엘프의 마을에 전생자들이 다 같이 모여 있었던 덕분에 아무 걱정도 없이 포티머스를 쓰러뜨릴 수 있기도 했다.

결국은 다 좋게 끝났으니까 선생님이 마음을 앓을 필요는 없다.

"모, 모두가, 아냐!"

선생님을 울며 부르짖었다.

"구해, 주지, 못했어! 나, 나는, 구해주지, 못했어!"

통곡이라는 표현이 이럴 때 쓰이는 건가, 저절로 납득이 되는 울부짖음.

울면서 떠듬떠듬 새어 나오는 목소리는 결코 크지는 않다.

그럼에도 불구하고 어째서 이렇게까지 귀에 울릴까.

몸져누운 하세베 이외에도 이곳에는 참석하지 못한 전생자가 있었다.

사쿠라자키 잇세이.

코구레 나오후미.

하야시 코타.

더 이상은 만날 수 없는 전생자가.

저 아이들이 맞이했던 죽음의 책임을 선생님은 떨치지 못하는 것 같다.

그 마음에 대하여 내가 무어라 말할 순 없다.

다만 지나치게 과한 책임감이라는 생각은 든다.

자기 인생은 자기의 것이니까.

죽음도 또한 본인들의 것이다.

선생님이 모든 죽음에 책임을 질 필요는 전혀 없는데.

어쩌면 구해줄 수 있었다고 선생님은 생각하는 것 같지만, 인간에게는 가능과 불가능의 영역이 있다.

모든 사람을 구하겠다는 것은 오만한 생각이다.

전지전능한 절대자가 아닌 한 모든 사람을 구원하겠다는 것은 애당초 불가능하다.

나 또한 불가능하고.

선생님은 이후에도 어린아이처럼 내내 울었다.

어째서, 구해주지 못했어, 무엇을 위해.

똑같은 말을 잠꼬대처럼 중얼대며.

그렇게 얼마나 시간이 더 흘러갔을까, 선생님은 겨우 울음을 멈췄다.

다만 눈빛은 어딘가 멍멍하며 생기가 느껴지지 않는다.

"와카바."

이때까지 쭉 조용히 추이를 지켜보기만 했던 쿠시타니가 나에게 말을 건넸다.

"선생님은 피곤한 것 같으니까 내가 재워드릴게. 더 이상 부담을 안 겨드리면 안 될 테고. 내가 봐드릴 테니까 하던 이야기부터 마쳐줘."

몹시 반가운 제안이기는 했다.

지금 선생님을 혼자 놔두는 것은 안 좋다.

가능하면 내가 돌봐주고 싶은 마음이었지만, 이 자리를 내팽개치고 선생님을 간병하는 것이 최선이라고 말하기는 어렵다.

쿠도 등 이곳에 쭉 감금당했던 인원들은 선생님에게 이래저래 유감도 있을 테니까 그런 복잡한 감정을 풀지 않은 채 믿고 맡기지는 못한다.

그런 점에서 쿠시타니는 이곳 엘프의 마을에 온 지 얼마 안 되기도 했고 감정적인 행동은 없이 선생님을 돌봐줄 수 있을 거야.

전투도 수행 가능한 얼마 안 되는 전생자이기도 하니까 이 역할을 맡기기에 더 최적의 인물은 달리 없겠다.

흡혈 양은 아예 말이 안 되고 오니 군도 일단은 남자니까 선생님을 간병하기에는 역할이 안 맞잖아.

"부탁해도 될까?"

"맡겨줘."

쿠시타니가 선생님의 몸을 공주님 안기로 들어 올린다.

타가와와 잠깐 눈을 마주친 뒤 쿠시타니는 곧장 계단을 올라갔다.

쿠시타니는 야무진 사람이니까 맡겨 놓아도 괜찮을 거야.

만에 하나, 선생님이 자살을 시도해도 잘 막아주겠지.

선생님과 쿠시타니가 퇴장한 이후 장내에는 어색한 분위기가 가득 차올랐다.

방금 전 선생님의 안타까운 모습을 목격했던 만큼 이제껏 선생님이 얼마나 진지하게 전생자 보호를 위해 애써왔는지 깨닫지 못할 리 없었다.

쿠도를 필두로 보호 대상이었던 전생자들은 선생님을 원망했었다.

방금 전 선생님을 보고 지난날의 언행에 죄책감을 느꼈을지도 모르겠다.

선생님이 쿠시타니에게 안긴 채 물러난 이후 아무도 입을 열고자 하지 않았다.

모두가 뭐라 말을 꺼내야 하는가 알지 못한 채 단지 침묵을 지킬 뿐이다.

다만 똑같이 입을 다물어도 반응은 몇 가지로 나뉜다.

하나는 시선을 이리저리 헤매는 부류.

얘네는 정말 뭐라고도 말이 안 나와서 가만히 지켜보겠다는 느낌.

또 하나는 쿠도에게 시선을 보내는 부류.

그 시선에도 종류가 있는데, 쿠도를 책망하는 분위기의 시선과 반장담게 이야기의 다음 전개를 이끌어달라고 기대하는 시선으로 나뉜다.

전자와 후자에 온도 차이가 있다는 것은 말할 필요도 없다.

그리고 마지막이 다수파인데 내게 시선을 보내는 부류.

뭐, 당연한가.

이런 상황에서 대화를 진행시키려면 내가 주도하는 게 무난하지.

그냥 다 떠넘기고 싶은 마음이 한가득이지만!

아~ 으~.

일단은 원래 자리에 다시 앉았다.

뭔가 안 익숙한 짓을 한 탓인지 말을 많이 한 탓인지 엄청 지쳤어.

그만 골인해도 되지?

안 되나요?

……그런가요.

"……착하구나."

어색한 침묵을 깬 사람은 의외의 인물이었다.

아니, 딱히 의외는 아닌가?

"그럼 어째서. 아니, 아무것도 아니야……."

침묵을 깬 사람, 야마다 군은 복잡한 감정이 뒤섞여서 아무런 말도 못 하는 표정으로 입을 다물었다.

이런저런 감정이 마구 뒤섞여 있는 저 표정에서 야마다가 무슨 말을 하고 싶었는지 파악하기는 무척 어렵다.

다만 내가 밀어냈을 때 자세에서 변함없이 굳어 있었던 몸을 힘없이 자기 자리에 떨어뜨렸다.

소리로 표현하면 털써덕? 정말 힘이 쭉 빠져서 몸 전체를 그냥 떨어뜨려서 앉는 느낌이었다.

그리고 야마다의 어깨를 오오시마가 걱정스럽게 살포시 토닥인다.

그러자 야마다는 마치 걱정하지 말라는 듯이 오오시마의 손을 자기도 살포시 토닥여줬다.

염장질하지 마.

"반장도 앉지?"

오니 군이 아직껏 가만히 서 있는 쿠도에게 말을 건넨다.

쿠도는 길 잃은 어린아이 같은 표정을 잠깐 지었다가 말을 따라서 자기 자리에 다시 앉았다.

"뭐, 너희도 다 하고 싶은 말이 있겠지. 우리는 엘프의 마을 바깥에서 생활했으니까 이곳의 생활이 어떤 기분이었는지는 들어서 아는 게 전부이고, 너희 마음도 다 안다는 말은 못 해. 하지만 선생님도 딱히 좋아서 너희를 여기에 가둔 게 아니었다는 것은 방금 본 태도에서 알았을 거야. 나쁜 의도가 있었던 게 아니라 선의에서 비롯된 행동이었다는 걸. 목숨을 걸고 너희를 지켜주려고 했다는 사실만큼은 알아주면 좋겠네."

오니 군이 침착하게 말을 건넨다.

그 말을 진지하게 듣는 부류, 어딘가 거북해하며 받아들이는 부류, 반응은 제각각이었다.

"……그럼 그렇다고 말해주면 좋았을 텐데."

쿠도가 푹 고개 수그리고 삭게 중얼거렸다.

쿠도와 선생님은 전세 때는 사이가 무척 좋았다.

그만큼 선생님에 대한 원망이 강했을 거야.
배반당했다는 생각을 쭉 했을지도 모른다.
선생님도 선생님대로 이렇다 할 설명을 하지 않았던 것이 악감정을 비대화시켰던 원인이다.
"말할 수 없었던 거예요."
그러니까 이 자리에서 선생님 대신 변명해주자.
"말할 수 없었다니?"
"선생님이 가진 스킬은 조금 특수해서 페널티가 있었어요. 나도 더 이상은 말해줄 수 없어요."
내 말에 쿠도를 비롯한 몇몇이 깜짝 놀라는 표정을 지었다.
선생님이 가지고 있는 스킬, 출석부.
아마 학생들의 정보를 얻을 수 있는 스킬인 듯하다.
다만 얻은 정보를 학생 본인에게 전달해서는 안 된다.
왜냐하면 페널티가 있으니까.
실제 페널티의 내용이 무엇인지 나는 모른다.
무거운가, 가벼운가.
어쩌면 딱히 아무것도 없는지도 모른다.
이 스킬을 만든 D라면 어떤 짓이든 저질러버릴 테니까.
솔직히 말해서 내가 이렇게 선생님의 스킬을 언급하는 것도 아슬아슬한 한계가 아닐까 싶어.
만약에 내가 쓸데없이 스킬에 대해 떠벌린 탓에 페널티가 발동하면 선생님이랑 눈도 못 마주친다.
그러니까 필요 최소한의 정보만 알려줬다.

다행히 쿠도가 눈치 빠르게 알아차린 기색이니까 선생님의 오명을 만회하는 작은 도움은 됐을 것이다.

……그 대신 쿠도는 더욱 푹 고개를 수그렸지만.

이것만큼은 어쩔 방법이 없다.

나중에 본인들끼리 이미 솟아난 벽을 허물 수밖에 없다.

그때 타인인 내가 끼어들 틈은 없겠지.

"……그래. 그렇게 된 거니. ……하지만, 미안. 당장에, 선생님한테 사과할 순 없을 것 같아. 머리로는 알아도, 여기서 아무 의미도 없이 잃은 시간이, 사과하려는 마음을 자꾸 막아서는걸."

쿠도는 고개 숙인 채 힘없이 말했다.

쿠도도 속마음은 무척 복잡하겠지.

선생님이 나쁜 사람은 아니었다고 알게 됐어도, 그렇다 해도 엘프의 마을에서 감금당한 채 보낸 시간은 길다.

그야 막 태어났을 때부터 쭉이잖아.

전세의 인생과 비슷하게, 아니, 철드는 나이를 감안하면 오히려 더욱 긴 시간을 이곳 엘프의 마을에서 보내야 하는 처지였는걸.

"그렇긴 하지."

"기껏 판타지 세계에 태어났는데 가축 취급이었잖아."

"말이 보호지 그냥 감금이었고."

수근수근, 쿠도에게 동의하는 말소리가 나온다.

"하지만 의식주는 보장됐으니까 나쁘진 않지 않았나?"

"슬로 라이프? 조금 나르긴 한데 난 딱히 불민은 없었어."

"아까 우는 걸 봤더니 차마 원망을 못 하겠네."

한편 선생님을 두둔하는 말소리도 들려온다.

비율은 대강 반반쯤.

다만 양측의 공통된 점은 서로가 서로의 생각을 이해할 수 있다는 느낌으로 대화가 이루어진다는 것.

여기에서 보낸 생활에 불만은 적잖이 있었다.

하지만 선생님을 무작정 원망하기도 어렵다.

그런 분위기.

굳이 나누자면 남자가 더 불만을 입에 담는 느낌이다.

역시 남자들은 모험이라든가 동경심을 갖게 되는 걸까?

바깥에서 모험가로 활약했던 타가와에게 선망의 눈길을 보내기도 했고.

아니지, 타가와라는 성공 사례가 있어서 더욱 아쉬워하는 게 아닐까.

바깥에서 살았다면 나도 멋지게, 요런 느낌으로.

글쎄? 성공하기가 쉽진 않았을걸?

"말해 두겠는데 바깥 생활이 마냥 괜찮지는 않다?"

어라, 타가와 본인이 입을 열었다.

"야, 네가 말하면 설득력 없지."

남자 하나가 타박 놓는다.

확실히.

이미 성공한 타가와가 말해도 그냥 자랑으로 들릴 거야.

"그럼 묻겠는데 말이다. 너희는 하루 온종일 고통에 신음한 경험이 있냐? 그게 아니더라도 골절이라든가 큰 칼자국이 생긴다거나."

타가와의 말에 주로 전생자 남자들이 얼굴을 마주 바라봤다.

"한 번, 작업하다가 실수해서 뼈가 부러진 적은 있는데."

"그럼 상상해봐라. 밥 먹듯이 뼈가 부러지는 일상을."

남자 한 명이 나서서 대답하자 타가와는 아무런 일도 아니라는 듯이 쏘아붙였다.

"뭐?"

"모험가로 살면 말이다, 기껏 골절은 일상다반사다. 치료 마법으로 고쳐도 또 똑같은 부상을 당하지. 그렇게 새로운 상처가 끊이지 않는 상태에 적응하지 못하면 버틸 수 없어. 참고로 나는 아사카가 같이 있어주지 않았다면 옛날에 벌써 좌절했을 거다."

진지한 이야기를 하는 걸까, 여자 친구를 자랑하는 걸까.

판단하기가 좀 애매한데.

"난 어떻게든 꼭 이뤄야 하는 목표가 있어서 모험가라는 위험한 직업을 가진 거다. 하지만 자기 결정인데도 몇 번이나 후회했지. 죽을 위기도 수없이 겪은 데다가 아사카가 있어주지 않았다면 나는 실제로 몇 번을 죽었을지 모른다. 동경심만 갖고 모험가 생활을 하려 들겠다면, 나쁜 말은 안 하겠어, 관둬라."

타가와가 남자들을 둘러보면서 말했다.

음음음.

역시 헷갈리는데. 진지한 이야기를 하는 거야? 여자 친구 자랑이야?

"지금 한 이야기는 모험가라는 특수한 직업에 대한 말이지만, 꼭 모험가가 아니더라도 바깥이 위험하다는 것은 분명하지. 직업상 나는 많은 곳에서 많은 비극을 목격했다. 미물에게 살해당한 사람들이나 도적에게 살해당한 사람. 그렇게 죽어 간 사람들뿐이 아니야. 의지할 가족도 없이 혼자 남겨진 아이나 금전적인 이유로 버림받은 아이도 많았어. 반장, 집이 가난했다며? 여기에 안 왔다면 어땠을까."

타가와가 쿠도를 지목해서 잔혹한 현실을 일깨운다.

쿠도는 반론하지 못한 채 고개 숙였다.

왜냐하면 쿠도는 친부모에게 팔린 처지니까.

구입자가 엘프였을 뿐 어디든 다른 장소에 팔렸을 상황도 물론 가정할 수 있다.

그 경우 아무러면 갓난아이 때 팔아넘기지는 않았을 테니까 조금 더 성장한 이후 벌어졌을 사건이었겠지만, 어디로 팔려 나가는지는 운 문제다.

전생자의 영리함에 주목해서 건실한 상가가 맡아줬다면 괜찮았을 거야.

하지만 전생자의 미모에 눈독을 들인 저속한 업소에서 데려갔을 가능성도 충분히 높지 않았을까.

그런 전생자들을 오니 군이 손뼉을 치며 침묵시켰다.

"결국 있잖아, 뭐가 더 좋았는지 뒤늦게 따져 봐야 의미가 없지 않을까 싶어. 왜냐하면 과거는 바꿀 수 없잖아. 이렇게 지금 이곳에서 살아 있다는 우리의 현재는 달라지지 않아. 그리고 지금 이곳에 없는, 이미 죽어버린 사람이 있다는 것도 말이야. 살아 있는 우리가 뭐가 더 좋았겠다고 뒤늦게 말할 수 있는 것 자체가 사치라고 생각하는 게 좋겠네."

살아 있는 것 자체가 사치.

엄혹한 말 앞에서 전생자들은 쥐 죽은 듯이 조용해졌다.

"그 많은 엘프를 죽인 네가, 할 말인가?"

단 한 사람을 제외하고.

야마다의 발언으로 오니 군에 엘프를 학살했다는 사실이 드러나 버렸다.

다만 마족군이 엘프에게 승리했다는 것은 지금껏 나눈 이야기의 흐름으로 이미 파악했을 테니까 쿠도를 비롯한 다른 전생자들도 엘프의 말로는 대강 예상했었을 거야.

단 그냥 짐작과 진짜 실감은 또 다른 문제니까.

머리로는 엘프가 학살당했다는 사실을 알고 있었어도 진짜 실감하기는 어려웠을 테고, 더구나 같은 반 친구였던 애가 적당히 관련된 게 아니라 손수 죽였다는 말을 들어도 좀 얼떨떨하지.

그 증거로 싸늘한 침묵이 이 자리를 지배하고 있었다.

예외는 타가와, 쭉 묶여 있었던 쿠사마와 오기와라가 전부.

그리고 이미 사실을 알고 있었던, 아니, 자기 눈으로 목격했던 시노하라와 오오시마, 발언을 한 야마다 본인.

쿠도조차 말을 못 잇는 모습이니까 다른 사람들은 야마다의 말을 도저히 받아들일 수 없었는지 멍한 표정을 지은 부류도 몇몇 있었다.

말을 이해한 사람도 진짜 사실인가 의문이 드는 까닭인지 뭔지 두리번두리번 다른 사람의 안색을 살피고 있다.

아마도 이곳 엘프의 마을에서 살아온 전생자들에게 죽음은 연이 먼 단어였을 거야.

그러니까 아는 누군가가 죽었냐는 말을 듣고도 실감이 솟지 않는다.

그 죽음의 원인이 예전 같은 반 친구라면 더더욱.

일본에서는 수명 이외의 문제로 죽는 경우가 거의 없기도 하고, 예전의 감각을 이어받아서 살았을 테고.

아는 누군가든 모르는 누군가든 픽픽 죽어 나가는 이 세계와는 죽음에 대한 감각이 너무나 많이 다르다.

그런 점으로 보면 엘프의 마을 바깥에서 자란 타가와와 쿠사마는 이 세계를 겪고 가지게 된 삶과 죽음의 가치관을 철저하게 인식하고 있다.

따라서 당황하지 않는다.

다만 똑같이 겪었을 텐데 왜 바깥에서 자란 야마다는 이렇게나 분개하는 걸까?

지금껏 이야기를 잘 들었으면 엘프는 죽어 마땅한 족속이라고 이해할 수 있었을 텐데.

"슌, 말해 두겠는데 엘프는 죽어도 불평할 수 없는 지독한 짓을 저질러왔어. 그러니까 내가 죽여도 문제없지."

"문제가 있어!"

타이르듯 말을 건네는 오니 군에게 야마다가 격렬하게 반응했다.

되게 격렬한 반응이라 살짝 의표를 찔려서 깜짝 놀랄 정도다.

"슌, 이야기 안 들었어?"

"다 들었어. 분명 엘프들이 한 행동은 용서받을 만한 잘못이 아니었을지도 몰라."

어라?

일단 야마다도 엘프가 잘못했다는 것은 이해했구나.

야마다는 엘프의 편을 들어서 참전한 입장이니까 자기 합리화로 엘프를 끝까지 편들려는 것 같다고 생각했었는데 아닌가 보다.

"그렇지만, 아무리 그래도, 죽이면 끝이라는 게, 이상하잖아."

야마다의 말에 전생자 중 몇 사람이 동의를 표시하는 듯한 분위기가 느껴졌다.

……뭐, 당연한 반응인가.

엘프의 마을이라는 폐쇄된 환경에서 자랐다면 예전 일본의 가치관이 똑같이 남아 있어도 이상할 게 없다.

일본에서 범죄자는 법의 심판을 받아 엄중한 처벌이 주어진다.

사형은 어지간히도 무거운 죄를 범한 일부뿐.

게다가 사형 자체를 폐지해야 하지 않냐는 움직임도 있었다.

이쪽 세계와는 생명의 무게가 다르다.

범죄자여도 물론 다를 바 없고.

"엘프들은, 살아서 죗값을 치러야 했어. 그 자식들에게는 속죄할 의무가 있었어. 그런데, 죽여서 끝내버리면 안 됐던 거야. 죽으면 다 끝장이잖아."

음~. 늘어놓는 말이 확실히 정론이기는 한데, 뭐랄까, 되게 속 편하구나~ 싶거든.

세상에는 죗값을 치를 마음이 아예 티끌만큼도 없는 악당들도 잔뜩 넘쳐나니까.

열심히 설득하면 어떤 악인이든 회개한다? 그런 전개는 편의주의 이야기 속에만 있지.

아무리 극구 애써봐도 개과천선하지 않는다면 굳이 상대해 봤자 전부 시간만 낭비하는 셈이다.

그렇다면 뒤탈 안 생기게 써걱 죽여버리는 게 현명한 방법 아니려나~.

뭐, 어디까지나 나 개인의 의견이지만.

"그러게. 죽으면 끝장이지. 죽이는 것은 안 좋아. 물론 옳은 말이야. 용납되는 처사가 아니지."

오니 군이 야마다의 말에 동의한다.

"그러면."

"그러니까, 직접 간접 가리지 않고 수많은 생명을 빼앗았던 엘프들이 용서받지 못하는 것도 당연하지 않아?"

무언가 이어 나가려고 했던 야마다의 말을 오니 군이 가로막았다.

오니 군의 저 발언은 야마다의 입을 다물리기에 충분한 위력을 갖고 있었다.

"슌. 가까운 누군가를 살인으로 잃은 사람은 말이야, 살인을 한 상대를 절대 용서할 수 없어. 그 자식이 아무리 죗값을 치른다 해도 가슴에 깃든 증오는 사라지지 않아. 아마 옅어질 순 있겠지. 그래도, 끝내 사라지지는 않아."

몹시 절절한 실감이 담긴 말이었다.

가만히 말을 들어도 오니 군이 가까운 누군가를 살해당해 잃은 경험이 있다는 것을 저절로 깨닫게 되는 무게감이 있었다.

"슌이 한 말은, 맞아, 훌륭해. 다만 아무리 발버둥 쳐도 엘프들은 용서받을 수 있는 처지가 아니었어. 다 죽어야만 했지. 그래서 우리가 목숨을 끊어줬던 거야. 이렇게 납득해주면 안 될까?"

오니 군의 무게감 있는 말을 야마다는 절대 반론할 수 없을 것이다.

"납득, 못 하겠는데."

없어야 했다.

그러나 야마다 군의 눈에는 힘찬 광채가 있었다.

꺾이지 않는 무엇인가가 저곳에 분명 있었다.

"그래, 엘프는 그렇다고 치자. 그럼 제국군은 어떻게 설명할 생각이지? 너희는 유고를 이용해서 제국군을 미끼로 쓰고 쳐들어왔다며? 고작 미끼가 되어 억울하게 죽어야 했던 제국군의 사람들은 어떻게 설명할 생각이지?"

……아픈 곳을 찌르는구나.

확실히 제국군은 야마다의 시점으로 봤을 때 억울하게 휘말린 불쌍한 사람들이니까.

그야 납득이 안 될 만하지.

실제 전생자들이 웅성웅성하고 있다.

분위기만 웅성웅성일 뿐 누구 한 사람도 입은 안 열었지만.

"저기, 지금 한 이야기 진짜야?"

침묵을 깬 사람은 쿠도.

오니 군과 야마다는 서로 노려보며 움직이지 않는다.

저 두 사람에게 힐끔 시선을 보냈다가 곧 쿠도는 다시 나를 돌아보면서 질문 꺼냈다.

어, 왜 나야~!

"지금 한 이야기가 진짜라면, 너희는 나츠메 군을 이용했을 뿐 아니라 제국군의 사람들을 죽게 몰아붙였다는 거야?"

으응, 뭐, 대강 맞는 말이네.

"부정은 하지 않겠어요."

"그럼 긍정으로 받아들일게."

내 대답에 쿠도가 험한 표정을 지으며 대꾸했다.

뭐, 틀린 말은 아니니까~.

실상은 아마 쿠도의 상상보다 더 악랄한 짓이었지만.

구태여 말을 꺼내지는 않는다.

그게 분명히 양쪽 다 행복할 테니, 응.

"이용한 것은 부정하지 않아. 그래도, 전쟁이니까. 사망자가 나오는 게 당연하겠지?"

오니 군이 뻔뻔하게 받아쳤다.

"그래도!"

"제국군이 안 죽어주면 대신 마족군이 죽어야 했어. 그리고 제국군은 마족군의 적이지. 적을 이용했을 뿐. 우리가 한 행동이 군사 전략의 관점에서 잘못됐나?"

뭐, 결과만 두고 말하자면 적을 또 다른 적과 충돌시켜서 양쪽 다 소모를 유도하고 어부지리를 얻은 셈이니까.

전쟁에 쓰는 전략으로 아주 바르고 효율적이지.

"그런 이야기를 하는 게 아니야!"

다만, 뭐, 야마다가 하려는 말은 전략의 문제가 아니잖아~.

"슌. 이 세계에서 살면서 보고 깨닫지 않았어? 이 세계는 일본과는 달라. 생명의 무게가 가벼워. 일본의 가치관을 고집스럽게 붙들어 봤자 소용없잖아?"

오니 군이 끈질기게 버티는 야마다를 타일러 설득하고자 한다.

"소용없다니? 어째서 그런 생각을 하지?"

하지만 방금 전 발언은 뜻밖의 반격을 유도했다.

"확실히 이 세계에서는 생명이 가벼워. 별것 아닌 사고로도 맥없이 죽지. 그렇기 때문에 율리우스 형님도……. 아니, 지금은 됐어. 아무튼, 아무튼 말이야! 그렇다고 생명을 가볍게 빼앗아버려도 된단 소리는 아니잖아?!"

외친다.

저 외침에는 방금 전 나의 되게 속 편하다는 인식을 뒤집을 만큼 힘이 담겨 있었다.

단순히 일본의 가치관을 아직껏 놓아주지 못하는 어리광쟁이의 의견이라고 생각했다.

아니다.

야마다는 전부 다 이해하고도 본인의 어리광을 고집하겠다는 의지를 방금 전 외침으로 주장했다.

"이 세계는 일본과 다르다? 그래, 다르지, 달라. 이곳은 일본과 모든 부분에서 달라. 하지만, 그럼 꼭 일본의 가치관을 버려야만 하나? 꽉 쥐고 버티는 게 잘못이야?"

야마다의 말에 대각선 뒷자리에 앉아 있었던 오오시마가 어깨를 떨었다.

저 반응은 오오시마도 이 세계에서 살아가는 동안에 일본의 가치관을 버렸기 때문일까.

"쿄야. 반대로 묻겠어. 넌 소용없다고 말했지. 그 말은, 이 세계는 원래 이런 곳이니까, 그러니까 소용없다고, 포기하고 타협한 게 아닌가?"

S2 생명의 가치

가장 처음으로 마물을, 그 지룡을 죽였을 때의 기억을 나는 평생토록 잊지 못할 것이다.

스킬이 있고 능력치가 있고 게다가 마물을 죽이면 레벨이 올라간다.
마치 게임과 같은 세계에 다시 태어난 나는 은근히 게임 감각으로 살고 있었다.
그런 태도가 잘못되었음을 안 것은 나츠메, 유고에게 살해당할 뻔했을 때.
그리고 손수 마물의 생명을 빼앗았을 때.
정확하게 말하면 그 직후의 일이다.
유고에게 살해당할 뻔한 사건은 나의 인생관을 커다랗게 바꾸는 계기가 됐다.
그때까지 나는 분명하게 말해서 삶에 진지하지 않았다.
제4왕자라는 어중간한 지위.
사는 데 부족함은 없으나 왕자로서는 완전히 방치당했던 데다가 그렇다고 완전히 자유롭게 행동하지도 못했다.
지위와 마찬가지로 주어진 자유도 또한 어중간했다.
그러나 지난 처지에 딱히 불만을 느끼지는 않았다.
왕족답게 철저하게 처신해야 할 필요도 없고 비교적 편안하게 살 수 있었다.

자기 단련으로 스킬을 연마하고, 율리우스 형님의 활약을 전해 들으며 눈을 반짝이고, 언젠가 자신도 눈부시게 활약하는 앞날을 꿈꾼다.

그렇게 아이다운 소망을 갖는 것이 용납되는 입장이었다.

그런 달콤한 꿈은 유고에게 살해당할 뻔했을 때 쩌억 갈라졌고, 이후 지룡을 손수 죽였을 때 산산조각이 나서 부서졌다.

다른 누군가에게 살해당할 뻔했다는 경험.

아울러 손수 마물을 죽였다는 경험.

둘 다 일본에서는 일단 경험할 수 없는 사건이다.

나는 이번 삶을 전세의 연장이라기보다도 게임 감각으로 살아왔었다.

죽은 이후의 보너스 스테이지처럼.

하지만 유고가 쏟아 냈던 살의는 현실이었고, 지룡을 쓰러뜨렸던 감촉은 생생했다.

유고와 싸우던 와중에는 우선 압도되었고 머리가 혼란스러워서 공포를 느낄 여유가 없었지만, 겨우 살아난 뒤에 몸이 떨렸다.

지룡과 싸우던 와중에는 제대로 정신도 못 차려서 넋 빠진 사람 같았으니까 생명을 빼앗는 행위가 무엇인가 고민할 여유가 없었지만, 뒤늦게 시체를 마주 보았을 때 나는 토했다.

그 지룡이 페이의 부모였다는 사실을 안 까닭이기도 하다.

어쩌면 자기 새끼를, 페이를 줄곧 찾아다닌 게 아니었을까.

그런 배경을 상상하게 되면 게임과 같은 감각으로 살아가기가 불가능해졌다.

아울러 나는 마물과 싸우는 것이 두려워지고 말았다.

다만 유고에게 죽을 뻔한 경험이 나의 공포를 다스려줬다.

강해지지 않으면 자기 몸조차 지킬 수 없다.

나는 유고에게 죽을 뻔했고 지룡과 싸웠던 경험 이후에 율리우스 형님처럼 인족 전부를 수호하는 고결한 용사가 되는 것은 불가능하다고 실감했다.

율리우스 형님의 옆에 나란히 서고 싶다는 목표가 상상했던 것보다 훨씬, 훨씬 더 머나먼 이상이었다고 절감해야만 했다.

나는 인족의 명운과 같은 무거운 사명을 짊어질 수 없다.

그럼에도 하다못해 가까운 사람을 지켜줄 만한 힘은 갖고 싶었다.

그래서 나는 다시 마물과 맞서 싸우는 길을 선택했다.

마물과 싸우는 실습이 있어서 나는 마물과 대치했다.

학원의 실습으로 미숙한 학생들이 싸울 상대였던 터라 당시의 마물은 상당히 약한 부류였다.

어른이라면 평소 전투를 하지 않는 사람이어도 물리칠 수 있을 만큼 조그만 동물과 다를 바 없는 개체.

그럼에도 마물은 마물이다.

마물은 사람을 적극적으로 공격하는 해수이며 약한 마물이라도 죽이지 않는다면 피해가 발생한다.

아무리 약하더라도 마물인 이상 위험이 전혀 없지는 않다.

어른이라면 물리칠 수 있다는 말도 반대로 바꿔 말한다면 아이는 위험하다는 뜻이다.

또한 어른이어도 다치지 않고 물리칠 수 있다는 보장은 없을뿐더러 까딱 실수하면 목숨이 위험해진다.

실제 약하다는 마물로 인한 피해가 적게나마 매년 발생했다.

실습에는 학생을 마물과의 싸움을 경험시켜주는 동시에 마물을 솎아 내는 의미도 있었다.

그러니까 마물을 죽이려 할 때 주저하면 안 된다.

하지만…….

나를 전력으로 죽이려 덮쳐드는 마물.

살아 있는 의지가 분명하게 느껴졌다.

게임의 프로그램 따위와 달리 생각해서 행동하는 의지가.

나는 마물과 싸우는 것, 더 말을 보태자면 생물과 싸운다는 것을 가볍게 보고 있었다.

피아의 전력 차이라는 의미가 아니다.

단순히 전투력이라면 나의 능력치는 또래 중 높은 편이니까 약한 마물쯤이야 간단하게 이겨야 했다.

그런 의미가 아니다.

그 감각을 말로 표현하기는 어렵다.

다만 마물과 대치했을 때 나는 생명을 건 전투가 상상 속 무엇보다도 현실적이며 두려운 행위라는 것을 지룡과 치른 싸움에서 경험했었다.

그래, 두려웠다.

들이닥치는 마물이, 나를 죽이고자 하는 존재가, 아울러 저 생명을 죽여야만 내가 살 수 있다는 사실이.

검을 마물에게 내리 휘두르고자 할 때마다 힘이 다했던 지룡의 모습이 머릿속에 어른거렸다.

결국에 나는 첫 대결에서 마물을 죽이지 못한 채 마물의 공격을 줄곧 피하는 것이 고작이었다.

그리고 나를 보다 못했던 같은 조의 펄튼이 숨을 끊어주었다.

거침없이.

"어째서……."

나는 펄튼에게 멍하니 물었다.

스스로도 무엇을 묻는 질문이었는지 잘 알지 못했다.

단지 머리에 떠오른 말을 곧바로 중얼거렸을 뿐.

"아, 죄송합니다. 어려워하시는 듯하여 저도 모르게."

내 질문에 대한 펄튼의 답은 내게서 사냥감을 빼앗았다는 사죄의 말이었다.

"주제넘은 짓을 저질렀습니다. 잘 생각해보면 슈레인 님께서 이런 정도의 마물에게 어려움을 겪을 리 없었습니다. 오호라! 마물의 움직임을 관찰하고 계셨군요! 약한 마물이어도 방심하지 않고 철저하게 살펴본다, 좋은 공부가 되었습니다."

아니야.

그게 아니야.

내가 묻고 싶었던 것도, 내가 마물을 쓰러뜨리지 못한 이유도 그런 게 아니야.

하지만, 안다.

알아버린다.

이것이, 이것이 이 세계와 일본의 차이라고.

이쪽 세계에서는 생명이 가볍다.

너무나도 가볍다.

마물은 죽이는 것이 당연하다.

마족은 적이니까 죽이는 것이 당연하다.

같은 인간마저 아무렇지도 않게 서로를 죽이려 든다.

그렇게 빼앗은 생명에 대해 이 세계의 인간들은 너무나 무감각했다.

마치 작업하듯이 생명을 빼앗는다.

펄튼에게도 마물을 죽이는 행위에 대한 특별한 감정은 나타나지 않았다.

나 또한 성인군자가 아니다.

일본에 있던 시절에도 고기는 물론 먹었고 벌레를 죽이기도 했다.

생명의 가치는 벌레든 동물이든 사람이든 똑같다는 말은 차마 못 하겠다.

마물은 사람을 공격하는 해수이기에 죽이지 않으면 오히려 죽임 당한다는 것도 알겠다.

다만 벌레를 죽이듯 마물을 죽이는 데는 저항감을 느꼈다.

그럼에도 결국 난 그날 이를 악물고 마물을 손수 죽였다.

펄튼의 존경심 어린 시선을 배신하는 것이 무서워서.

또한 무엇보다도 유고에게 공격당해서 죽을 뻔했던 기억이 떠올랐기에.

최소한 자신의 몸은 자신이 지킬 수 있는 실력을 갖추자는 마음에서 나는 레벨을 올리기 위해 마물의 생명을 빼앗았다.

나 혼자만의 이유 때문에 하나의 생명을 빼앗았다.

잊히지가 않는다. 잊어서는 안 된다. 검이 가죽을 가르고, 살점을 가르고, 뼈를 절단하는 감촉을.

사방에 튀어 오르는 피 냄새를.

단말마의 비명 소리를.

눈에 각인되었던 생명이 사라져 가는 순간을.

게임 화면 속 CG와 달리 사실적인 죽음이 그곳에 있었다.

일본에서도 해수를 제거하는 경우는 있다.

더 말을 보태면 가게 앞쪽에 진열해 놓은 고기도 원래는 살아 있었던 소와 돼지였다.

사람이 살아가려면 생명을 빼앗아야 한다.

비록 간접적일지라도 우리들 인간은 살아가는 과정에서 수많은 생명을 빼앗고 있다.

그러나 직접 생명을 빼앗는 것이 이토록 무거운 행위인 줄은 알지 못했다.

그리고 자꾸만 생각이 든다.

마물이 이렇다면 사람을 죽였을 때는 얼마나 무겁겠냐고.

두렵다.

생각만 해도 두렵다.

유고는 어째서 검을 휘두를 수 있었을까?

나와 똑같은 심정을 느꼈다면 이곳이 꿈같은 세계라는 생각은 절대 못했을 텐데.

이곳은 게임 비슷한 세계일지라도 게임이 아니었다.

생명을 경시하는 세계일지라도 지구와 무게감이 달라지지는 않는다.

단지 사람들이 깨닫지 못할 뿐이고.

알고 있다.

전쟁이 끊이지 않는 이 세계에서 상대적으로 생명을 가볍게 보지 않는다면 버틸 수 없다는 것쯤.

저 사람들도 자신의 생활을 위해 마물과 마족을 죽인다는 것을.

그러니까 죽이면 안 된다는 말을 나는 할 수 없었다.

나 또한 자신을 위해 마물을 죽여왔다.

그 십자가는 평생 짊어져야 할 테지.

그 무게를 조금이라도 가볍게 하기 위해서 생명의 무게를 가볍게 생각하고 싶은 마음도 이해는 된다.

다만 소용없다는 말로 나마저 생각을 바꾸기는 불가능했다.

왜냐하면 불가능한 줄 알면서 그럼에도 끝내 죽을 때까지 이상을 추구했던 용사를 알고 있었으니까.

"꿈 같아도 좋아. 실현 불가능한 헛소리라며 비웃음을 당해도 좋아. 그래도 뜻을 세워서 천천히 다다갈 수는 있지 않겠어? 평화롭게 다 같이 웃음 짓고 살아갈 수 있는 세계. 나는 꿈 같은 이상을 쭉 추구할 거야. 죽을 때까지 말이야."

율리우스 형님은 그렇게 말하며 계속 싸웠다.

평화를 이루기 위해 싸운다는 모순.

그 탓에 괴로워하며, 그럼에도 나에게는 자신의 고뇌를 내비치지 않고 쭉 싸워 나갔다.

아울러 나는 율리우스 형님이 품은 이상의 뒤를 이어 나가고 싶다고 생각했다.

나는 싸우는 것이 두렵다.

생명을 빼앗는 것이 두렵다.

생명을 빼앗기는 것도 두렵다.

굳은 각오를 갖고 쭉 싸워왔던 율리우스 형님처럼 훌륭한 용사는 도저히 될 수가 없겠다.

목표부터가 율리우스 형님의 유산, 도용에 불과하다.

그저 어중간할 뿐, 아무것도 가진 게 없는 흉내쟁이 용사다.

그러나 그런 나이기에 더더욱 가능한 것이 있지 않겠는가 하는 생각도 든다.

생명의 무게를 알고 있다는 것이 어쩌면 첫걸음이 되어주지 않을까.

평화로운 일본에서 태어나 자란 윤리관이 조금이라도 도움이 되어주지 않을까.

분쟁을 없애기는 불가능하더라도 조금이나마 분쟁을 죽일 수는 있지 않을까.

용사 실격인 꼴사나운 나도, 모자란 나일지라도 가능한 목표를 찾고 싶다.

내 나름 가능한 목표를 있는 힘껏 이루어 나가고 싶다.

그런 생각을 나츠메에게 쫓겨 왕국을 떠날 때까지 가다듬었었고, 그 후에도 눈앞에 닥친 가능한 목표부터 차근차근 이루어왔다.

지난날 나의 번민도, 율리우스 형님의 의지도, 마치 전부를 비웃는 듯한 이 세계의 진실을 통보받은 바람에 감정적이 되어버렸다.

실언했음을 깨달았다. 쿄야의 표정을 보고 곧바로 알 수 있었다.

쿄야는 무엇인가를 견디려 하는 괴로운 표정을 짓고 있었으니까.

저 표정을 보면 쿄야도 딱히 좋아서 엘프들을 죽인 게 아니라는 마음이 전해졌기에 괜히 안심됐다.

하지만 가슴속에서 소용돌이치는 감정이 작은 안도로 가라앉을 리 없었고, 그렇다고 해서 더욱더 몰아붙이는 말을 거듭 꺼내기도 미안했기에 나는 단지 쿄야의 얼굴을 바라봤다.

"……미안. 좀 감정이 솟구쳐서, 말이 지나쳤어."

그렇게 얼마나 더 시간이 흘렀을까, 애써 조금이나마 감정을 수습한 나는 쿄야에게 사과했다.

지금 쿄야를 책망하는 것은 엉뚱한 화풀이라고 대강 알 수 있었으니까.

"아니. 사과할 필요는 없어. 슌은 옳아."

쿄야가 힘없이 고개를 흔든다.

"부럽네. 옳은 의지를 고집할 수 있는 슌이."

저 힘없고 약한 표정이 엘프를 가차 없이 죽였던 사람과 같은 인물에게서 지어질 수 있는 것인가 나는 잠시간 믿지 못했다.

쿄야에게도 이런저런 사정이 있었다는 것이 역력히 전해진다.

쿄야는 일순간이나마 약한 모습을 보였다가, 다만 한 차례 눈을 감았다가 다시 떴을 때는 굳센 눈빛으로 돌아왔다.

"슌은 옳아. 하지만 나는 내가 나아가는 길을 바꿀 생각은 없어. 이미 저지른 행동을 후회하지도 않을 거야."

저 맞은편에 절대 굽히지 않을 신념을 가진 남자가 있다.

결코 나와는 어우러질 수 없는 신념을 가지고—.

3 힘이 없다면 기어 다니면 되잖아

“음, 진지한 얘기 하는 중 미안한데.”

조마조마한 분위기를 깬 사람은 완전히 존재를 잊고 있었던 쿠사마.

여전히 오기와라와 마주 보는 자세로 묶여 있는 까닭에 그림이 참 뭐라고 말이 안 나오는 상태인 쿠사마가 무척 다부진 표정으로 입을 열었다.

“지릴 것 같거든. 화장실 갔다 와도 돼?”

같이 묶여 있는 오기와라의 표정 변화가 재미있었다.

「짜샤, 분위기 파악 좀 해라」라는 어이없어하는 얼굴에서 「야, 진짜냐?!」라며 경악하는 얼굴로.

응.

뭐, 같이 묶여 있는 처지잖아.

쿠사마가 지리면 바짝 붙어서 묶여 있는 오기와라한테 큰일이 벌어질 테니.

그야 표정이 구겨질 만하지.

“괜찮지 않아? 잠깐 열을 시혀야 할 사람도 있는 것 같고. 휴식 시간으로 하자.”

내가 뭐라고 말하기 전에 흡혈 양이 휴식 시간을 선언했다.

게다가 선언한 순간에 제일 먼저 의자에서 일어나 기지개를 켜더니 곧장 성큼성큼 바깥으로 나간다.

저 녀석, 아까부터 재미없다는 표정을 감추려고도 안 하더니. 진짜 재미없었구나…….

"그럼 나도 화장실!"

쿠사마가 소리 지르며 휙 사라진다.

묶여 있었다는 게 거짓말이었던 것처럼 일순간에 휘릭 사라져버렸다.

오~.

이번에는 조금 닌자 같았어.

언제든 마음먹으면 바로 탈출할 수 있었구나.

그런데 여태 가만있다가 허락을 받은 이유도 실은 분위기를 바꾸기 위해서 일부러 한 행동이었나?

……아니, 설마.

다른 사람은 몰라도 쿠사마는 절대 아니야.

그냥 단순히 딱 좋은 타이밍에 화장실 가고 싶어졌던 거야.

꼭 있잖아, 한창 중요할 때 어째서인지 화장실 가고 싶어지는 사람.

시험 때라든가.

흡혈 양과 쿠사마가 쌩하니 나가버리자 다른 전생자들은 잠시간 어떻게 해야 할까 망설이는 것 같았다.

하지만 오니 군이 말없이 눈을 감고, 저 동작에 호응하듯이 야마다가 이런저런 감정을 토하는 큰 한숨을 내뱉자 가만가만히 움직이기 시작했다.

곧 저마다 행동을 개시한다.

누군가는 근처의 누군가와 대화를 시작하고, 또 누군가는 계단을 올라가고.

아!

저 계단 올라간 곳에 선생님이 누워 있겠구나!

잠깐 상태를 보러 가야겠어.

진행을 맡은 내가 자리를 비워도 괜찮냐고?

이미 뭔가 이래저래 기운이 쭉 빠지기도 했고, 나 없어도 아마 어떻게든 될 거야.

반대로 말하자면 내가 있든 없든 될 대로 되지 않겠냐는 느낌이지만.

의자에서 일어나 계단을 향해 걸음을 뗀다.

뭔가 이 자리에 남은 사람들 전원에게 엄청 주목당하는 것 같기는 한데 분명히 착각일 테니까 그냥 넘어가자.

특히 쿠도와 시노하라가 있는 위치에서 팍팍 시선이 날아와 꽂히는 것 같기는 한데 무시다, 무시!

“선생님 계신 곳에 가겠다면 나도 따라가도 될까?”

내가 강철 같은 정신력으로 가시밭길 걷는 기분을 겨우겨우 버티고 있는데도 분위기 파악 못 하고 말을 걸어오는 용사가 대략 한 명.

으응, 뭐, 진짜배기 용사니까, 야마다 군.

그치만, 굳이 나한테 허락받을 일도 아니고. 물음표 붙여서 물은 주제에 이미 의자에서 일어날 의욕이 가득하잖아.

그냥 이것저것 다 귀찮아져서 긍정의 의미로 아무 말 없이 고개를 끄덕이고 곧장 야마다를 무시하는 형태로 걸음을 뗀다.

야마다 또한 말없이 내 뒤를 따라왔다.

그 뒤에 뒤에서 살짝 심심하다는 분위기로 오오시마가 따라온다.

그 뒤에 뒤에 뒤에서 말없이 시노하라가 따라온다.

시노하라는 수대장이라는 이미지가 좀 있었는데 이제까지 한 마디도 안 했어.

그런 주제에 시선은 압박감이 엄청나다.

뭐라고 할까, 평소의 시끄러운 이미지와 갭이 있기도 해서 괜스레 무섭단 말야.

나를 포함한 모두가 끝내 말없이 계단을 올라가서 목적한 방에 도착.

일단 예의상 노크를 하고 문 앞에서 대답을 기다린다.

그런데 대답보다 먼저 문이 안쪽에서 열렸다.

문을 연 사람은 선생님을 돌봐주러 데리고 갔던 쿠시타니다.

"들어와. 아직 자는 중이니까 조용히 하고."

역시 모험가 출신답게 우리가 가까이 오는 기척을 감지했었나 보다.

대화를 나눌 때부터 생각했었는데 쿠시타니와 타가와는 바깥 세계와 여기 엘프의 마을에서 겪는 생활을 양쪽 다 알고 있으니까 말이 잘 통한다.

모험가로서 자기 힘으로 살아왔던 경험이 있기 때문일까, 결단력이 다른 전생자들과는 다른 느낌이야.

아까 선생님 간병을 먼저 나서서 맡아주기도 했고.

그런 부분은 같은 바깥에서 생활했어도 온실에서 자란 야마다 군 일행과는 많이 다르다.

쿠시타니가 열어준 문을 지나서 들어가자 침대에 누워 있는 선생님이 눈에 들어왔다.

아까 쿠시타니가 데려갔을 때는 의식이 분명 있었는데 마음고생이 때문인지 무엇 때문인지 몸져누워버린 것 같았다.

그리고 선생님이 잠들어 있는 침대 이외에도 이 방에는 하나 더 침대가 있었는데, 거기에서는 하세베가 잠들어 있다.

하세베의 감시를 맡은 페르미나가 그 침대 옆쪽에 말없이 앉아 있었다.

……페르미나의 시선이 싸늘한 것 같아.

아냐, 착각이야!

오늘은 이런저런 시선이 많이 느껴지는데 그것들 전부 다 나의 착각에 지나지 않아!

그렇다고 치고 넘어갈 수밖에 없지 않은가!

괜찮지?!

"선생님 상태는 어때?"

야마다가 쿠시타니에게 묻는다.

"뭐라고 말을 못 하겠어. 몸이 아니라 마음의 문제인걸. 지금은 지쳐서 푹 잠들었지만, 다시 깨어났을 때 어떨지는 몰라."

그렇게 말한 뒤 쿠시타니는 어깨를 으쓱였다.

담백한 말투라서 살짝 박정하게 들리는 감도 있었지만, 자기 나름대로 선생님을 염려하고 있을 것이다.

"그쪽은?"

쿠시타니가 야마다가 아닌 나에게 시선을 보내며 묻는다.

대화를 전부 마쳤다기에는 꽤 빨리 우리가 찾아왔으니까 아래층 상황은 어떻냐고 물어본 것 같아.

"잠깐 휴식 중. 내가 이야기를 좀 탈선시켜버렸어."

야마다가 쓴웃음을 지으며 대답했다.

탈선시켰다는 자각은 있는 건가.

"뭐, 어쩔 수 없지. 이것저것 질문할 게 너무 많아서 무엇부터 물어봐야 할지도 헷갈리는 마당이니까."

쿠시타니가 한숨짓더니 힐끔 이쪽을 본다.

쿠시타니도 자기 입장상 우리가 이후 어떻게 나올지 신경 쓰이는가 보다.

아무리 경험을 쌓은 모험가 출신이어도 앞날이 보이지 않는 불안감은 있다는 걸까.

"이것만큼은 묻고 싶은데. 와카바, 너는 앞으로 우리를 어떻게 할 생각이야?"

큰마음 먹었다는 모습으로 질문하는 쿠시타니.

으음~.

상당히 용기를 내서 꺼내는 질문이라는 것은 알겠는데 안됐지만 내 대답은 조금 허망하지 않으려나~.

"딱히? 아무것도 안 해."

"넵?"

항상 침착한 쿠시타니도 이 같은 내 대답에는 납득이 안 되었을까, 이상한 말소리가 튀어나왔다.

"아무것도 안 한다니……."

쿠시타니는 당장에라도 머리를 부여잡을 듯한 분위기다. 응, 흠흠, 거 뭐냐.

그치만 진짜 아무것도 안 한단 말이야~.

이곳 엘프의 마을을 쳐서 멸망시켰던 최대의 이유는 포티머스를 죽이는 것.

그다음으로 쭉 이용당한 선생님을 풀어주는 것이고, 또 그다음은 감금당한 전생자들을 구출하는 것.

솔직히 말해서 전생자를 구출한 것은 포티머스를 처죽이는 덤에 불과했다.

그러니까 이후 전생자를 어떻게 할진 솔직히 생각을 안 했거든.

앞으로 얘네가 뭘 어쩌든 간에 자유롭게 살면 되지 않을까.

그렇다 해도 갑자기 자네들은 자유이니까 이제 마음대로 살아가게나, 라며 풀어놓기도 좀 뭐하니까 최소한의 지원 정도는 해줄 생각이지만.

뭐, 다들 이제는 전세를 포함해서 나이도 지긋하니까 기반만 갖춰주면 자립할 수 있다고 믿는다.

폐쇄된 모형 정원과 같은 곳에서 생활했던 탓인지 정신 연령은 별로 성장하지 않은 것 같기도 하지만.

이렇게 설명해주면 되긴 할 텐데 귀찮아.

내 입이!

떠드는 건 귀찮다고 외치고 있다!

"그 부분을 포함해서 아래 내려가면 또 설명할게요. 쿠시타니 씨는 나중에 타가와 군에게 전해 듣도록 해요."

지금 설명해 봤자 두 번 떠들어야 되잖아.

그런 귀찮은 짓은 하기 싫다.

선생님의 상태도 봤고, 잠든 사람이 있는 곳에서 더 이상 시끌시끌 떠들면 안 되지.

그러니까 이것은 합당한 작별이다.

도망치는 게 절대 아니야.

아니라면 아닌 줄 알아.

멍하니 있는 쿠시타니와 야마다 등등을 이곳에 놓아둔 채 나는 휙 몸을 돌려서 방을 나왔다.

뭔가 시노하라한테 엄청난 시선이 느껴지는데 착각이라고 치고 넘어가자!

아래층으로 돌아오자 좀 풀어져 가던 분위기가 또 긴장감 가득 차오르는 것을 손바닥 보듯 알 수 있었다.

돌아온 순간 이 자리에 있던 거의 전원의 시선이 내게 꽂혔다.

어우.

나의 등장이 여러분에게 정말 큰 스트레스를 주나 보네요, 그런가 봐요.

쿠사마는 아직 안 돌아왔고 달리 안 돌아온 인원이 드문드문 있으니까 조금 더 휴식 시간을 가져도 되려나.

그런고로 이 시선의 폭풍에서 나는 탈출한다!

뭔가 오기와라가 바닥에 무릎을 꿇고 앉아 있는데 못 봤다고 치고 넘어가자.

마구 꽂히는 시선을 무시한 채 곧장 바깥으로 이어지는 문을 향해서 걸어 나아간다.

후유.

이 가시방석 느낌은 뭘까. 같이 있기가 불편하다~.

이대로 휙 도망쳐도 될까요?

안 된다고요?

그런가요…….

이 짧은 휴식 시간이 끝나면 또 설명회를 재개해야 할 텐데 우수한 보조자 역할을 맡은 오니 군이 저런 상태잖아.

오니 군의 도움은 아마 바라기 힘들 것 같아.

그러면 누군가 다른 사람의 도움이 필요한데 딱히 후보가 한 명밖에 없단 말이지.

그 후보, 흡혈 양으로 말하자면 검은 늑대를 하나 소환하고 편히 기대서 한가하게 햇볕을 쬐고 있었다.

야, 흡혈귀.

너 괜찮은 거야?

진짜 너 괜찮은 거야? 흡혈귀.

뭔가 전 세계의 흡혈귀한테 시비 붙이는 광경을 만들어 내고 있는 흡혈 양.

흡혈귀만 아니면 참 훈훈한 광경일 텐데 하필 흡혈귀잖아.

"뭐야?"

아니, 「뭐야?」는 또 뭔데.

너는 햇빛을 극복하지 못한 전 흡혈귀에게 사과해라!

"날씨 참 좋네~. 냄새만 어떻게 하면 이대로 기분 좋게 잠들 수 있을 것 같아."

사과해라!

전 세계의 흡혈귀분들에게 사과해라!

확실히 날씨가 좋기는 한데 말이야.

반짝반짝 내리쬐는 햇살.

흡혈 양이 기대어 있는 검은 늑대는 복슬복슬해서 딱 편안한 쿠션이 되어준다.

쑥대밭 방향에서 날아오는 냄새만 어떻게 하면 확실히 기분 좋게 잠들 수 있는 화창한 날이기는 했다.

한두 마디 떠들더니 진짜로 흡혈 양이 괘씸하게도 눈 감고 잠들려는 자세를 취하고 있다.

"아얏?!"

괜히 얄미워서 가볍게 흡혈 양의 옆구리를 걷어찬다.

이 자식아, 무슨 짓이냐. 요런 느낌으로 흡혈 양이 노려보지만, 다 불가항력이니까 그냥 얌전히 맞아라!

전부 흡혈 양 때문이다!

"뭐야? 자는 게 나빠?"

나빠!

"괜찮잖아. 어차피 저 모임에 내가 끼어들어도 할 일 없는걸. 있으나 마나니까 결석해도 상관없잖아."

분명 아까는 「짜샤, 분위기 파악 좀」이었지만, 지금은 오니 군이 보조자 역할에서 벗어나려는 낌새라서 너까지 빠지면 내가 곤란하단 말이야.

어떻게든 이 녀석한테 설명 역할을 떠맡겨야 한다!

……설명, 이 녀석이 할 수 있나?

뭔가 이래저래 불안밖에 안 느껴지는데?

"지루해서 졸아버렸단 말이야. 어쩔 수 없었어."

툴툴 투덜거리더니 귀엽게 하품까지 하는 흡혈 양.

나른해하는 저 태도가 몹시 요염하다.

어휴.

쓸데없이 색기만 늘어 가지곤.

저 괘씸한 가슴을 주물러줄까?

앗, 아뇨, 아무것도 아니에요.

머릿속에 마왕이 거뭇한 웃음을 지은 채 손을 조물조물하는 모습이 떠올라서 허둥지둥 가슴 쪽 화제를 잊어버렸다.

마왕, 자기 체형에 은근히 콤플렉스가 있으니까…….

"애당초 말야, 저 녀석들한테 주인님이 설명해줄 의무가 있어? 아까 용사가 뭔가 들을 권리가 있다는 말을 지껄이던데 딱히 아무 권리도 없지 않나? 그냥 우리가 배려심을 발휘해서 가르쳐줬을 뿐인걸. 딱히 우리는 가르쳐줄 의무도 없고 가만히 내버려 두면 그만이야."

와아~.

뭔가 흡혈 양, 상상 이상으로 아까 설명회에서 스트레스가 많이 쌓였나 봐.

뭐, 흡혈 양의 마음도 모르는 바는 아니다.

흡혈 양은 전세와 단호하게 매듭을 지었으니까.

전세는 전세, 현세는 현세라고 분간을 딱 지었기 때문에 다른 전생자들도 옛날에 잠깐 교류가 있었던 지인 정도의 인식밖에 없을 거야.

오히려 지인 미만일지도?

그러니까 이쪽에서 친절하게 대할 의무는 없다고 생각한다.

까놓고 말하자면 잘못된 인식은 아니야.

전생자들에게 설명까지 해줄 의무는 솔직히 없다.

다만 쟤들도 나름 피해자라서 아무 영문도 모르는 쟤들을 그냥 쫓아내기는 좀 불쌍하다는 별거 아닌 이유로 설명해주고 있을 뿐이니까.

흡혈 양이 말했듯 야마다가 언급한 들을 권리라는 것도 사실은 우리의 선심에 불과하단 말이지~.

"오히려 주인님이야말로 왜 이렇게 정성 들여서 친절하게 설명해주는 거야. 그게 더 이상해서 이해가 안 돼. 설명도 잘 못하는 주제에."

이 짜식, 마지막 한마디는 뭐야!

너 말야, 엄연히 사실이더라도 굳이 꺼내야 할 말과 꺼내면 안 되는 말이 이 세상에는 있단 말이야!

"인정은 티끌만큼도 없는 냉혈 인간이면서. 아, 주인님은 인간 아니지."

게다가 뭔가 추가됐다.

흡혈 양, 자네, 잠깐 조용한 데서 이야기 좀 할까?

우리는 아직 상호 간 이해가 많이 부족한 것 같아.

"어휴. 알았어. 설명자 역할, 바꿔줄게."

내가 마이 홈으로 흡혈 양을 납치해서 IYAGI를 나누려고 했을 때 저런 제안이 들려왔다.

뭐…… 라고……?!

세상에, 흡혈 양이, 분위기 파악을 했어?!

"뭐야, 되게 의외라는 얼굴이네? 주인님은 날 대체 어떻게 생각하는 거야?"

꺼벙이 흡혈귀.

나의 마음속 감상이 전해졌을까, 흡혈 양은 불쾌해하며 얼굴을 찡그리고 일어섰다.

기대고 있던 검은 늑대가 흡혈 양의 그림자 속에 빨려 들어가듯이 사라진다.

"후유. 어차피 주인님한테 맡겨 놓으면 이 웃기는 짓이 자꾸 늘어지기만 할 테니까. 쿄야 군도 이래저래 얽힌 게 많아서 잘 받아치지를 못하고. 이딴 지루한 짓은 빨리 끝내버리는 게 나아."

그렇게 말한 뒤 날렵하게 전생자들이 기다리고 있는 트리 하우스로 돌아가는 흡혈 양.

누구야?

저 유능한 여자 분위기가 가득 넘치는 녀석은?

"뭐 하는 거야? 빨랑 시작해서 빨랑 끝내버리자."

흡혈 양이 문 앞에서 고개 돌리더니 나를 부른다.

나는 혼이 절반쯤 빠져나간 듯한 기분을 애써 달래며 비틀비틀 뒤를 쫓았다.

트리 하우스 안으로 다시 들어가자 그곳에는 쿠사마와 오기와라가 또 꽁꽁 묶인 모습으로 있었다.

안정적으로 찰싹 붙여서 서로 부둥켜안은 자세를 만들어 묶어 놓았다.

여기서 나갔을 때는 오기와라만 무릎을 꿇고 앉아 있었던 것 같은데 어째서 또 쿠사마랑 한 세트로 묶여 있는 거야?

……응.

그냥 무시하자.

앞에서 걷는 흡혈 양도 무시하고 있잖아.

흡혈 양이 방금 전까지 우리가 앉아 있었던 의자 앞쪽으로 간다.

하지만 앉지는 않고 팔짱만 끼고 서 있다.

다만 말없이 내게 앉으라고 재촉하길래 일단 난 앉았다.

"그래그래. 다시 또 떠들어보자. 없는 사람? 있어? 있으면 누가 가서 불러와."

흡혈 양이 손뼉을 짝짝 치며 방 안에 있는 사람들 전원에게 들리도록 목소리를 높였다.

꽤 큰 목소리를 내고 있는데 신기하게도 기품이 손상되지는 않는다는 게 대단하다.

어라?

얘가 이렇게 의젓했던가?

흡혈 양의 목소리에 반응해서 이제껏 잡담을 나누고 있던 전생자들이 조용해진다.

동시에 쿠도가 자리에서 일어나 계단을 올라갔다.

야마다 군 등등은 아직 안 돌아왔으니까 부르러 가려나 보다.

흡혈 양은 가만히 지켜보다가 다시 팔짱을 끼고 조용히 기다리는 자세를 취했다.

곁에서 오니 군에 의아해하며 바라본다.

응.

오니 군의 마음은 잘 알아.

이런 자리에서 흡혈 양이 앞에 나섰던 전적은 딱히 없었으니까.

그리고 흡혈 양이 솔선해서 행동할 때는 대부분이 모종의 사고가 발생하기 이전의 조짐이기도 했다.

힐끔힐끔 내게 질문하는 듯한 시선을 보내오는 오니 군.

하지만 나는 할 말이 없다!

잠시 기다리자 쿠도가 야마다 군 등등을 데리고 돌아왔다.

각자 아까 전 자리에 앉는다.

"그럼 다시 시작할게."

흡혈 양이 진행자로 바뀌었기 때문인지 아까 전과 또 다른 종류의 긴장감이 장내를 둘러싼다.

아까 전까지 있던 긴장감이 앞날을 내다볼 수 없는 불안감과 정체를 알 수 없는 인물에 대한 공포를 담고 있었던 데 반해 지금의 긴장감은 단순히 흡혈 양의 존재감에 위압당했다는 느낌이야.

……어라?

뭔가 나한테 느낀 긴장감이 더 심하지 않아?

이상한데.

"일단 처음에 말해 두겠어. 너희는 우리 덕분에 목숨을 건진 입장이고, 게다가 모든 생사여탈권은 우리가 쥐고 있다는 것을 이해하도록 해."

풉?!

뭔가 갑자기 폭탄이 떨어졌다.

"잠깐만!"

"시끄러워. 입 다물어."

야마다가 일어나며 항의의 말을 꺼내려 하자 흡혈 양은 입을 막아버렸다.

물리적으로.

“억?!”

아마 이 자리에서 무슨 일이 일어났는지 제대로 이해한 사람은 나와 오니 군뿐이었을 거야.

오오시마와 타가와와 같이 얼마간 싸울 수 있는 전생자여도 흡혈 양의 움직임은 분명 눈으로 좇지 못했을 테니.

아무튼 흡혈 양이 무엇을 했냐면 단순하게 야마다한테 가까이 가서 다리 후리기를 날렸을 뿐.

다만 속도와 다리 후리기에 실린 힘이 엄청나게 굉장했을 뿐이고.

야마다가 의자를 날려 보내며 쓰러진다.

일단 위력은 조절했는지 야마다의 다리가 부러진 것 같지는 않다.

적당히 조절을 안 했다면 그냥 부러지는 게 아니라 야마다의 하반신이 싹 날아갔을지도 모르니까.

“우리는 친절을 베풀어서, 아니, 도리상 얘기해주는 거야? 알겠어? 해 · 주 · 는 거 · 야.”

쓰러져서 아픔에 신음하는 야마다를 향해 흡혈 양이 어린아이를 타이르듯 말한다.

“솔직히 우린 엘프를 멸망시키면서 겸사겸사 너희를 구해줬을 뿐이야. 그러니까 딱히 설명도 안 해주고 쫓아내고 된다는 거지. 하지만 전세의 인연으로 친절하게 이렇게 설명까지 해주는 거야. 착하지?”

착한 녀석은 느닷없이 다른 사람의 다리를 후리지 않는다고 생각한다.

게다가 생사여탈권이 어쩌고 협박으로 들릴 수 있는 말도 안 하겠지.
"잠깐."
"쿄야 군도 입 다물어. 너 때문에 자꾸 얘기가 탈선하잖아. 더 이상 이 자리를 혼란스럽게 만들지 말아줄래?"
충고하려는 오니 군을 흡혈 양이 침묵시킨다.
현재 진행형으로 이 자리를 마구 혼란에 빠뜨리고 있는 녀석이 할 말이 아니야~!
"들을 권리가 있다고? 그런 게 어디 있겠어. 너희의 지금 입장은 포로나 마찬가지야. 게다가 나라도 없는 난민이네. 살리든 죽이든 우리 마음에 달려 있다는 거야. 이해했을까?"
생긋 미소를 짓는 흡혈 양과 대조적으로 전생자들의 안색은 단박에 나빠져 간다.
방금 전까지 학급 회의의 연장 같았던 분위기가 감돌았었는데 지금은 죽이니 살리니 하는 불온한 말이 나오니까 자신들이 처한 현 상황이 생각 이상으로 위태롭다는 것을 깨달았나 보다.
응.
현실을 이해시키는 수법이 되게 거칠지만 말이야!
어떠할 거야, 분위기 완전 얼어붙었잖아!
"그렇게 꼭 말을."
"뭐래, 입 다물라니까."
다시 뭔가 말을 꺼내려 하는 야마다의 얼굴을 흡혈 양이 가차 없이 걷어찼다.
"무슨 짓이야."

"왜 이렇게 시끄러운 걸까."

말리고자 하는 오오시마를 흡혈 양은 냅다 갈겨서 바닥에 넘어뜨렸다.

여자아이 얼굴을 때리다니!

오오시마를 과연 여자애로 분류해도 되는지는, 뭐, 넘어갈까.

"불만 있으면 나가도 좋아. 우리는 설명을 해줄 의무가 없으니까. 너희가 정 듣기 싫다면 별로 안 들어도 상관없어. 들을 생각이 있다면 입 다물고. 너희가 입 열어 봤자 시간만 아까워."

쥐 죽은 듯이 조용해지는 실내.

야마다가 조용히 오오시마의 곁에 다가가서 얻어맞았던 부위에 치료 마법을 걸어주는 것 이외에 움직임다운 움직임은 없다.

숨소리도 죽이고 있는 느낌이야.

"좋아. 그러면 입 다물고 들어. 중간에 질문은 안 받을 거야. 전부 다 들은 다음에 마지막에만 받아줄게. 그때까지는 입 다물고 들어. 알았어?"

아무도 흡혈 양한테 반론하려고 들지 않는다.

완전히 공포 정치의 방식이잖아~!

분명 얘기를 빨리 마치는 데는 효과가 있겠지만, 이후 인상이 최악이잖아요, 싫다~.

어떡할 거야, 이거?

몰라, 모른다~.

"어디까지 얘기했었더라? 으음."

흡혈 양은 턱에 손가락을 가져다 대고 그대로 생각에 잠겨버렸다.

응.

이 녀석, 아까 전까지 나눈 이야기를 전혀 안 들었구나!

교장 선생님의 긴 연설을 흘려듣는 감각으로, 오른쪽에서 왼쪽으로 쓱 귀를 지나친 게 분명하다.

"뭐, 됐어."

되긴 뭐가 되냐~!

"현재 세계의 상황은 싹 넘어갈게. 솔직히 세계가 붕괴 직전이라는 얘기 들어도 그냥 난감하잖아? 어차피 들어 봤자 어떻게 끼어들 수도 없는걸. 들어 봤자 시간 낭비야. 더 자세히 알고 싶으면 나중에 개별적으로 와서 물어봐."

되게 솔직하구나, 이 녀석.

뭐, 확실히 맞는 말이기는 한데 말이야.

전생자들 대부분은 전투력이 없는 일반인이고.

그냥 마을 주민한테 세계의 붕괴를 막으라는 셈이다. 당연히 아무것도 못 하지.

어딘가의 영화처럼 낙하하는 거대 운석에 구멍을 뚫어서 일반인이 우주로 날아오르는 짓은 못 한다고요.

"일단 너희가 살아 있는 동안에 이 별이 붕괴하진 않을 거야. 그럼 신경 써 봤자 시간 낭비지. 죽은 뒤 나중 일보다 먼저 너희가 신경 써야 할 것은 이후의 생활이잖아?"

흡혈 양이 전생자들을 둘러본다.

아까 야마다와 오오시마를 가차 없이 후려갈겼던 까닭에 확인하듯 묻는 흡혈 양의 질문에 대답하는 사람은 없었다.

하지만 몇몇 전생자는 분위기와 태도로 흡혈 양의 말을 긍정하고 있었다.

고개를 끄덕거리거나 진지한 표정을 짓고 흡혈 양을 바라보는 등등 말이야.

"아까도 말했듯이 이곳, 엘프의 마을은 우리 손에 함락됐어. 그러니까 너희 신분은 포로 비슷하다고 생각하면 돼. 다만 적군은 딱히 아니니까 거칠게 취급하지도 않을 거야. 말을 잘 알아먹는다는 전제로."

전생자 몇몇이 꿀꺽 마른침을 삼켰는데 착각은 아닌 것 같아.

그야 당연하잖아?

거칠게 취급하지는 않겠다는 말과 다르게 방금 막 야마다와 오오시마를 후려갈겼는걸.

혓바닥에 침이나 묻히고 말하라는 심정일 거야. 신용 못 하지.

고분고분 안 따르면 문답 무용으로 후려갈기겠다는 말로 받아들여도 어쩔 수 없지 않을까.

아니지, 일부러 노려서 하는 말 아니야?

으음~.

흡혈 양이 이렇게 깊이 생각할 수 있을까 잘 모르겠어~.

생각 없이 무작정 떠오르는 대로 입 밖에 막 쏟아 내는 것 같거든.

왜냐면 흡혈 양이니까.

"아무튼, 너희 처우를 얘기해줄게, 일단 너희의 희망에 따라주는 방식을 취할 생각이야. 보호를 바란다면 돌봐줘도 되고, 떠나겠다면 마음대로 해도 괜찮아. 여기에 남겠다면 남아도 되고. 뭐, 엘프도 싹 죽였겠다, 결계도 없는 이곳에 남는 건 추천을 못 해주겠네."

네, 폭탄 떨어졌어요~!

술렁, 분위기가 수선스럽다.

아마 사전에 떠들지 말라고 압박했던 흡혈 양의 말이 아니었다면 고함이 마구 날아다니지 않았을까?

어쨌든 흡혈 양의 억제력이 잘 먹혔다고 감탄하게 되네.

엘프가 전멸했다는 사실을 듣게 된 전생자들의 반응은 하나같이 혼란이었다.

그야 바로 어제까지 살아서 마주 대했던 사람들이 느닷없이 모두 죽었습니다, 라는 말을 듣는다면 혼란에 빠질 만하지.

조금 전까지 우리가 꺼낸 발언에서 엘프는 우리와 싸워 패배했다고 짐작은 할 수 있었을 거야.

하지만 설마 전멸했을 줄은 상상을 못 했겠지.

게다가 또 전생자 대부분은 전쟁이나 전투를 알지 못하는 평화로운 일본에서 누린 생활의 연장으로 살아왔다.

따라서 충격도 크다.

전생자들은, 누군가는 핼쑥해지고 누군가는 코웃음을 치려다가 실패하거나 했다.

"잠깐."

혼란에 빠진 옛 친구들을 보다 못했는지 오니 군이 흡혈 양의 팔을 잡아당겼다.

"뭐야?"

"지금 할 말은 아니잖아?"

"지금 안 하면 언제 말하려고? 숨겨 봤자 금방 다 알게 될 텐데 차라리 빨리 아는 게 좋잖아?"

흡혈 양이 붙잡힌 팔을 떼어 낸다.

오니 군은 반론하지 못한 채 순순히 팔을 놓았다.

으음.

확실히 전생자들의 혼란이 좀 심하긴 한데 언젠가는 말을 해야 할 문제였으니까.

전생자 제군들은 충격이 강할지도 모르겠지만 마냥 배려하겠다고 사실 알리기를 미루면 다 해결되는 것도 아니잖아.

흡혈 양 말대로 지금 처음에 말을 하는 게 좋았을 수도 있겠어.

"정말이야, 정말이구나……."

흡혈 양과 오니 군의 대화로 방금 전 흡혈 양의 발언에 아무 거짓이 없었다는 것을 깨달았나 보다.

야마다가 갈라진 목소리로 떠듬떠듬 중얼거렸다.

"맞아. 아, 더는 입 열지 말아줄래? 네 주장은 듣고 싶지 않거든. 네가 뭔가 말하고 싶어도 난 들어줄 생각이 전혀 없어. 그래도 꼭 듣게 만들고 싶다면 실력으로 내 입을 다물린 다음에 떠들도록 해. 어차피 못 하겠지만."

신랄하다~!

너무해!

진짜 너무해!

야마다가 이를 악물고 울상을 짓고 있잖아!

조금 더 둥글둥글하게 말해줘도 될 텐데 말이야.

"다 끝난 일인데 꿍얼꿍얼 꽁알꽁알. 시끄럽다는데 말을 못 알아들어. 불만 있으면 직접 막았어야지. 아무것도 못한 자기의 무능력함은 외면한 채 떠들지 말란 말이야."

신랄하다~!

너무해!

진짜 너무해!

둥글둥글한 말은커녕 상처에 소금을 마구 뿌리는 스타일!

야마다가 주먹을 부르쥐고 떨고 있잖아!

불쌍해라.

"아무튼 과정은 어쨌든 간에 엘프는 멸망했어. 너희가 알아야 할 것은 그것뿐이야. 그리고 너희가 신경 써야 할 것은 이후 자신의 생활뿐. 여기서 지냈던 이런저런 기억이나 책임감에 정의를 떠들고 싶어도 그 문제는 우리가 알 바 아니야. 너희들끼리 알아서 해결하든가 말든가 해."

단호하게 잘라 말한 뒤 흡혈 양은 야마다에게서 시선을 뗐다.

더는 볼 가치도 없다고 말하는 것처럼.

"이 마을에는 더 이상 주민이 없어. 그뿐 아니라 이제까지 마을을 지켜줬던 결계도 사라졌으니까 마물이 마구 드나들겠지. 이렇게 아무것도 없는 장소인데 뭔가 애착이 있어서 남고 싶다는 기특한 사람이 있다면 그 마음을 존중할게. 남고 싶어?"

흡혈 양의 말에 몇몇 전생자가 부들부들 머리를 옆으로 흔들었다.

뭐, 당연한 반응인가.

"남고 싶지 않다면 마을 바깥, 더 정확하게는 이 숲의 바깥까지 안전하게 데려다줄게. 그다음은 아까도 말했듯이 각자 희망을 듣고 결정할 거야. 가능한 한 희망대로 해줄게. 물론 우리가 해줄 수 있는 범위 안이어야겠지만."

음.

일단 최소한의 생활 환경 보장은 가능할 거야.

호화로운 저택에서 놀고먹고 싶어!

이딴 말 하면 후려갈기겠지만.

터무니없는 요구를 하지 않는 한 희망을 들어줄 생각이다.

신언교의 힘을 빌리면 별로 어렵지도 않고.

"아, 맞다. 돌아가고 싶다면 지구로 돌아가면 되지 않을까?"

응?

엥?

"돌아갈 수 있어?!"

아까는 말 꺼내기를 참았던 쿠도가 아마 무의식중에 소리치며 벌떡 일어선다.

"가능하지?"

흡혈 양이 이쪽을 돌아보면서 확인한다.

어?

아니.

무리인데?

사실대로 말하고 싶은데 기대에 가득 찬 전생자들의 시선이 나한테 세차게 마구마구 꽂혔다.

흡혈 양~.

쓸데없이 폭탄 떨어뜨리지 마!

흡혈 양이 떨어뜨린 특대의 폭탄 때문에 전생자들은 무척 시끌시끌하다.

흡혈 양의 협박도 효과가 사라질 만큼 모두가 웅성웅성 떠들고 있다.

어쩌면 지구에 돌아갈 수 있다는데 당연히 충격이었겠지.

하지만 유감스럽게도 불가능하다.

확실히 나는 예전에 흡혈 양한테 지구로 돌아가겠냐고 물어봤다.

하지만 어디까지나 모든 일이 끝난 다음의 이야기였다.

시스템이 붕괴한 이후의 이야기.

시스템이 건재한 현재의 이야기가 아니야.

전생자들은 지구에 돌아갈 수 없다.

왜냐하면 n%I=W라는 스킬이 있기 때문에.

처음에는 수수께끼였던 이 스킬, 보유 효과는 전생자를 이세계의 시스템에 연결하는 것.

전생자는 원래 이 별의 주민이 아니었다.

본래는 이 별의 특수한 시스템에 영향을 받지 않고 평범한 윤회의 고리로 돌아가야 했던 사망자.

그 혼을 억지로 시스템 속에 밀어 넣어서 제2의 삶을 부여했다.

그게 전생자.

또한 전생자의 혼을 시스템에 묶어 놓는 것이 n%I=W 스킬.

이 스킬이 있기 때문에 전생자는 이방인인데도 불구하고 스킬과 능력치 같은 시스템의 혜택을 받을 수 있다.

그와 동시에 완전히 시스템에 편입되지 않게 제어하는 것도 이 스킬이다.

전생자는 죽으면 원래 이 별의 주민이었던 사람들과 달리 통상적인 윤회의 고리로 돌아갈 예정이다.

시스템에 완전히 편입되면 이 별에서 끝없이 전생을 거듭하는 무간지옥에 붙들려버리니까.

그렇게 되지 않도록 n%I=W 스킬이 전생자에게 시스템의 혜택을 부여하면서도 완전히 시스템에 잡혀 들어가지는 않도록 관리해줬던 거야.

전생자는 어디까지나 시스템에, 이 세계에 잠시 들렀다 가는 손님이니까.

아무튼 뭐, 전생자한테 엄청 중요한 게 n%I=W 스킬인데 이번과 같은 경우는 이 스킬이 방해꾼이다.

스킬은 혼에 부가되는 것.

그리고 그 스킬 중에서도 전생자에게 특히 중요한 n%I=W 스킬은 혼에 빈틈없이 달라붙어 있다.

그리고 그리고 n%I=W 스킬은 전생자와 시스템을 연결하는 가교.

즉 시스템과 연결되어 있다.

이것을 절단할 방법은 없어.

즉 즉 전생자를 시스템이 있는 이 별에서 데리고 나가는 것은 불가능하다.

시스템이 붕괴하면 제약도 같이 사라지지만.

그러니까 다 끝난 이후의 이야기로서 나는 흡혈 양과 오니 군한테 혹시 지구로 돌아가고 싶냐고 물어봤다.

그 말을 흡혈 양이 과대 해석해서 지금 당장에라도 돌아갈 수 있다고 착각한 것 같아.

실제 난 이미 스킬의 영향하에서 벗어난 덕에 지구와 왕래가 가능하다.

하지만 스킬이 없는 나 한정으로 가능할 뿐이지 전생자를 데리고 나가려면 시스템을 붕괴시키거나 나와 마찬가지로 스킬을 먼저 없애야 하거든.

일단 스킬을 없애는 스킬이 또 존재하기는 한다.

스킬의 힘을 바치는 방법이.

하지만 선생님이 같은 방법을 응용해서 나츠메의 스킬을 빼앗았을 때도 n%I=W 스킬만큼은 남아 있었다.

그만큼 n%I=W가 중요하고 떼어 내기가 어렵다는 뜻이기도 하다.

뭐, 시스템의 영향력을 전달해주기 위한 단말의 역할이니까 시스템에 속한 힘으로 떼어 내기는 불가능하겠지.

그렇다면 결국 떼어 낼 방법이 나와 마찬가지로 신이 되는 것밖에 없다.

크레이지 난이도.

망했죠~.

혹시 내 힘으로 n%I=W를 떼어 낼 수는 없냐고? 무리~.

왜냐면 D가 만든 물건이거든요?

나 따위가 손을 쓸 방법은 당연히 없어.

혼과 관련된 이것저것 엄청 고도의 기술이 필요하니까.

신님 경력 10년밖에 안 되는 신입이 어떻게 손쓸 문제가 아니다.

어설프게 건드렸다가 혼까지 싹 날아갈까 봐 무서운걸.

그런고로 결론, 돌아가는 건 무리예요.

그런데 말야, 자, 대체 어떻게 설명하지?

음, 아니, 딱히 상세한 원리부터 설명해줘야 할 문제는 아니니까 무리라고 한 마디로 끝내면 그만이기는 한데 말이야.

쿠도를 비롯해서 전생자 몇몇이 엄청나게 기대에 찬 눈빛으로 이쪽을 보고 있거든.

이 분위기에서 무리예요, 산통을 깨란 말인가.

"정말, 돌아갈 수 있어?"

쿠도가 감격에 차서 눈물까지 글썽거린다.

아~.

으아~.

응, 뭐, 지구에 미련이 남아 있다면 돌아가고 싶겠지.

게다가 엘프의 마을에서 연금 생활을 강제당했던 입장인 만큼 힘겨운 생활 때문에라도 향수의 감정이 강해지는 것은 어쩔 수 없잖아.

이런 분위기에서 안 된다고 말할 수밖에 없는 내 기분도 생각해달라!

제길!

흡혈 양 녀석아!

쓸데없는 폭탄을 떨어뜨리다니!

말을 머뭇거리게 되는 내 심정을 한발 먼저 눈치챈 사람은 흡혈 양, 오니 군 두 사람.

흡혈 양은 「어라?」라는 느낌으로 고개를 갸웃거리고, 반면에 오니 군은 내 태도를 보고 이것저것 깨달았는지 눈동자가 흔들거리고 있다.

두 사람 모두 나의 희미한 동요를 감지해서 불가능하다는 것을 알아차렸나 보다.

그리고 당황하는 두 사람의 모습을 본 다른 전생자들도 서서히 분위기가 이상하다는 것을 깨닫는다.

돌아갈 수 있다는 희망으로 가득 찼던 경악이 점점 더 불안으로 바뀌어 간다.

가장 큰 기쁨을 드러냈던 쿠도는 마치 애원하는 듯한 시선으로 나를 쳐다보고 있다.

아~.

흡혈 양이 얄밉게도 정말 쓸데없는 폭탄을 떨어뜨렸구나.

왜냐면 처음부터 돌아갈 수 있다는 희망을 안 줬다면 괜히 기대감을 갖지도 않았잖아.

아예 희망이 없다면 실망도 안 하니까.

괜히 희망을 가지게 만든 탓에 사실은 허상이었음을 깨달았을 때 실망도 더욱 커진다.

"무리예요."

나는 마음을 굳히고 어려운 한 마디를 입에 담았다.

그 직후, 뭐라 형용할 수 없는 분위기가 발생했다.

흡혈 양이 무언가 말하려고 입을 막 열었을 때 나는 사안을 발동해서 강제로 정지시켰다.

아마 「엥? 저번엔 돌아갈 수 있댔잖아」라든가 또 쓸데없는 말을 꺼내려고 했을 테지만, 더 이상의 폭탄 발언은 막아야겠다.

분명 시스템 붕괴 후라면 돌려보내 줄 수도 있다.

그치만 나는 시스템이 붕괴한 이후까지 뒤치다꺼리를 해줄 생각은 없다.

D와의 계약도 거기까지 포함되어 있지는 않으니까.

게다가 시스템 붕괴 이후에 귀향 서비스가 가능할지는 나도 장담을 못 한다.

흡혈 양과 오니 군 두 사람 정도라면 사전에 준비해서 어떻게든 보내줄 수 있을 것 같다고 생각해서 저번에는 제안을 했다.

하지만 전생자 모두에게 같은 준비를 해줄 겨를도 에너지도 없다.

기껏해야 두세 명.

지금 미련하게 사실을 다 알려주면?

제한된 자리를 두고 쟁탈전이 발생할 게 뻔하다.

전원을 돌려보내는 게 불가능하면 전원을 남겨 두는 게 나아.

최소한 치고받고 자리싸움하거나 불평등에 의한 원한은 없다.

아프기까지 한 정적.

그런 와중에 쿠도가 자리에 털썩 주저앉았다.

그냥 앉은 게 아니라 힘이 빠져서 쓰러진 곳에 의자가 마침 있었다는 표현이 더 정확하겠다.

그만큼 쿠도의 표정에는 힘이 하나도 없었다.

그대로 아무런 말 없이 고개 숙였다.

쿠도 이외에도 실망을 미처 감추지 못하는 표정의 전생자가 다수 있었다.

미안.

쓸데없는 희망을 갖게 해버렸어.

안하무인 흡혈 양도 이런 분위기는 거북했는지 어색한 표정을 짓고 있었다.

그 모습을 보고 나는 흡혈 양한테 걸어 두었던 사안을 해제했다.

"오늘은 여기까지만 하죠."

나는 조용히 말한 뒤 일어섰다.

이 이상 설명회를 지속할 분위기가 아니게 되어버렸다.

전생자들도 잠시 생각할 시간이 필요하겠지.

나는 얼어붙은 공간에서 도망치듯이 빠른 걸음으로 바깥을 향해 나갔다.

흡혈 양과 오니 군이 허둥지둥 나를 따라온다.

떠나려고 하는 우리를 누구 한 사람도 제지하려 들지 않았고, 우리는 트리 하우스의 바깥으로 나왔다.

닫히는 문이 우리와 전생자들을 가로막았다.

Shinobu Kusama

쿠사마 시노부

본명 사진. 현세에서는 사진이라는 이름을 갖고 있지만, 전생자들에게는 전세의 쿠사마 시노부라는 이름으로 불리는 터라 본명의 존재감은 희미하다. 신언교 암부 소속 간부의 아들로 태어난 전생자. 이러한 내력 때문에 빠른 단계에 교황과 접촉했고, 교황에게 전생자의 존재를 알려주는 발단이 됐다.
또한 본인도 암부에 소속되어 교황의 도움이 되어주고 있다.
유니크 스킬은 닌자. 본인의 성격 때문에 닌자답지 않은 닌자라고 야유를 듣고 있지만, 능력은 뛰어나서 암부 내부에서도 무척 두드러진다. 덧붙이자면 유니크 스킬을 부여할 때 D는 풀을 자라게 하는 스킬 중 무엇을 선택할까 마지막까지 고민했다고 한다.

※ 쿠사마 시노부(草間忍)의 이름에는 풀과 닌자를 표기할 때 사용되는 한자가 들어간다.

S3 불행 자랑은 의미가 없다

와카바가 나간 뒤 이곳의 분위기는 최악이라는 말로 표현할 수밖에 없겠다.

평소 같았으면 다른 친구들을 휘어잡아줬을 쿠도가 지구에 돌아갈 수 없다는 와카바의 말에 고개를 푹 숙이고 있다.

나는 이 마을의 생활상을 알지 못한다.

하지만 이제껏 겪은 분위기로 쿠도가 중심을 맡아 어찌어찌 버티며 지내왔으리라 예상은 할 수 있었다.

그 중심인물의 마음이 반쯤 꺾였다.

앞날을 내다볼 수 없는 불안한 상황에서 쭉 의지했던 중심인물부터가 침울해져 있는 상황이 모두의 마음에 더욱 무거운 그림자를 드리우고 있는 것 같았다.

일본에 돌아가고 싶다.

그것은 전생자라면 분명 누구나 한 번쯤은 떠올렸을 생각이다.

나 또한 같은 생각을 몇 번이나 떠올렸다.

이 세계의 문명은 일본과 비교도 안 될 만큼 지체되어 있고, 불편함을 느끼는 부분이 무척 많았다.

무엇보다 죽어 헤어진 가족과 만나고 싶다.

그러면 자꾸만 생각하게 된다.

일본에 돌아갈 수 있다면 좋겠다고.

대국의 왕자라는 축복받은 환경에 있던 나조차 떠올렸던 생각이다.

아마도 나 이외의 다른 친구들은 더욱 간절한 마음으로 바랐을 것이다.

쿠도의 지금 모습이 여실하게 대변해주고 있다.

이곳 엘프의 마을에 감금당한 채 전혀 자유가 없는 생활을 버텨왔으니까.

그랬던 친구들이 일본에 돌아가고 싶다는 마음을 가지는 것은 당연하지 않을까.

"시노~."

침묵을 깨고 페이가 낮은 목소리로 묶여 있는 쿠사마를 불렀다.

그러고 보니 페이는 쿠사마를 시노라고 부르며 곧잘 심부름꾼으로 부려 먹었다는 것을 떠올린다.

다만 예전의 친근감 있는 호칭과 달리 적의마저 느껴지는 음성.

"뭐, 뭐야?"

"정말 일본으로 돌아갈 방법이 없는 거야?"

그 질문에 쿠도가 화들짝 놀라며 얼굴을 들어 올렸다.

"아까 재네들 태도, 좀 이상하지 않았어? 뭔가 틀림없이 숨기는 게 맞지? 게다가, 진짜 돌아갈 방법이 아예 없다면 애당초 얘기도 안 꺼냈을 테고."

확신으로 가득 찬 페이의 말에 이곳에 있던 전원의 시선이 쿠사마에게 집중된다.

쿠사마가 모두의 격한 분위기에 겁먹고 몸을 움찔거리니까 같이 묶여 있는 오기가 무척 싫다는 표정을 지었다.

"몰라! 난 몰라! 진짜야! 맹세! 난 진짜 아무것도 몰라!"

쿠사마는 죽기 살기로 변명했다.

무척 다급해서 거짓말을 하는 사람처럼 보이지는 않았다.

그래도 한 가닥의 희망을 버리지 못한 까닭일까, 쿠도가 쿠사마에게 바짝 붙어서 어깨를 붙잡고 흔들어 댄다.

"제발, 아는 게 있으면 가르쳐줘! 부탁이야!"

"진짜 아무것도 모른다니까! 나도 돌아갈 수 있다면 돌아가서 만화책 다음 권을 읽고 싶다고!"

맥 빠지는 이유로 일본에 돌아가고 싶다며 외친 쿠사마의 말투는 분명 절실했다.

정말 돌아가고 싶다는 이유 때문이 아니라 바짝 다가든 쿠도의 박력에 눌린 느낌이다만.

"진정해라, 반장. 쿠사마는 대답했어, 본인도 모른다잖냐. 조금 냉정해지자고."

싸움 말리듯 타가와가 쿠도를 부드럽게 쿠사마에게서 떼어 낸다.

"너는 쭉 바깥에서 살았으니까 모르겠지! 우리가 어떤 기분으로 여기서 버텨왔는지! 둘이서 신나게 모험이나 한 네가 뭘 알아!"

내가 알았던 쿠도 같지가 않은 거친 목소리와 악담.

"앙?"

다만 저 말은 타가와의 역린을 건드린 것 같았다.

"신나게 모험? 부모 형제 다 몰살당해서 원수 갚겠다고 피 토하며 싸워왔는데, 신나게 모험이라고?!"

큰일 났다!

"타가와! 참아!"

나는 재빨리 타가와에게 달려가서 두 팔을 꽉 붙들었다.

이렇게 안 하면 쿠도에게 주먹을 휘두를 기세였기 때문이다.

어느 틈인가 밧줄을 풀고 빠져나온 쿠사마도 쿠도를 지키고자 앞쪽에 서 있다.

"아……."

그리고 쿠사마의 뒤쪽에서 쿠도는 타가와의 위압감에 눌려 핼쑥한 표정을 지은 채 주저앉았다.

안색이 무척 안 좋은데 분명 위압감에 눌린 이유만은 아닌 듯싶다.

"……미안하다. 머리에 피가 솟구쳐서. 이제 괜찮아. 놔줘라."

분노로 거칠어졌던 호흡을 가다듬은 타가와는 평정심을 되찾은 것 같았다.

나는 그 말을 믿고 팔을 꽉 붙들었던 손을 놓았다.

타가와는 쿠도를 힐끗 쳐다본 뒤 말없이 발길을 돌리더니 계단을 올라 방에서 떠나가버렸다.

"아……. 미안해……."

작게, 이미 떠나간 타가와에게 사죄의 말을 건네는 쿠도.

바닥에 주저앉은 채 일어나지도 못하고 가만히 고개 숙인다.

몸이 떨리다가 곧 흐느끼는 소리가 들려왔다.

또 무거운 분위기가 가득 차오른다.

이번에는 쿠도가 실수를 했다.

나도 알지 못했지만 타가와가 저런 처지에서 쭉 싸워온 줄을 모르고 무신경하게 상처를 건드려버렸으니까.

타가와의 말에 충격을 받은 사람은 쿠도뿐이 아니라 모험을 동경하는 듯한 말을 꺼냈었던 남자들도 무척 민망해했다.

비록 몰랐다지만 타가와의 역린을 덜컥 건드려버린 쿠도가 잘못했다.

다만 책망하고 싶지는 않았다.

"뭐가 더 좋았는지 따져 봐야 의미가 없다는 건가."

무심코 아까 쿄야가 꺼냈던 말이 입에서 새어 나왔다.

그때는 뒤에 이어졌던 말 때문에 반발해버렸지만, 이렇게 되고 보니까 맞는 말이었던 것 같다.

다들 저마다 따로따로 각자의 길을 걸어왔잖아.

거기에는 물론 각자의 괴로움과 즐거움이 있다.

불행을 자랑 해 봤자 무슨 소용일까.

어떤 방법으로도 과거는 바꿀 수 없는데.

과거가 아닌 미래에 시선을 향해야 한다.

"반장. 우리는, 이미 한 번은 죽은 처지야."

우리는 한 번 죽었다가 이 세계에 다시 태어났다.

지난 과거는 달라지지 않는다.

"이미 죽었어. 지금 이곳에 있는 우리는 설령 전세의 기억을 갖고 있더라도 똑같지 않아. 다시 태어났어. 다르게 태어난 거야."

반장을 울어서 부은 얼굴을 이쪽으로 돌렸다.

그 시선에는 이제 와서 다 아는 소리를 왜 하냐는 당혹감과 약간의 짜증이 포함되어 있다.

"설령 일본에 돌아가도 우리는 다른 사람이니까 돌아갈 곳이 없다는 말이야."

반장이 숨을 죽였다.

반장도 분명 머릿속에서는 알고 있었을 것이다.

다만 인정하고 싶지 않았을 뿐.

우리의 외모는 전세 때와는 딴판이다.

개중에는 카티아처럼 성별까지 달라져버린 사람도 있다.

이미 다른 사람이다.

이 모습으로 일본에 가도 돌아갈 곳은 없다.

우리는 이미 이 세계의 주민이니까.

"살아야 할 내일을 생각하자. 자기가 무엇을 하고 싶은지. 무엇을 하면 되는지."

말을 꺼내며 나는 자신이 무엇을 할 수 있는가 의문을 느꼈다.

나는 결국에 아무것도 할 수 없었다.

율리우스 형님의 뒤를 잇겠다는 결심도 지금 와서는 무엇을 어떻게 해야 하나 알 수가 없어져버렸다.

이제부터는 대체 무엇을 어쩌면 되는 걸까?

"헹! 대단하신 용사님은 말솜씨도 좋군."

사고의 소용돌이에 휩쓸릴 것 같았던 그때 문을 열고 이 집에 들어오는 남자가 있었다.

"유고……."

그 녀석은 제국군을 이끌고 이곳 엘프의 마을에 쳐들어왔던 장본인이었다.

"그 이름으로 나를 부르지 마라. 내 이름은 나츠메 켄고니까."

그 남자, 유고, 아니, 나츠메는 언짢음을 감추려고도 하지 않으며 성큼성큼 걸어와서 방금 전까지 타가와가 앉아 있었던 의자에 털썩 걸터앉았다.

“나츠메, 너 무슨 짓 하려고 온 거야?”

내가 나츠메를 앞에 두고 뭐라고 말을 꺼내야 할까 망설이는 동안에 페이가 적의를 훤히 드러내며 쏘아붙였다.

“이 녀석아. 조금은 환영해줘라.”

“무슨 주둥이로 지껄이는 거야.”

페이가 대꾸하며 나츠메의 뒤로 이동한다.

나츠메가 이상한 움직임을 보인다면 즉각 제압하기 위해서겠지.

“좀 봐줘라. 이렇게 일부러 웃음거리가 되러 와줬는데 말이지.”

말투에서 위화감이 느껴졌다.

페이도 나와 마찬가지였는지 의아해하며 나츠메를 쳐다보고 있다.

언제나 나츠메의 눈은 번뜩번뜩 빛났었는데 이런 태도는 처음으로 본다.

“웃으라고. 실컷 이용이나 당한 데다가 큰소리 뻥뻥 치고 네놈한테 흠씬 두들겨 맞은 얼간이잖냐?”

자포자기한 모습으로 스스로를 비웃는 나츠메.

나를 몹시도 곤혹스럽게 만드는 모습이었다.

지금껏 본 나츠메답지 않다.

“……너, 무슨 일 있었어?”

페이도 나츠메의 태도에서 이상한 점을 발견했는지 의아해하고 있다.

“……모든 것이 다 허망해져서 말이다.”

나츠메는 지친 기색으로 말했다.

"아니, 처음부터 다 허망했었지. 야마다, 넌 아까 우리는 한 번 죽었다고 말했지?"

"그래."

듣고 있었던 건가.

"맞는 말이다. 우리는 죽은 사람이지. 그런데도 넌 처한 입장을 받아들이고 제2의 인생을 걷기 시작했다. 나는 받아들이지 못한 채 썩었고. 아주 간단한 차이였어."

아연실색했다.

설마 나츠메의 입에서 자신은 썩었다는 말을 듣는 날이 올 줄이야.

아니, 하지만, 나츠메는 언제나 고압적이었고 다른 사람에게도 경시하는 태도로 대하지 않았던가.

또한 그만큼 항상 자신감이 넘치며 자기가 계획하고 하려는 일 전부가 올바르다고 믿어 의심치 않는 제멋대로인 녀석이 아니었던가.

그런 녀석이, 어쩌다가 이렇게…….

"나츠메, 그럼 너 설마 지금까지 한 짓들이 전부 자포자기 때문이었다는 말이라도 할 셈이야?"

"아주 잘 아는군."

내가 혼란에 빠진 동안에 전세 때 나보다 나츠메와 더 인연이 깊었던 페이가 뜻밖의 속마음을 캐낸다.

거짓말이지? 자포자기했었다고?

차마 믿기지 않는 심정과 은근스레 납득하는 심정, 상반된 감정이 가슴을 오간다.

납득한 것은 현세의 유고와 전세의 나츠메가 너무나도 달랐기 때문이다.

전세의 나츠메는 이른바 명랑 캐릭터였고, 조금 분위기 파악을 못하는 구석은 있었지만 나쁜 녀석은 아니었다.

나는 전세 때부터 나츠메를 상대하기 어려워했었지만, 그 이유는 나츠메가 나쁜 녀석이기 때문이 아니라 명랑 캐릭터 특유의 쭉쭉 다가드는 느낌이 안 맞아서였다.

솔직히 내가 나츠메한테 일방적으로 거부감을 갖고 있었을 뿐이다.

그런데 나츠메가 현세에서는 훌륭한 폭군이 되어버렸다.

전세 무렵에도 좀 다른 사람의 의견을 안 듣고 혼자서 달려 나가는 느낌은 있었지만, 현세 때처럼 심각하지는 않았다.

하물며 사람을 진심으로 공격해서 죽이려 하는 막돼먹은 녀석이 아니었다는 것은 분명하다.

전생해서 바뀌었다?

그것은 갈등이 결정적으로 굳어지기 이전부터 느꼈던 부분이다.

따라서 나츠메의 변화에 모종의 이유가 있다고 가정하는 것은 자연스러운 의문이었을지도 모르겠다.

다만 설마하니 이유가 자포자기 때문이었다는 말은 도저히 믿기 어려울뿐더러 납득이 되지 않았다.

그야 그렇잖아?

나는 나츠메에게 죽을 뻔했다.

그뿐 아니라 세뇌의 힘으로 카티아와 스우, 유리를 조종했고 나의 아버지인 국왕을 살해해서 왕국에 혼란을 불러일으켰다.

이곳에 우리가 온 이유도 나츠메가 제국군을 이끌고 엘프의 마을에 쳐들어온다는 정보를 얻었기 때문이었다.

그 실상도 나츠메가 사실 마족군에게 이용당한 처지였기 때문이라는 것 같은데 아무리 그렇다 해도 저지른 짓이 너무나 악랄하다.

그런데 정작 이유가 자포자기했기 때문이라고?

"약 올리는, 거냐……!"

그딴, 그따위 별것도 아닌 이유로 아버님은 살해당했던 건가?!

세뇌당해서 아버님을 쏘아 죽였던 스우는.

마찬가지로 세뇌당한 뒤 제국군과 함께 엘프의 마을에 쳐들어왔던 유리는.

그 이외에도 도대체 얼마나 많은 사람들의 마음을 짓밟았는데 저런 소리를 하지?

도대체 얼마나 많은 희생자가 있었는데 저런 소리를 하지?

그 이유가 자포자기 때문이라니, 그따위 말로 납득할 리가 없잖아?!

울컥해서 주먹을 휘두를 뻔했다가 방금 전 쿄야와 타가와가 벌인 실랑이를 떠올려서 아슬아슬하게나마 자기 자신을 억눌렀다.

쿄야에게 잘난 척 떠들다가 격노한 타가와를 제지했던 주제에 지금 내가 주먹을 휘두르는 것은 잘못이라고 생각했기 때문이다.

거하게 숨을 내뱉는다. 숨결과 함께 분노도 빠져나갔다.

"뭐냐, 안 덤비냐? 겁쟁이 자식 같으니."

"……말해 두겠는데 난 너를 용서하지 않았어. 저지른 죗값만큼 반드시 벌을 받게 해주지. 내가 지금 여기서 주먹을 휘둘러 봤자 벌이 되지는 않아. 내 화풀이에 불과하지."

"그러면 되는 게 아니냐. 화가 풀린다면 쳐라."

……진짜로 나츠메는 이미 이것저것 다 허망해졌나 보다.

예전의 나츠메라면 자기를 때릴 테면 때리라는 말은 하늘이 무너져도 하지 않았을 것이다.

"아니. 때리지 않아."

지금 나츠메에게 사적 제재를 하면 쿄야와 나눈 수많은 말을 스스로 부정하는 셈이다.

"큭큭큭. 도련님은 선량하시군."

이쪽을 보고 씩 웃는 나츠메에게 살의에 가까운 분노가 솟았지만 지금은 참아야 한다.

"뭐, 좋다고. 네놈 말대로 따라주마. 어떤 벌이든 받아주겠다."

말만 듣자면 가상한 태도인데 반성하기 때문이라는 이유는 아닐 것이다.

정말 나츠메는 모든 것을 허망하게 여길 뿐이다.

아마 살아가는 것조차.

내가 죽으라고 말한다 한들 순순히 받아들여버릴 것 같았다.

"……저기, 혹시나 싶어서 말인데, 너 자신도 세뇌당했던 거 아니야?"

내가 증오를 담아 나츠메를 주시하던 때 페이가 뜻밖의 말을 꺼냈다.

페이가 무슨 말을 한 거지?

세뇌는 나츠메의 질투 스킬이 필요한 전매특허와 마찬가지일 텐데.

나츠메 본인이 세뇌를 당했었다니?

내가 나츠메의 능력치를 확인했을 때도 이렇다 할 상태 이상은 찾아볼 수 없었던 만큼 받아들이기가 좀 힘든 말이다.

"내가, 봐버렸거든. 어제 싸울 때 말야, 와카바 걔가 나츠메의 머리를 붙잡았을 때 나츠메의 귀에서 쪼끄만 거미 비슷한 게 나오는 광경을."

그 말을 듣고서 조금 오싹했다.

나츠메도 자신의 귀에 손을 가져다 대며 살짝이나마 안색이 나빠졌다.

"그, 그래. 아마도 맞을 거다. 귀? 진짜냐. 이것저것 조작당했다는 자각은 있었다만, 귀라니……. 물리적으로 안에 들어가 있었다? 어우……."

중얼중얼 말한 뒤 나츠메는 귀에 손가락을 넣어서 후비고 있다.

혹시 귀 안쪽에 뭐가 있어도 고작 손가락을 넣어서 빼내지는 못할 테지만, 아마 저절로 손가락이 움직였을 것이다.

마음은 대충 이해도 되고.

나 또한 귀 안에 뭔가 들어가 있다는 말을 듣는다면 소용없는 줄 알면서도 똑같은 행동을 했을 테니까.

다만 저 말이 진짜라면 나츠메의 지난 행동은 조종당해서 저지른 어쩔 수 없는 결과였나?

그렇다면…….

"말해 두겠는데 조종당했다는 이유로 동정은 하지 마라?"

"아니, 하지만……."

"처음에 네놈을 죽이려고 했던 건 조종당하기 전이다. 게다가 조종당한 건 사실이지만, 난 네놈을 자기 의사로 처죽이려고 생각했지. 내 행동에 거짓은 없다."

저 말에는 스스로도 놀랄 만큼 예상을 넘는 충격을 받아야 했다.

내게, 조종당한 것과 관계없이, 한때 같은 반이었던 녀석이 이렇게까지 살기를 품었었다니.

"그럼 넌 자포자기했기 때문이라는 웃기지도 않는 이유로 난동 부렸던 거야?"

"그런 뜻이다."

"게다가 이제 와서 책임을 인정하는 느낌으로 이렇게 와서 말하는 이유는 세뇌가 풀려서 전부 다 허망해졌기 때문이고?"

"그렇다고 말했을 텐데?"

"흐응, 그랬구나, 그랬어."

가만히 말한 뒤 페이는 뒤쪽에서 나츠메의 두 어깨에 손을 얹더니 나츠메의 몸을 돌려놓았다.

곧이어.

"흥!"

"으억?!"

배를 후려갈겼다.

나츠메는 얻어맞은 배를 부여잡으며 의자에서 굴러떨어졌다.

"훗~ 후련하다!"

내가 참았던 건 뭐가 되냐고…….

페이는 아무 상관 없다는 듯이 사적 제재를 집행해버렸다.

"이, 짐낀."

"에이, 괜찮아, 괜찮아. 본인도 때릴 테면 때리랬잖아. 이것도 다

벌의 일환이야."

이제껏 줄곧 언짢은 표정만 짓고 있었던 페이에게서 오늘 처음으로 웃는 얼굴을 봤다.

"결정했어. 넌 죽을 때까지 평생 우리들 노예야. 무슨 짓 당해도 불만 늘어놓지 말 것. 오케이?"

"갑자기 무슨……."

엄청난 말을 늘어놓는구나, 이 녀석.

"……그래, 좋다."

게다가 나츠메도 순순히 받아들이는 건가.

……혹시 나츠메 본인도 얼마간은 우리한테 죄책감을 느끼는지도 모르겠다.

"유리도, 괜찮겠어?"

"응?"

페이의 말에 고개를 돌려 봤더니 그곳에서는 유리가 마족군의 하얀 옷차림 소녀에게 부축을 받아 걸어오고 있었다.

못 알아차렸다.

나츠메가 등장했을 때도 마찬가지였는데 아무래도 주위에 대한 경계심, 혹은 주의력이 많이 소홀해져 있다.

"응, 으음, 좋아. 솔직히 더 많이 무참한 벌이 좋겠지만, 죽는 게 낫겠다고 생각할 만큼 천천히 매일매일 건드려주면……. 후후, 후후후후!"

"유, 유리? 괜찮아?"

"응, 괜찮아. 괜찮은데? 괜찮아."

입은 호를 그리고 있는데 눈이 웃질 않는다.

"일단 한 방 때릴래?"

페이가 바닥에 엎드려 있던 나츠메를 억지로 의자에 앉히더니 유리에게 제안했다.

"응."

그러자 즉답하면서, 아니, 대답과 동시에 이미 나츠메의 품에 뛰어들어서 배를 가격하고 있었다.

"어윽?!"

다시 의자에서 떨어져 허물어지는 나츠메.

저지른 짓을 생각하면 이 정도는 가벼운 벌에 불과하겠지만, 그럼에도 전세의 반 친구들이 지켜보는 와중에 공개 처형을 당하면 육체적으로도 정신적으로도 제법 큰 타격을 받지 않으려나.

"카티아도 한 방 어때?"

"아니, 난 사양할게……."

조금 질겁하는 기색의 카티아가 거부.

카티아도 나츠메한테 세뇌당했던 피해자 중 한 명인 입장이니까 지금 제재를 가할 권리는 있다.

다만 이 참상을 목격까지 한 마당에 굳이 또 주먹을 휘두르고 싶은 마음은 안 드나 보다.

나츠메, 입에서 피가 흘러나오니까…….

나츠메의 스테이터스로 이런 대미지를 받았다는 것은 페이도 유리도 꽤 가차 없이 전력으로 때렸다는 뜻이겠지.

엘프의 마을에 쭉 감금되어 폭력과 인연이 없이 살아왔던 전생자들 모두가 질겁하고 있다.

그래도 이 참상을 보고 아무런 말을 안 하는 이유는 나츠메가 저질렀던 만행을 내가 앞서 이야기했던 덕분일 테지.

남자들은 분명 나츠메와 사이도 좋았는데 우리 행동을 묵인해주고 있다.

거기까지 생각하다가 나는 방금 전까지 자기 의견을 밀어붙이며 와카바와 쿄야를 비난했었다는 것을 자각했다.

네기시, 지금은 소피아라고 했던가, 그 애가 나를 불쾌해하며 말도 못 하게 막았던 것도 이해할 수 있다.

나는, 몹쓸 놈이구나.

이래저래 너무나 몹쓸 놈이다.

더 이상 감정이 격해지기 전에 생각할 시간을 주겠다며 오늘 대화를 마무리해준 와카바에게 감사해야겠구나.

"스우도 나중에 때려주라고 할 거야."

페이의 밝은 목소리를 들었을 때 나는 나츠메에게 스우의 안부를 물어봐야 한다는 것을 떠올렸다.

스우는 엘프의 마을에 제국군과 함께 오지는 않은 듯했다.

지금 스우가 어떻게 지내고 있나 나츠메에게 확인해야 한다.

"나츠메, 스우는 어디에 있지? 지금 어떻게 지내고 있어?"

"아, 그 녀석 말이냐."

나츠메는 괴로워하면서도 일어나서 의자에 다시 앉았다.

"그런데 걔는 와카바 일당과 한패다. 딱히 세뇌당한 게 아니라 직접 나서서 같은 패거리로 협력하는 거다."

"뭐라고?"

"그냥 넘어갈 순 없는 말이군."

페이가 언짢아하며 눈살을 찌푸리고, 나도 불쾌하다는 티를 내면서 나츠메를 쏘아본다.

아버님을 쏘아 죽였을 때 스우의 스테이터스에는 분명 나츠메에게 세뇌당했다는 상태 이상이 표기되어 있었다.

지금 와서 발뺌을 할 작정인가?

"진짜라니까. 내가 그 녀석을 세뇌한 건 국왕을 쏴 죽였을 때뿐이다. 이후에 바로 해제도 했어."

"……무슨 뜻이지?"

"방금 말했잖냐? 네놈 여동생은 스스로 협력자가 된 녀석이라니까. 국왕을 죽일 때 세뇌한 이유는 아무래도 아버지를 죽이라는 명령에 따를 리 없으니까 와카바가 나한테 시켜서 조종했을 뿐이다. 그때 말고는 진짜 세뇌도 안 했어."

나는 카티아, 페이와 얼굴을 마주 바라봤다.

카티아도 페이도 당황하는 눈치다.

나츠메가 다 내려놓은 마당에 굳이 거짓말을 할까?

그 필요가 과연 있을지는 차치하기로 하고, 나츠메의 태도를 봐서 거짓말을 지껄이는 분위기는 아니다.

사실을 담담하게 털어놓는 느낌이었다.

"나츠메와 마찬가지로 와카바한테 직접 세뇌당한 거야?"

카티아가 가능성 있는 가설을 내놓는다.

"넌 어떻게 생각해?"

"글쎄다. 나도 내가 세뇌당했다는 건 해제된 이후에나 알았다. 그 녀석이 아직 세뇌당한 처지여도 나는 알 방법이 없어."

"그건 그런가."

"다만 아마도 세뇌는 안 당했을 거다."

"어째서?"

"아까 자기가 나서서 협력한다는 말을 했는데 더 정확하게는 협박 때문에 마지못해서 따라주는 느낌이었으니까."

"협박 때문에?"

나츠메의 말에 놀랐다.

와카바는 스우를 협박해서 협력을 받아냈다는 건가?

"맞아, 맞아. 네 녀석 목숨이 날아가도 좋은가, 라고 떠들었지."

나를 가리키며 대답하는 나츠메.

"나?"

"그래. 아주 예전부터 네놈은 와카바 일당한테 찍혀 있었던 거다."

"어째서……?"

절로 의문의 말이 나와버렸다.

다만 듣고 보니까 납득이 되는 부분도 있었다.

학원에 다니던 시절부터 스우의 태도가 이상했다는 것은 느꼈던 바 있다. 게다가 나츠메를 이용한 왕국 전복이나 신언교와의 연계 등 커다란 움직임은 최근 몇 달 사이에 집약되었지만, 사전 준비는 오랜 세월을 들여야 했을 것이다.

아니지, 여러 해 동안 미리 준비하지 않았다면 도저히 계산이 안 맞는다.

다만 아직도 굳이 와카바가 나를 감시할 만한 이유는 모르겠다.
내가 용사이기 때문인가?
아니, 내가 용사가 된 것은 최근에 벌어졌던 뜻밖의 사건이다.
그 이전부터 와카바가 활동을 시작했다고 가정하면 당시는 아직 율리우스 형님이 살아 계시던 시기일 텐데.
……혹시 율리우스 형님의 동생이었기 때문인가?
율리우스 형님에 대한 대항책 중 하나로, 이를테면 인질로 쓰기 위해서 나를 감시했었나?
게다가 내 주변을 장악해서 스우를 협박했고?
……앞뒤는 맞아떨어지지만 억측에 불과하다.
진상을 알기 위해서는 스우에게 물어보거나 와카바에게 직접 물을 수밖에 없다.
"어쨌든 간에, 스우는 무사한가?"
일단 복잡한 얘기는 미뤄 두고 스우의 안부부터 확인하자.
"그래. 난 당연히 여기까지 따라올 거라 생각했었는데 직전에 어딘가로 빼돌리더라. 어디로 빼돌렸는지는 모른다."
나는 유리에게 시선을 보냈다.
유리도 또한 나츠메와 마찬가지로 아마 도중까지는 스우와 함께 행동했을 테니까.
"미안. 나도 스우가 어디에 갔는지까진……."
"그런가……."
스우의 행방도 역시 와카바에게 물어봐야 하는 건가.
"아직도 와카바한테 물어봐야 할 문제가 많이 남았구나."

"그러게나 말이야. 더 많이 대화해야겠지."

"대화? 대화라……."

나와 카티아가 같이 고개를 끄덕이던 중 나츠메가 의미심장하게 중얼거렸다.

"뭐야?"

"왜, 웃기잖아. 내가 진짜로 이런 얼뜨기들한테 졌다는 게 말이다."

"흥!"

"끄억?!"

비꼬는 말이 나오자마자 곧장 페이가 나츠메의 머리에다가 주먹을 내리찍었다.

이번에는 적당히 힘을 뺐는지 나츠메가 의자에서 굴러떨어지지는 않았지만.

"건방지게 입 놀리지 말아줄래~?"

페이의 내려다보는 듯한 시선을 마주 보면서도 나츠메는 불평을 늘어놓지 않았다.

어떤 벌이든 감수하겠다며 한 말은 진심이었음을 이 태도로 알 수 있었다.

"무슨 의미지?"

다시금 나는 나츠메에게 따져 물었다.

"……미련한 것들아, 설마 이게 끝이라고 생각하는 건 아니겠지?"

"무슨 의미지?"

나츠메의 대답에 다시 똑같은 말로 되묻게 된다.

"와카바 패거리를 말하는 거다."

전부 놓아버린 듯했던 나츠메가 진지한 눈빛으로 나를 똑바로 쳐다본다.

"못 알아듣겠냐? 아니면 눈을 돌리려는 거냐? 네놈은 용사이고 와카바 패거리는 마족군 아닌가?"

맞는, 말이다…….

말문이 막힌다.

나츠메에게 눈을 돌리는 건가, 타박을 들어도 이래서는 어쩔 수 없겠다.

마족은 인족의 적이었다.

또한 와카바는 율리우스 형님의 원수이기도 하다.

"이제 엘프를 멸망시켰으니까 자, 철수, 얌전히 마족령에 돌아갈 것 같냐."

아무도 나츠메에게 대답하지 못하고 쥐 죽은 듯이 조용해진다.

"그 녀석들이 무슨 계획을 세워 놓았을까, 어차피 일회용 말이었던 나는 모른다. 아무튼 뭔가 계획이 있다는 것은 확실하지. 그 증거로 7대 대죄 스킬과 7대 미덕 스킬의 소유자를 모으고 있단 말이다. 정확하게는 열쇠인가 뭔가가 필요하다더군. 나도 이미 열쇠인지 뭔지를 넘겨줬다."

"열쇠?"

"그래. 미리 말하겠는데 그것을 어떻게 쓰는지는 모른다. 하지만, 이제는 알겠지만 녀석들은 이 세계의 실상을 깊이 파악하고 있다. 우리가 알지 못하는 부분도 잘 알고 있겠지."

분명히 맞는 말이었다.

금기의 효과도 나는 오늘에서야 겨우 정체를 알게 된 참이니까.

맞다, 금기에 대해 이 자리에서 알려주도록 하자.

……유리의 반응이 조금 무섭긴 한데.

"그 문제 말인데, 아마 와카바 쪽 단체의 정보 출처는 금기 스킬이야."

"금기?"

아니나 다를까, 가장 먼저 내 말에 반응한 사람은 유리였다.

신언교에서는 금기 스킬의 보유자를 문답 무용으로 처형해왔으니까.

하지만 진짜 이유를 나는 금기 스킬을 최고 레벨까지 올림으로써 알게 되었다.

"사실 난 금기 스킬을 최고 레벨까지 올렸어. 자비 스킬의 디메리트가 쓸 때마다 금기 스킬 레벨이 올라가는 것이었으니까."

번쩍, 유리의 눈이 휘둥그레진다.

"그 금기 스킬의 내용은 정보 게시였어. 이 세계의 성립에 관한."

나는 유리를 손짓으로 제지하며 말을 이었다.

"정보 게시?"

"그래. 와카바의 말을 뒷받침하는 내용이었지."

긍정하자 카티아는 납득하는 기색으로 고개를 끄덕거렸다.

"이상한데, 그럼 신언교는 왜 금기 스킬 보유자를 막 처형했던 거야?"

카티아는 유리를 돌아보며 의문을 입에 담았다.

"그 이유는……"

정말 말해도 괜찮을까?

일순간 망설였지만 어차피 와카바에게 물어보면 다 드러날 일이다.

"이 세계에 멸망의 위기에 처한 것은 엘프 때문만은 아니야. 오히려 이 세계에서 살던 사람들 때문이었어."

운을 떼면서 나는 금기에 의해 알 수 있었던 정보를 설명했다.

이 세계의 사람들이 MA 에너지라고 불리는 자원을 낭비했던 탓에 세계가 멸망할 뻔한 것.

그 대가로 이 세계의 사람들은 영영 같은 세계에서 전생을 반복하며 생전 단련한 스킬과 능력치의 힘을 회수당하고, 그 힘이 별의 재생에 사용된다는 것.

"그랬구나. 그래서 신언교는 금기 스킬 보유자를……."

"이 세계의 사람들 입장에서는 자기가 저지른 죄를 굳이 되새기고 싶지는 않을 테니까. 비록 진실이어도 널리 퍼지지는 않게 조치하려는 의도였을 거야."

"그렇다면 역시 신언교도 금기의 내용을 다 알고 있었기 때문에 와카바와 협력했다는 뜻인가?"

"십중팔구. 나츠메. 신언교에도 너는 세뇌의 힘을 썼나?"

"아니."

"거의 확정이군. 맞아?"

나는 묶여 있는 쿠사마와 오기를 바라봤다.

"아~ 뭐, 대충 비슷한 느낌?"

쿠사마는 체념한 듯 긍정했다.

"어? 어? 어?"

유리는 우리의 이야기를 듣고 머리를 부여잡고 있다.

지금껏 믿어왔던 신언교.

교의 가르침이며 이념이 싹 뒤집혀서 혼란에 빠졌을 테지.

신언교에 온 정성을 쏟아 살아왔던 유리는 지금 이야기는 받아들이기가 꽤 힘들지 않았을까.

나츠메의 세뇌가 풀린 직후라서 정신적으로도 불안정해져 있을 이 타이밍에 밝힐 내용은 아니었나.

"오늘은 여기까지만 하고 쉬도록 하자. 나도, 너희도 모두 생각을 정리할 시간이 필요할 거야."

유리뿐 아니라 쿠도 및 다른 전생자도 이것저것 생각할 시간을 갖고 싶겠지.

마음 정리를 할 시간이.

"내일 이후에 와카바 쪽 사람들한테 다시 설명을 듣자. 와카바는 앞으로 어떻게 할 계획인지. 그 계획에 찬성하든 반대하든 이야기를 들어야 결정할 수 있겠어."

와카바가 어떤 행동을 할 계획인지 상세히 알진 못한다.

나츠메조차 세뇌당했던 건을 포함해서 와카바와 주위 인물들은 수단을 가리지 않는다는 인상이 강했다.

그런 과격한 방법까지 써서 이루려고 하는 목표는 대체 무엇인가?

먼저 알아야 할 필요가 있다.

목적을, 또한 수단도.

엘프들을 멸망시켰던 이유는 얼마간 이해할 수 있었다.

다만 쓴 수단은 제국군의 희생 위에서 성립되었다.

그뿐 아니라 더욱 이전에는 국왕인 아버님이 살해당했고, 지금 여전히 왕국은 내란 상태를 벗어나지 못했다.

게다가 더 앞선 이전에는 마족의 대공세에 의해 수많은 피해자가 발생했다.

율리우스 형님도…….

와카바를 따라 움직이는 집단은 너무나 큰 피해를 만들어 내고 있다.

앞으로도 피해를 확대시키려는 움직임을 보인다면…….

설령 진정한 목적에는 숭고하다는 표현을 쓸 수 있을지라도, 나는…….

그런데 내가 무엇을 할 수 있단 말인가?

『속죄하라.』

줄곧 머릿속에서 울려 퍼지고 있는 저주의 목소리가 더욱 커지는 것 같았다.

마음이 약해지니 의식이 끌려가는 것 같다.

『속죄하라.』

시끄러워!

무엇을, 무엇을 속죄하라는 말인가.

내가, 우리가 대체 무슨 잘못을 저질렀는데!

"슌?"

내 이변을 알아차렸는지 카티아가 걱정하며 말을 건넨다.

"아무것도 아니야. 그냥 좀, 나도 이제부터 어떻게 해야 할까 생각을 했어."

거짓말은 하지 않았다.

실제로 이제부터 무엇을 어떻게 해야 할지 난 전혀 알 수가 없다.

이런저런 문제가 마구 뒤얽혀서 머릿속이 엉망진창이라 생각이 도무지 정리되지 않는 이유도 있다.

하지만 그 이상으로 망연자실했다는 표현이 더욱 잘 맞아떨어지지 않을까.

이제까지 나는 내 나름대로 행동을 결정해왔다.

그런데 거기에 과연 의미가 있었을까?

율리우스 형님은 죽었고, 아버님은 나의 눈앞에서 살해당했고, 스우는 나츠메 때문에 아버지를 죽여야 했고, 왕국은 함락되었다.

나츠메를 막기 위해서 이곳 엘프의 마을까지 왔는데도 불구하고 나는 결국 아무것도 하지 못한 채 쓰러졌을 뿐 아니라 나츠메는 와카바에게 이용당한 처지였다는 사실을 알게 된 처지이다.

내가 알지 못하는 데서 거대한 흐름이 만들어졌다.

지금껏 선택했던 나의 행동은 자기 의사로 움직이겠다는 착각이었을 뿐 실은 일련의 거대한 흐름에 집어삼켜졌던 발악에 불과하다는 생각이 든다.

도대체 나는 무엇을 하면 되는가.

애당초 와카바의 세력을 상대해서 무엇을 할 수 있단 말인가?

가능할 것 같지가 않아.

아까도 이렇다 할 저항조차 못한 채 꼴사납게 바닥을 기는 처지가 되지 않았던가.

『속죄하라.』

머리를 흔들어서 약한 마음과 저주의 말을 떨쳤다.

그럼에도 저주는 끊임없이 울려 퍼진다.
단지 들리지 않는 시늉을 할 수밖에 없다.
"슌. 정말 괜찮냐? 안색이 안 좋은데."
"그래. 아직 몸 상태가 별로니까. 잠깐 방에 돌아가서 쉬어야겠어. 일단 머리를 좀 식히고 앞으로 어떻게 할지 고민해보자."
나는 걱정해주는 카티아에게 대답한 뒤 방에 돌아가고자 다리를 움직였다.
방금 나눴던 문답이 이상하지는 않았을까?
저주의 말 때문에 자꾸 감정적으로 반응하게 된다.
쿄야와 주고받았던 대화도 더 원만한 표현을 골라야 했다.
쿄야에게도 분명 사정이 있었을 텐데 감정적으로 자기 의견만 쏟아 내다니.
나중에 단둘이 다시 진지하게 이야기하자.

그 기회는 찾아오지 않았다.
세계는 나의 생각보다 급속도로 생각할 겨를도 주지 않고 움직인다.
모든 것이 나쁜 방향으로 나쁜 방향으로 굴러가는 것처럼.

4 동료

"끄흑!"

나의 화려한 돌려 차기를 얻어맞은 흡혈 양이 옆구리를 부여잡으며 제자리에 쓰러진다.

흡혈 양한테 적절한 대미지를 주는 한편, 관성 때문에 휙 날아가지는 않게 절묘한 힘 조절이 이루어진 훌륭한 돌려 차기.

나부터가 반할 것 같아.

"너, 너무해."

바닥에 나자빠진 흡혈 양이 뭐라고 꿍얼대는데 안 들린다~?

곧장 실로 묶어서 질질 끌고 간다.

보통은 바닥에 쓸려 찰과상이 잔뜩 생기겠지만, 괜찮아, 네 방어력이라면 문제없을 테니까.

마음껏 땅바닥과 키스를 해주시게나.

"시로 씨! 잠깐, 잠깐만!"

질질 흡혈 양을 끌고 다니던 중 오니 군이 내 어깨를 붙잡고 말리려 한다.

"소피가 씨가 실언을 한 건 알겠는데 이번에는 시로 씨도 책임이 있어. 좀 지나친 게 아닐까?"

으음?

오니 군이 갑자기 괴상망측한 말을 꺼내서 나는 얼굴을 빤히 쳐다보고 말았다.

평소에는 닫혀 있는 열 개의 눈동자가 오니 군의 눈을 주시한다.

오니 군은 내 사안의 위압감에 조금 위축됐지만, 애써 견디며 다시 입을 열었다.

"설명이 너무 부족하잖아. 우리는 시로 씨의 짧은 몇 마디를 알아서 짐작하고 행동해야 하는데 거기에도 한계가 있어. 우리는 보고, 연락, 상담이 전부 다 부족해. 소피아 씨가 깜빡 실언했던 이유도 시로 씨의 설명이 부족한 게 원인이야."

보고? 연락? 상담?

먹는 거야? 맛있어?

어, 아무튼.

으음, 거 뭐냐.

오니 군은 하더러 설명을 더 많이 하라고, 그렇게 말하고 싶은 거야?

나더러! 설명을 하라고!

맙소사~.

"시로 씨?"

"진짜 이러기야?"

오니 군을 무시한 채 나는 다시 걸음을 뗀다. 오니 군은 당황스러워하고, 또 끌려가는 흡혈 양은 목소리 높여 항의했다.

"시로 씨, 얘기 들었어?"

"맞아, 맞아! 이런 처사는 되게 부당해!"

시끌시끌 떠드는 두 사람을 무시.

흡혈 양이 구속에서 빠져나가려고 펄쩍펄쩍 몸을 던져도 전부 다 무시.

겨우 몸부림 좀 쳐서 내 실에서 빠져나갈 수 있겠어?

몰랐던 거야?

신에게 도망칠 순 없어.

흡혈 양을 질질 끌면서 목적지로 향한다.

여전히 흡혈 양은 꺅꺅 떠들어 대고 있지만, 오니 군은 도중에 포기했는지 조용히 말이 없어졌다.

말은 없는데 계속 따라오는 걸 보니까 납득은 못 하겠나 봐.

"이건……."

하지만 그 침묵도 목적지가 눈에 들어온 순간 깨졌다.

입을 연 오니 군과는 반대로 흡혈 양은 본 순간에 입을 다물어버렸다.

뭐, 압도당하겠지.

초거대 UFO가 눈앞에 있으면 말야.

나의 목적지, 그것은 이 UFO.

포티머스가 마지막 최후의 순간 이 별에서 탈출하기 위해 발진시키려고 했던 우주선.

어안이 벙벙해서 가만히 있는 두 사람을 무시한 채 나는 곧바로 UFO 안에 걸음을 들여놓았다.

물론 나를 따라서 끌려와야 하는 흡혈 양도 같이다.

그 뒤쪽에서 혼자 남기는 싫다는 듯이 오니 군이 허둥지둥 다시 걸음을 뗀다.

아직껏 묶여 있는 흡혈 양도 오니 군도 UFO의 내부를 신기하게 둘러보고 있다.

쓸데없이 거대하니까 안쪽을 걸어 움직이는 데도 고생을 할 만큼 긴 거리이지만, 아무튼 간에 구경하면 질리지는 않을 거야.

어쨌든 이 UFO는 우주에서 오랜 여행을 감당해야 하는 물건이니까 긴 여행을 완수할 수 있는 설비가 갖춰져 있다.

이것저것 볼 게 많아서 견학만 해도 즐거울 거야.

뭐, 흡혈 양이 묶인 몸을 새우처럼 꺾어서 견학하는 모습은 옆에서 봐도 엄청 기묘하지만 말이야.

저런 자세가 아니면 안 보인다지만, 숙녀가 보여줄 만한 자세는 아니라고 생각해.

응?

묶은 사람이 누군데 타박이냐고?

그건 그거고 이건 이거지.

아무튼 견학 투어도 목적지에 도착하면 끝이다.

나의 목적지, UFO의 최심부라고 말해야 할 법한 장소에는 모니터를 마주 보고 있는 마왕과 마왕의 호위를 맡은 인형 거미 셋이 있었다.

하나가 부족한데 피엘은 아직도 아까 할아범한테 달라붙어 있는 걸까?

"어라? 어서 와."

마왕이 이쪽을 돌아보며 인사한다.

우리가 전생자와 말을 나누는 동안 깨어나서 UFO로 이동했었나 보다.

뭐, 그래서 나도 여기에 온 셈이지만.

“소피아는 또 뭔가 저지른 거야?”

“또는 왜 붙이세요? 아리엘 씨. 표현이 좀, 제가 툭하면 뭔가 저지르는 것 같잖아요.”

응? 이 애가 무슨 소리를 하는 거야?

자각이 없다는 게 무섭구나~.

봐, 마왕도 쓴웃음을 짓잖아.

“시로도, 소피아를 너무 괴롭히면 안 된다?”

괴롭히지 않았는데요~.

그냥 교육적 지도랍니다~.

“아무튼, 무슨 짓 저지른 거야?”

“그게 말이죠.”

어째서인지 마왕은 내가 아니라 오니 군을 보면서 묻고, 어째서인지 오니 군도 아무 의문을 내비치지 않은 채 마왕의 질문에 대답하고 있다.

응.

그 대응, 정답이야.

일단은 정답인데 이게 또 못 미더운 사람 취급을 받는 기분이라 좀 울컥하는걸.

나도 맘먹으면 할 수 있다고!

시도를 안 할 뿐이고 맘먹으면 할 수 있어!

진짜거든?

“아~ 그랬구나….”

오니 군한테 대강 사정을 들은 마왕은 아이고~ 라는 표정을 지으며 흡혈 양을 바라봤다.

"뭐, 말실수를 한 소피아도 잘못했지만, 제대로 설명을 안 해준 시로의 책임이 더 크겠네~."

이의 있소!

나는 잘못하지 않았어!

나는 나쁘지 않아!

"실제는 어떤데? 정말 지구에는 못 돌아가는 거야?"

쓱, 마왕이 진지한 표정을 짓고 묻는다.

"무리."

나는 짤막하게 답했다.

"응. 시로가 무리라고 말했으면 무리가 맞겠지. 그치만 어째서 무리인지 이유가 있잖아? 자세한 이유를 못 들었기 때문에 소피아도 말실수를 한 거야. 정보의 중요함은 잘 알지? 그런데 어떤 정보에 가치가 있는가, 그건 전부를 다 파악하고 있는 시로밖에 모르잖아. 주어진 정보의 진위를 제대로 판별할 수 없는 소피아의 입장도 배려해줘야지."

조심조심 말을 꺼내며 타일러주는 마왕에게 나는 입을 시옷 자로 구부리지 않기 위해서 힘껏 애썼다.

네가 울 엄마야?

아, 할머니였네요, 죄송해요.

"시로는 뭐든지 다 혼자서 처리하는 게 익숙하니까 다른 사람이랑 같이 협력하는 재주가 되게 서툴거든. 다른 사람과 대화를 필요로 하지 않아. 왜냐하면 할 필요가 없는걸. 마음만 먹는다면 뭐든 혼자서 해치울 수 있으니까. 뼛속까지 외톨이인 거야."

되게 얄미운 발언인데 부정을 못 하겠어.

"뭐, 어쩔 수 없나~ 생각은 들지만 말야. 나도 시로랑 만나기 전에는 다른 사람들 말을 안 들었거든. 너무 뛰어난 능력을 가진 사람의 숙명이려나."

마왕도 능력치만 보면 이 세계에서 비할 대상이 없는 최강이었으니까.

부하로 둔 거미 군단도 사실 따지면 마왕의 산란 스킬로 숫자를 불린 본인의 분신 비슷한 권속이고.

"그렇다 해도 소피아랑 라스 군은 어엿한 동료잖아. 커뮤니케이션이 서툴다고 피하지 말고 노력해서 같이 잘 말을 나눠봐야 하지 않을까?"

엥?

동료?

응?

동료.

으음~.

아, 그런가.

흡혈 양이랑 오니 군은 동료였구나.

멋진 깨달음이야, 혹시 마왕 너 천재였어?

어라?

뭔가 잘 모르겠는데 혼란스럽디?

동료가 뭐야?

친한데 덜 친한 사람이에요.

응. 틀리진 않겠지만 지금은 의미가 좀 달라.

동료가 뭐야?

같은 목표를 가진 사이.

같은 지위, 직업을 가진 사이.

같은 동류의 동류.

각각 조금씩 뜻은 다르지만, 대강 의미는 비슷비슷하다.

즉 나란히 선 사람이라는 뜻이다.

우리는 나란히 서 있나?

솔직히 전투력이라는 의미에서는 나란하지 않아.

내가 너무나 앞서 나가니까 다른 사람들은 저 멀리 뒤쪽에 있다.

그런 의미에서는 동료라는 말은 안 맞는다.

하지만 같은 목표를 가지고 있다는 의미라면 확실히 우리는 나란히 서 있다는 표현을 써도 괜찮다.

그럼 정말로 우리는 동료였던 건가?

이게 어떻게 된 거예요?

전세 때부터 줄곧 외톨이라고 생각했던 나한테 설마 이미 동료가 있었다니! 세상에!

으음~.

으으음~?

동료끼리면 어떻게 지내야 돼요?

가르쳐줘요, 똑똑한 사람!

"시로가 얼어서 안 돌아오네. 어휴, 못살아. 시로한테 우정의 개념은 너무 빨랐나 봐. 노력과 승리는 마구 쌓았는데 말이야."

"저기?"

"라스 군. 시로는 이래 보여도 정서가 한참 미발달된 꼬맹이거든. 외모와 분위기에 속아 넘어가면 안 돼. 시로가 막 행패 부리는 때는 대체로 자기가 할 말 없으니까 폭력으로 얼버무리려고 하는 수작질이야. 어때? 이렇게 듣고 보니까 꼬맹이 맞지?"

"아, 네에."

"그러니까 애고, 답답해, 생각이 들 때는 의견을 말하려는 느낌이 아니라 혼내는 느낌으로 대하는 게 좋아. 이게 아니면 앞으로도 쭉 고쳐지질 않을 테니까."

"혼내라고요? 제가요?"

"소피아는 좀 꺼벙하니까 너밖에 믿을 사람이 없네. 힘내주게나."

"잠깐! 꺼벙하다? 누가 꺼벙한데요?!"

뭔가 소란스러운데 지금은 동~료라는 말을 죽기 살기로 고찰하고 있는 중이니까 좀 조용해주면 좋겠다.

으음~ 내가 알고 있는 동료는 게임 속 프렌드가 전부구나!

그렇구나, 게임 프렌드처럼 마음 내키면 예뻐해주고 짜증 나면 걷어차도 된다는 말이었어!

그렇다면 흡혈 양의 머리나 쓰다듬어서 예뻐해줄까 생각했었는데 뭔가 도롱이 벌레 상태로 꺅꺅 떠들어대는 모습을 봤더니 짜증이 나서 걷어차버렸다.

"지금 왜 걷어차인 거야?! 응? 대체 왜?!"

시끄러워.

동료끼리 걷어찰 수도 있잖아?

"뭔가 시로의 마음속에서 결정적으로 잘못된 인식이 확립된 것 같기는 한데. 뭐, 됐어."

"아리엘 씨, 벌써 포기하지 말아주세요."

"아무튼 넘어가고."

"아무튼 넘어간다고요?!"

마왕과 오니 군이 콩트 비슷한 대화를 주고받는다.

하지만 그런 와중에도 마왕은 진지한 표정을 짓고 있었다.

진짜 중요한 이야기가 있는 것 같아.

"시로야, 이거 읽어봐. 어떻게 생각해?"

마왕은 모니터를 턱으로 가리키며 물었다.

무척 진지한 표정이라서 오니 군과 흡혈 양도 집중해야 할 이야기라고 깨달은 것 같다.

곧 마음을 다잡고 모니터로 시선을 돌린다.

……흡혈 양은 아직껏 도롱이 벌레 상태를 못 벗어났지만.

"이게 어디가 문제인가요?"

잠시 모니터에 비친 문장을 눈으로 훑어가다가 오니 군은 마왕이 무엇을 문제시하는지 몰라서 되묻는다.

흡혈 양도 쓸데없이 자존심이 높기 때문에 모른다는 말은 안 하지만, 얼굴 쓱 봐도 못 알아차린 것 같아.

"큰 문제가 있어."

마왕은 난처해하며 화면의 문장을 쳐다보고 있다.

저곳에 쓰여 있는 내용은 포티머스의 일기 비슷한 기록이었다.

그 자식, 성격은 꽤 성실했는지 하루도 거르지 않고 그날그날의 사건을 일기로 써 놓았나 보다.

뭐, 사무적으로 그날 있었던 사건을 짧게 기록한 게 전부니까 일기가 맞나 좀 미묘하다는 생각도 들지만.

감상이 거의 없거든.

군데군데 연구의 소감 비슷한 느낌으로 쓴 부분도 있는데 극히 일부뿐.

전체적으로 쓴 사람의 감정이 전해지지 않아서 별로 일기 같지가 않아.

다만 마왕이 표시해 놓은 부분은 드물게도 포티머스의 감정이 드러나 있는 문장이었다.

저 문장에 들어 있는 것은 조바심.

그리고 의문.

〈갑자기 MA 에너지의 총량이 대폭 저하했다. 원인은 불명. 이쪽의 기기로 같은 시기에 관측했던 차원 진동과 모종의 관련이 있을 터이나 현시점에서는 어떠한 말도 못 하겠다. 명백한 이상 사태다. 이러한 사례는 시스템 가동 후 이제까지 한 번도 없었다. 시스템에 중대한 결함이 발생했는가? 이 세계에 있어도 안전하겠는가? 분명치 않다. 규리에디스트디에스에게 이 별을 이탈하는 행동은 금지당했다만, 탈출 준비는 진행해 두는 것이 좋겠군.〉

응.

대충 알겠다.

선선대 용사와 선대 마왕이 저질렀던 사건.

차원 마법을 써서 억지로 간섭하려다가 실패해서 일본의 교실이 폭발했던 사태.

우리 전생자가 이 세계에 전생하는 계기가 된 사건과 얽힌 일기구나.

걔들이 사고를 친 덕분에 우리 전생자가 이 세계에서 다시 태어났고, 또한 여파로 소실된 MA 에너지 확보에 분주하기 위해서 마왕이 마왕 자리에 앉았더랬지.

흡혈 양이랑 오니 군은 이미 이 사건의 자초지종을 들어서 알고 있으니까 다 읽고도 딱히 놀라지는 않는다.

그러니까 마왕이 무엇을 문제시하는지 알 수 없어서 당황하는 거야.

그런데 큰 문제가 있거든.

왜냐면 이 문장을 쓴 녀석이 바로 포티머스니까.

"무슨 뜻이야? 용사와 마왕을 부추겼던 게 포티머스가 아니었어?"

그렇다.

그러하다.

포티머스가 선선대 용사와 선대 마왕 때문에 일어났던 사건을 알고 이렇게까지 놀랐다면 흑막은 따로 있다는 뜻과 같다.

엥?

선선대 용사랑 선대 마왕이 제멋대로 저지른 짓 아니었냐고?

시스템의 시 자도 모르는 녀석들이 뭘 알아서 사고까지 치겠어.

두 인물에게 시스템의 존재를 가르쳐준 녀석이 반드시 존재한다.

그게 아니라면 아무것도 모르는 인간이 시공을 넘어 D가 있었던 작은 교실을 뭔 수로 공격했겠냐고.

포티머스조차 D의 존재는 결국 파악하지 못했었잖아.

……여기까지 생각하면 범인 누군지는 뻔하다.

마왕도 이미 깨달았을 거야.

다만 인정하고 싶지 않을 뿐이고.

"그렇다. 모든 것은 나의 책임이다."

우리 이외에 이 자리에 없었던 제삼자의 목소리가 울려 퍼진다.

공간 전이로 나타난 인물은 내가 딱 예상했던 녀석.

검은 갑주를 두른 듯한 모습, 이 세계의 관리자.

쿠로, 규리에디스트디에스였다.

여기서 잠깐. 여러분, 안녕하십니까.

드디어 시작됩니다, 이세계 넘버 원 결정전.

챔피언은 관리자 규리규리.

맞서 싸우는 도전자는 마왕.

신 VS 마왕이라는 흔한 전개입니다만, 흔해서 더 재미있는 전통의 대결.

과연 승자는 신인가?

아니면 마왕이 하극상을 성공하는가?

모쪼록 기대해주시길.

자, 개전의 공이 울리기 전에 마왕이 돌격했다~!

치사해!

그치만 마왕이 괜히 마왕인가.

치사하다는 말은 칭찬이지!

챔피언, 이 기습을 맞고 날아갔다~!

안면에 라이트 스트레이트 강타!

큰 충격을 받은 챔피언이 비틀거린다!

방금 전 공방, 어떻게 보셨습니까? 해설 거미 B씨.

어우~ 방금 공격은 챔피언이 일부러 맞아줬어요, 중계를 맡으신 거미 A씨.

정말요?

네, 챔피언은 마왕의 기습을 분명하게 인식했습니다.

그런데 피하지도 방어하지도 않고 일부러 맞아줬어요.

혹시 챔피언 특유의 여유일까요?

오호라!

도전자의 첫 번째 일격을 가만 맞아줌으로써 격의 차이를 과시하려는 목적이 있었다는 말이군요!

앗, 잠깐만! 마왕, 멈추지 않는다!

목덜미, 목덜미? 저곳은 물론 목덜미가 아닙니다만. 뭐, 아무튼 목덜미를 붙잡아서 바닥에 넘어뜨렸다!

곧바로 깔고 앉는다!

마운트 포지션!

"어떻게 된 거야!"

이때 마왕의 추궁!

아무 저항도 없이 잠자코 맞아주는 챔피언에게 분노를 느끼는 듯합니다!

싸워라!

진지하게 싸워라! 항의하고 있습니다!

"……미안하다."

하지만~!

그럼에도 챔피언, 싸울 의지를 보이지 않습니다.

이게 도대체 어떻게 된 일이죠?

챔피언, 전의 상실인가?!

마왕은 재차 챔피언에게 주먹을 휘두른다!

어휴.

해설 놀이도 지겨워졌어.

"아리엘 씨! 잠깐만! 진정해요!"

오니 군이 쿠로의 안면을 마구 구타하는 마왕을 꽉 붙잡아서 말린다.

마왕은 오니 군의 품 안에서도 버둥거리며 계속 쿠로를 때리려고 하지만, 완력으로 떼어 놓는 바람에 주먹이 닿질 않는다.

마왕은 포티머스와의 대결에서 이미 대부분의 힘을 잃어버렸다.

지금은 외모와 다를 바 없는 조그만 소녀, 어쩌면 외모보다도 훨씬 더 연약하다.

오니 군의 힘을 못 버티고 떨어졌고 저항도 할 수 없었다.

오니 군, 굿 잡.

지금 마왕은 절대 안정이 필요한 환자니까.

너무 날뛰면 건강에 안 좋아.

그렇다 해도 적당히 발산도 해야 울분이 좀 풀릴 테고, 쿠로는 몇 대 맞아야 하는 녀석이라고 생각해서 나는 간섭하지 않았다.

말리는 타이밍이 딱 괜찮았어.

역시 분위기 파악 잘하는 남자.

응? 흡혈 양?

도롱이 벌레 상태에서 상황 파악도 못 하고 멍 때리고 있는데요, 문제라도?

"어떻게 된 거야?"

"미안하다."

이하, 오니 군에게 붙들린 채 쿠로한테 계속 덤벼들면서 따져 묻는 마왕과 미안하다는 말밖에 안 하는 쿠로의 문답이 반복된다.

나는 두 사람을 내버려 두고 아까까지 마왕이 들여다보고 있었던 포티머스의 일기를 계속 읽어 나갔다.

〈규리에디스트디에스가 외부 활동을 담당하는 보디에 접촉했다. 별 희한한 일이 다 있군. 무엇인가 이변이 없었냐는 질문을 받았다만, 틀림없이 MA 에너지의 격감과 같은 시기에 차원 진동을 가리키는 말이었겠지. 물론 이쪽에서 정보를 제공할 생각은 없다. 반대로 미끼를 던져 정보를 끌어내고자 시도했다만, 녀석 본인도 구체적으로 무슨 사태가 일어났는지는 모르는 것 같았다. 결국 아무런 성과도 없이 헤어졌다. 녀석 본인도 파악하지 못한 이변인가. 정보를 모을 필요가 있다.〉

〈용사의 대물림이 이루어졌다. 새롭게 용사가 된 인물은 애너레이트 왕국의 제2왕자 율리우스. 당사자에게는 별 관심이 없다만, 대물림이 이루어졌다는 것은 선대의 용사 다레스메이그가 사망했음을 의미한다. 시기를 감안하면 일전의 차원 진동과 분명 관련이 있겠군. 다레스메이그가 차원 진동을 발생시켰다면 납득은 된다. 마왕은 아직 대물림이 확인되지 않았으나 만약 다레스메이그와 함께 협력했었다면 역시 죽었을 테지. 아울러 규리에디스트디에스는 살아 있었다. 즉 녀석들은 실패했다는 말인가. 쓸모없군.〉

〈다음 세대의 내 메인 보디로 쓰기 위해서 낳게 한 개체가 염화로 묘한 소리를 늘어놓기 시작했다. 자아도 제대로 싹트지 않은 단계의 갓난아이가 염화를 쓰는 것 자체가 어불성설이다만, 늘어놓는 이야기의 내용도 역시 어불성설이었다. 다만 내용 자체는 몹시 흥미롭다. 이곳과는 다른 세계의 기억을 가진 전생자인가. 앞선 차원 진동으로 사라진 MA 에너지가 어디에 갔나 의문이었는데 설마 이 세계로 흘러 들어갔을 줄이야. 어째서 본래 규리에디스트디에스를 표적으로 쏟아졌어야 하는 공격이 엉뚱한 곳으로 사라졌는가. 이유는 알 수 없으나 상황이 재미있어진 것은 분명하군. 전생자, 이세계에서 온 우리와는 다른 혼. 그것들을 이용한다면 혹시 꽉 막혀 있는 나의 연구에 하나의 타개책을 가져다주지 않을까? 시험해볼 가치는 있다. 그렇다면 조속히 샘플 확보에 힘써야겠군. 운 좋게도 나에게 전생자의 존재를 알려준 개체, 필리메스도 전생자의 확보를 바라고 있다. 그 바람을 들어주도록 하지.〉

음, 음.

이게 무슨 말인가.

그냥 읽기만 해도 정신력이 팍팍 떨어지는 야비한 내용.

나쁜 짓을 나쁘다는 생각도 없이 태연하게 실행하는 녀석은 전부 이런가?

선선대 용사라든가 선대 마왕이라든가 무엇보다 선생님을 하나의 인격이 아닌 쓸 만한 도구로 간주하는 심보가 이 짧은 문장만 훑어봐도 절절하게 느껴진다.

뭐, 이미 다 아는 사실이었다만, 역시 포 씨는 쓰레기네!

과거의 데이터를 뒤지면 선선대 용사와 선대 마왕 관련의 내용도 나올 것 같기는 한데 일부러 조사까지 할 필요는 없겠지.

뭐랄까, 별로 자세히 읽고 싶지가 않아~.

대강 상황은 파악됐고.

뭐, 원래 알고 있었지만.

"있잖아, 나 말야. 멋대로 규리에를 동료라고, 동지라고 생각했었는데. 그냥 내 착각이었어?"

어라.

방치했던 마왕과 쿠로의 대화가 무척 심각한 느낌으로 튀어 나간다.

마왕이 당장에라도 울 분위기잖아.

이렇게 작은 여자애를 울리는 거야? 쿠로는 진짜 못됐구나!

……그냥 농담이고, 슬슬 끼어들어볼까.

"한심해."

앗, 실수.

얼떨결에 마음속 진심을 담은 말이 나와버렸군.

뭐, 상관없나.

"제대로 설명을 해야 전달되는 거야. 사과하지 말고 처음부터 제대로 설명부터 해."

쓰러진 상태에서 상체를 일으킨 쿠로가 눈을 커다랗게 뜬다.

마왕도 이쪽을 돌아보면서 똑같이 눈을 동그랗게 뜨고 있었다.

"……엑? 진짜? 주인님이 할 말이야?"

흡혈 양이 뭔가 이상한 말을 지껄여서 일단 걷어차줬다.

흡혈 양의 입을 막은 다음에 다시 쿠로에게 이야기를 듣는다.

뭐, 우물쭈물하며 툭하면 「나 때문이다」「내가 실수한 탓에」 등등 비슷하게 쓸데없는 말을 자꾸만 끼워 넣어서 가만히 듣는데도 시간이 꽤 걸렸다.

그래도 뭐, 요약해서 세 줄로 정리하면 이런 느낌이야.

쿠로가 용사와 마왕에게 인마(人魔) 정전을 제안했다.

포 씨가 용사와 마왕에게 관리자는 악당이라며 꼬드겼다.

용사와 마왕은 「좋아, 관리자를 무찌르자!」로 끝.

어째서 저렇게 된 걸까요?

뭐, 더 자세히 말하자면 대충 이런 흐름이다.

일단 이 세계의 주민들은 혼의 열화가, 특히 마족 쪽 혼의 열화가 심해졌기 때문에 마족의 출생률이 많이 떨어졌다.

그 때문에 마족은 더 이상 전쟁이나 할 상황이 아니게 됐다.

이대로 가면 마족이 멸망한다고 예견했던 쿠로는 마왕과 용사에게 정전을 제안했다.

여기까지는 좋아.

쿠로의 판단은 틀리지 않았어.

당시 정세를 내가 잘 알지는 못해도 아그너와 발트가 필사적으로 마족을 재건하기 위해 분주했던 것을 떠올리면 얼마나 절박한 처지였는지 상상하는 게 어렵지는 않아.

애당초 방관이 기본자세라서 자신이 적극 움직이려고 하지는 않는 쿠로가 굳이 움직였다는 시점에서 얼마나 위태로운 상황이었는지 알 수 있잖아.

어쩌면 쿠로가 나서지 않고 쭉 전쟁이 계속됐다면 우리들 전생자가 태어날 무렵에는 마족이 이미 멸망했을지도 모른다.

좀 과격한 추측이기는 한데 아무튼 사태가 무척 절박했을 거야.

다만 여기서 쿠로의 오산이 발생한다.

그것은 선선대 용사와 선대 마왕에게는 이미 포 씨가 접촉했었다는 것.

그런 이점을 활용해서 포 씨는 선생님한테도 들려준 관리자 악당설을 진실인 양 떠벌렸다.

관리자가 용사와 마왕을 이용해서 이 세계의 주민들을 싸우게 하고 힘을 비축하게 유도했다가 사후에 전부 빼앗아 가진다는 웃기는 얘기.

일단 거짓말은 아닌데 저 말만 들으면 관리자가 진짜 악당 같잖아.

사실은 이 세계를 재생하기 위해 노력하는 녀석인데도.

쿠로와 포 씨, 양쪽의 이야기를 들은 선선대 용사와 선대 마왕이 어떤 생각을 가졌을까. 그것은 본인들밖에 알지 못한다.

그 본인들이 이미 죽어버렸으니까 진상을 알 방법은 없어.

다만 결과만 보면 두 인물은 무모하게도 관리자와 대결을 벌였다가 MA 에너지를 쓸데없이 낭비한 바보가 된다.

어째서 그렇게 MA 에너지가 대량으로 줄어드는 사태로 이어졌냐고?

아무리 관리자에게 덤빈다 해도 평범하게 싸워서 MA 에너지가 줄어드는 사태는 절대 발생하지 않아.

그게 용사와 마왕이 아니라면.

용사와 마왕한테는 숨겨진 요소가 이것저것 있다.

그 성질 고약한 사신(邪神)이 이상한 효과를 채워 넣은 결과다.

용사는 마왕과 싸울 때 강해진다.

이것은 오래 사는 마족에게서 배출되는 마왕이 인족 용사보다 더 뛰어날 확률이 많이 높기 때문에 비상수단으로 만들어 놓은 구제 조치다.

역량 차가 심각한 용사와 마왕이 싸울 때, 용사는 MA 에너지를 소비해서 일시적이나마 파워 업 효과를 받을 수 있다.

사실은 이 파워 업 효과, 용사 대 마왕 이외에도 적용되는 경우가 있다.

신을 상대할 때.

현재 이 세계에는 제대로 된 신이 쿠로밖에 없어.

사리엘은 시스템의 핵이 되어서 아무 활동을 못 하니까.

즉 외부의 적이 나타났을 때 대항 가능한 게 쿠로밖에 없다는 뜻이다.

신들은 영토 싸움으로 서로가 별을 빼앗으려고 한다.

이 별은 용에게 버림받았고 멸망 직전이라서 별 이득이 없는 만큼 웬만하면 노리는 녀석도 안 나타난다.

다만 절대로 없다는 보장은 못 하니까.

이곳을 버린 용들이 다시 안 돌아온다는 보장도 없는 데다가 떠돌이 신이 휙 나타날지도 모르잖아.

그때 신에게 대항하기 위한 수단이 용사와 마왕.

용사와 마왕은 신과 대결할 때 MA 에너지를 소비해서 파워 업 효과를 받을 수 있다.

물론 신이 만만하지는 않아서 쉽게 이기지는 못할 뿐 아니라 일시적이나마 신에게 대항할 수 있는 에너지를 개인에게 꽉 채워 넣으면 본인도 멀쩡하진 못한다.

게다가 신을 상대해야 하니까 MA 에너지의 소비는 용사 대 마왕의 대결보다 훨씬 심대하다.

그런데도 이 기능이 있어.

그리고 무엇을 숨길까, 이 기능의 적용 범위에는 관리자도 포함되어 있다.

엥?

되게 이상하겠지.

이게 온라인 게임이라면 플레이어한테 GM 자폭 기능이 딸린 셈인걸.

게다가 진짜 사용하면 서버가 터져 나가고.

게임의 근간을 뒤집어엎는 바보 멍청이 기능이다.

기능? 그냥 버그 아닌가?

그런데 이게 버그가 아니라 정식 기능이거든요~.

왜냐면 만든 녀석이 누구누구 사신이니까.

아마 짐작인데 D는 이 세계의 주민이 관리자와 맞서 싸우는 것도 하나의 선택지로 남겨 두고 싶었던 게 아니었을까?

그게 무슨 의미가 있냐고 물어봐도 「그게 더 재미있을 테니까」라는 대답밖에 못 듣겠지만.

평범한 사람이 신에게 맞서 싸운다.

싸워서 과연 세계가 바뀔지는 잘 모르겠는데 D는 딱히 의미 없어도 이벤트만 즐기면 그만이잖아?

넵.

즉 선선대 용사와 선대 마왕은 관리자라는 이름의 신과 맞섬으로써 MA 에너지를 소비해서 일순간이나마 막대한 힘을 획득하는 데 성공했던 거야.

대가는 물론 MA 에너지의 대량 소비와 본인들의 목숨.

아마 자기들은 자기들 나름대로 잘하는 행동이라고 생각해서 저질렀을 텐데 말이지.

그치만 결과는 MA 에너지를 쓸데없이 소비해서 세계를 궁지에 몰아세웠을 뿐.

보너스로 다른 세계에서 잘 살던 우리 전생자들을 죽이는 민폐까지 끼쳤단 말야.

무슨 바보짓이래.

자, 다들 깨달으셨는가?

여태 되짚은 흐름에서 쿠로한테 딱히 큰 책임은 없다는 것을.

"지금 이야기에서 나쁜 짓은 포티머스가 다 하지 않았어?"

"아니. 용사와 마왕에게 정확히 설명하지 못했던 나의 책임이다."

마왕의 지당한 의견에 쿠로는 고집스럽게 자기 탓이라며 반론한다.

설명 와중에 자꾸자꾸 자기 탓이라며 강조했었고.

진짜로 쿠로한테 전혀 책임이 없냐 묻는다면 아주 없다는 말은 못 한다.

쿠로가 선선대 용사와 선대 마왕한테 뭐라 설명했는지는 잘 모르겠는데 그때 두 인물에게 온전한 신용을 받아 진행했다면 사태가 이렇게 되진 않았어.

포 씨보다 신용을 못 받았다는 뜻이잖아.

서글퍼라.

그렇다 해도 선선대 용사와 선대 마왕을 속인 포 씨가 가장 괘씸한 악당이다.

포 씨의 일기를 본 바로 저 두 인물은 포 씨에게 의지하지 않고 독자적으로 움직여서 제멋대로 자폭한 것 같지만.

포 씨도 별 기대감은 없이 혹시나 쿠로를 해치워주면 좋겠다~ 라는 입장이 아니었을까?

그냥 상황을 보고 추측해서 거의 진상에 다다랐다는 게 포 씨는 쓸데없이 우수하다니까.

그래서 더 악질이지만 말이야!

"규리에, 뭘 숨기는 거야?"

"전혀, 아무것도 숨기지 않았다. 내가 모자랐다. 단지 능력이 모자랐을 뿐이다."

따져 묻는 마왕과 시치미 떼는 쿠로.

하지만 이런 상황이 되고 보니까 쿠로가 뭔가 숨긴다는 게 훤히 보이거든.

"내가 그들에게 시스템에 관하여 어중간한 지식을 내준 까닭에 일어났던 비극이다. 모든 책임은 나에게 있다."

으음~.

쿠로는 거짓말을 하지 않았어.

가장 중요한 부분을 말하지 않았을 뿐.

선선대 용사와 선대 마왕이 바보짓 저지른 것도 진짜.

두 사람을 부추긴 놈이 포 씨였다는 것도 진짜.

두 사람에게 시스템에 관하여 어중간한 지식을 내준 녀석이 쿠로였다는 것도 진짜.

전부가 다 나쁜 방향으로 작용해서 일어난 사건이었다.

흑막이라는 의미에서는 관련자 전원이 흑막이라고 말을 못 할 이유도 없다.

다만 한 사람이 부족하다.

"여신 사리엘."

내가 중얼거리자 쿠로는 호들갑스럽게 반응했다.

시선으로 「말하지 마라!」라고 진짜 입처럼 말하고 있다.

뭐, 말해버리겠지만요!

"본래 쿠로에게 가야 했던 공격을 D에게 보냈던 인물. 여신 사리엘."

내 말에 저마다 저마다의 반응을 보여준다.

쿠로는 무표정을 지키고.

마왕은 생기가 싹 빠져나간 표정을 지었다.

오니 군은 납득한 표정.

흡혈 양은 아무것도 모르겠다는 멍청한 얼굴.

잘 생각하면 당연한 거야.

포 씨도 존재조차 아예 몰랐던 D에게 선선대 용사와 선대 마왕이 뭘 어떻게 알고 공격을 시도할 수 있었겠냐고.

일단 시스템을 경유하면 제작자이자 술사인 D를 추적하는 게 불가능하진 않아.

그치만 추적이 과연 쉬울까? 어지간히 시스템의 구조에 통달한 사람이 아닌 한 어림도 없지.

시스템의 관리를 맡은 여신 사리엘을 제외하고.

"사실이야?"

마왕이 쿠로에게 따져 묻자 쿠로는 침묵을 지킴으로써 대답했다.

그 태도가 이미 긍정을 알려준단 말이지~.

쿠로는 자기를 노린 공격이 어느 틈인가 사리엘의 손에 막혀버렸고, 게다가 그게 원인이 되어 MA 에너지가 줄거나 전생자를 만들어 내는 등 기묘한 사태를 발생시켰으니까 책임감을 좀 느껴도 어쩔 수 없기는 하다.

선선대 용사와 선대 용사를 만나지 않았다면 공격의 표적이 되지도 않았을 테고.

차원 마법도 만능은 아니거든.

엄청 편리한 공간 마법이 진화해서 생기는 차원 마법은 진짜 무시무시하게 편리하다.

그래도 가능 불가능의 영역은 분명하게 나뉘어 있어.

뭐, 이건 스킬들 전부 공통된 성질이지만 말야.

스킬로 정의된 범위를 넘어 효과를 발휘하고 싶다면 스킬의 근간이 된 마술에 대한 이해부터 깊이 체계가 갖춰져야 한다.

공간 마법을 사용 가능한 사람조차 얼마 안 되는데 차원 마법을 쓸 줄 알았던 선선대 용사와 선대 마왕은 무척 우수했겠지.

그래도 불가능한 것은 불가능하다.

차원 마법을 써도 만나지 못한 대상에게는 아예 공격이 안 나가.

공간 마법과 마찬가지로 차원 마법의 제1단계는 공간의 지정.

그렇게 지정한 공간을 대상으로 다음에 쓸 마법을 선택해서 행사한다.

전이든 공격이든.

그리고 제1단계인 공간 지정이 가능한 것은 술사가 한 번은 실제로 가본 적 있는 장소, 혹은 만난 적 있는 인물.

쿠로는 선선대 용사와 선대 마왕과 만남으로써 공격 대상으로 선택 가능한 상태가 되어버렸다.

조금 경계해서 쿠로 본인이 아니라 누구든 부하를 보냈더라면 애당초 공격 대상에 들어가지도 않았다는 뜻이다.

뭐, 신용을 얻으려면 본인이 직접 만나야 했겠지만~.

그게 안 좋게 작용했을 뿐이고.

게다가 막상 공격당했을 때 사리엘이 시스템에 간섭해서 대상을 D로 바꿨다.

솔직히 사리엘의 의도는 잘 모르겠어.

몇 가지 이유는 가정할 수 있지만, 그 녀석의 사고 회로가 나는 이해되지 않아서 뭐가 정답일지 판단이 안 된다.

단순히 쿠로를 구하고 싶었던 걸까, D를 해치고 싶었던 걸까, 모종의 다른 의도가 있었던 걸까.

도통 모르겠어, 본인에게 직접 물어봐야겠지.

물어볼 생각은 없고 관심도 없지만.

왜냐면 걔랑 대면할 때마다 자꾸 짜증이 나서 콱 때려주고 싶어지는걸.

뭐, 어떤 이유든 간에 본인에게 나쁜 뜻이 없었다는 것은 분명하다.

돌발적인 사고를 얼결에 막은 모양새니까.

제대로 막진 못했다는 게 조금 못 미덥기는 한데.

만약 사리엘이 이상한 간섭을 안 해서 선선대 용사와 선대 마왕의 공격이 쿠로에게 직격했다면?

쿠로는 죽거나 혹은 중상을 입고 약체화.

그럼 포 씨도 가만히 있지 않았을 테고 상황은 혼돈에 빠졌을 거야.

최악은 포 씨의 1인 천하인가.

다만 쿠로를 공격하는 데 썼던 MA 에너지의 일부는 회수가 됐을 테니, MA 에너지의 관점으로 말하자면 지금 상황보다는 괜찮았을 가능성은 있다.

이 세계에서 사용되면 비록 전부는 아니더라도 MA 에너지의 회수도 불가능하지는 않았을 테니까.

게다가 쿠로가 죽는다면 아마 MA 에너지에 플러스될 거야.

관리자에 대한 공격이 가능한 시점에서 저런 기능도 시스템의 일부로 반영되었을 것을 가정할 수 있잖아.

신을 흡수해서 MA 에너지를 증가시키는 방법이지.

한편 지금 상황은?

쿠로는 아무 상처도 없이 살아남았고, 대신 MA 에너지는 대폭락.

전생자들은 네~ 안농~ 격동의 시대로 돌입.

어느 루트든 간에 상황은 혼돈이었겠구나.

다만 포 씨의 말살에는 성공.

이 세계의 고름 혹은 암 덩어리, 뭐, 아무튼 가장 필요하지 않은 작자는 제거할 수 있었다.

으음~.

이렇게 생각하니까 어느 루트도 메리트랑 디메리트가 분명해서 뭐가 더 낫다는 말은 못 하겠네.

다만 포 씨가 살아남았다면 아무리 생각해도 나쁜 방향으로 굴러가는 미래밖에 없다는 것을 감안해야 하니까 지금 루트가 정답에 더 가까우려나?

응, 괜찮다고 치고 넘어가자.

전생자 여러분들한테는 완전 민폐였지만.

아, 나는 빼고.

그야 나는 이 세계에 전생하지 않았으면 그냥 거미로 저쪽에서 평생을 마쳤을 테니까.

근데 무슨 업보 때문인지 이렇게 신까지 됐으니까 전생하길 진짜 잘했다는 생각이 들죠.

어라?

이렇게 생각하면 사리엘이 잘한 짓이야?

……절하고 와야겠네.

"규리에. 넌 잘못하지 않았어."

"아니. 역시 나의 잘못이다. 나의 책임으로 이러한 사태를 초래했음을 알지 못한 채 태연자약 지금껏 살아온 것을 생각하면 도저히."

마왕이 일단 사리엘 생각을 멈춘 뒤 쿠로를 위로한다.

그래도 쿠로는 자학적으로 웃을 뿐.

응.

쿠로 씨, MA 에너지가 격감했던 것도 몰랐던 데다가 원인이 전부 포 씨 때문이라는 생각만 했었으니까.

지난 사태에 본인도 알지 못한 채 한 부분을 거들었다고 뒤늦게 알게 된다면 이 한심한 녀석은 책임을 느낄 거야.

보나 마나 어딘가의 사신이 쓸데없이 아주 친절하게 가르쳐주지 않았을까~.

안 가르쳐주면 숨겨진 배경을 알 방법도 없고.

게다가 주변 사정을 전부 다 파악 가능한 입장에 있는 게 누구누구 사신뿐인걸.

사신, 진짜로 사신.

엥?

나는 어째서 알고 있냐고?

나의 정보 수집 능력을 우습게 보면 섭섭하다!

각지에 퍼져 나간 정보 수집 부문의 분체들이 다리를 써서 현지의 상황을 보고 듣고, 시스템을 해킹하고 있는 분석팀이 시스템 관련의 정보를 뽑아내고, 또한 한정적이나마 과거시의 사안을 개발.

나의 새로운 사안으로 과거를 들여다보고 상황 증거랑 뭐뭐랑 추측을 거듭해서 진상에 다다랐다는 말씀이야.

나는 지금이라면 어떤 미해결 사건도 해결할 수 있는 슈퍼 명탐정이랍니다.

뭐, 과거시는 진짜 사용성이 안 좋아서 거의 못 써먹지만.

"진짜 미안하면 속죄할 수 있게 지금 행동하면 되잖아."

슬슬 답답하고 짜증도 나서 툭 쏘붙여서 마무리한다.

"그렇, 겠지. 그렇게 하지."

응응.

그래주게나.

자네는 이후 큰일을 맡아줘야 하니까.

선선대 용사와 선대 마왕이 일으켰던 사건은 사리엘의 손을 거쳐서 지금 루트로 진행됐다.

자, 흠흠.

앞으로 내가 일으킬 사건에서 이 세계의 주민 여러분들은 어떤 루트를 선택하려나?

뭐, 어떤 루트를 선택하든 결말은 안 바뀌겠지만 말이야.

막간 타가와 쿠니히코

……저질러버렸군.

반장에게 거하게 화낸 것은 어쩔 수 없다.

그딴 말에 화가 안 나겠냐.

다만 주먹을 휘두를 뻔한 것은 안 좋았다.

반장은 여기에서 거의 평생을 감금당한 처지인 만큼 능력치도 당연히 약할 테니까.

그런 반장에게 내가 주먹을 휘두른다면 죽었을 테지…….

"어떻게 하는 게 좋을까?"

"솔직하게 사과하면 되잖아."

어색해져서 도망치듯 아사카가 있는 곳으로 달려왔지만, 정작 아사카의 태도가 쌀쌀맞다.

조금 적극적으로 반장과 화해할 수 있게 도와주지는 않는 걸까.

"괜히 얼굴만 구기지 말고 오늘 중에 사과하자? 이런 건 시간이 지나갈수록 더 어려워지니까."

"……넵."

"뭐, 지금 당장은 서로 마음 정리도 안 됐을 테니까 점심쯤에 가볼래?"

"그럴게."

아마도 아사카는 도와줄 생각이 없는 듯하다.

이런 부분에서는 참 정이 없구나…….

내가 한 잘못이라서 어쩔 수 없지만.

그나저나, 그럼 점심까지 한가해졌군.

……지금 가버릴까?

아사카도 막 이런 건 시간이 지날수록 어려워진다고 말했잖아.

좀 다른 경우인 것 같기는 한데 이쪽도 시간이 지나갈수록 접촉하기 어려워질 테지.

그럼 각오를 다지고 돌격해볼까.

"아사카."

"……뭐야? 불길한 예감밖에 안 드는데."

"메라조피스를 만나러 가겠어."

내가 말을 꺼내자 아사카는 머리를 부여잡았다.

"……가서 무슨 짓 하려고?"

"아무 짓도 안 하지. 설마 이 상황에서 덤비려는 생각은 안 한다고. 무기도 망가져버렸는데 말이야."

나의 애검은 어제 전투에서 쿄야 자식한테 부러졌다.

……부러져버렸다.

나의, 애검…….

"자기가 한 말에 침울해지지 마."

"그치만~!"

마음에 쏙 드는 무기였단 말이다!

뇌룡이라는 무지막지하게 강한 용종 마물을 나와 아사카를 포함한 고랭크 모험가들이 연합해서 쓰러뜨리고, 실력 좋은 대장장이에게 신신부탁해서 소재를 맡겨 겨우겨우 완성한 추억이 가득 담긴 보물이었다!

나의 첫 번째 파트너는 물론 아사카지만, 두 번째 파트너라고 말할 수 있는 애검이었는데!

그게 부러져버렸어…….

"울지 말래도."

"울지 않았어!"

울 만큼 슬프지만 아무러면 이 나이를 먹고 진짜로 울진 않는다니까.

"아사카도 지팡이 망가졌잖아? 안 슬퍼?"

"도구는 언젠가 망가지기 마련이야."

이런 부분에서는 참 정이 없구나…….

"어휴. 그러면 만나러 가서 이야기만 하는 거다?"

"그래."

아무러면 메라조피스를 상대로 무기도 없이 덤벼들까.

어차피 무기가 멀쩡했어도 나 혼자서는 제대로 된 싸움도 못할 것이 뻔한데.

그러니까 만나러 가도 도발해서 싸움을 걸진 않는다.

저쪽도 내가 덤벼들지 않으면 쓸데없이 말썽을 일으키지는 않을 것이다.

"그래, 알았어. 가자."

"아사카도 같이 가려고?"

"쿠니히코 혼자 보내긴 불안하니까."

"여신, 괜찮은 거야?"

나는 힐끔, 침대에서 잠들어 있는 오카 쌤을 바라봤다.

아사카는 쓰러졌던 오카 쌤의 간병을 맡고 있었는데.

"가기 전에 치에한테 말해서 교대할 거야."

"아, 나나세 말인가."

전생자 나나세 치에는 다른 사람을 잘 돌봐주는 성격이니까 맡겨도 괜찮겠지.

우리는 외출 전 나나세에게 말을 건네서 오카 쌤을 부탁했다.

집을 나가기 전 하얀 옷차림의 여자가 손짓으로 지시 내리자 우리의 뒤를 또 다른 하얀 옷차림 인원이 숨어서 따라오는 것을 기척으로 느꼈는데 아는 척하지는 않았다.

감시가 붙는 건 당연하지.

다만 우리가 묘한 움직임을 보이지 않는 한 죽이지는 않을 것이다.

죽이려면 어제 다 죽였을 테니.

와카바는『전세의 인연』때문에 우리를 살려 놓았다.

와카바 쪽 인원과는 다른 마족군이 우리에게 손을 쓸 우려도 아주 없지는 않다만, 그렇게까지 걱정할 필요는 없지 않을까.

이제껏 봐온 마족군에게서 느끼는 인상은 군인이라는 것.

임무에 충실하다.

개인의 감정을 배제하며 주어진 임무를 담담하게 수행하기에 어떤 의미로 기계 비슷한 인상을 받는다.

그런 녀석들이 상사로 둔 와카바의 명령에 거역할 것 같지는 않다.

아울러 메라조피스도 마찬가지겠지.

나는 메라조피스를 거의 알지 못한다.

실제로 마주쳤던 것은 세 번뿐.

첫 번째는 나와 아사카의 고향에서, 녀석은 고향을 멸망시켰다.
나와 아사카 이외의 모든 사람을 죽임으로써.
두 번째는 얼마 전 마족과의 전쟁 때.
마족군 군단장으로 출전했을 때 요새 방어를 담당했던 나와 아사카가 싸웠다.
그리고 세 번째는 어제의 전투.
다만 어제는 본체가 아닌 스킬로 만든 분신이었으니까 실제 마주친 횟수에 넣어도 되나 미묘하다는 생각도 든다.
아무튼 분신이든 본체든 언동은 본인과 똑같으니까 사소한 문제일 테지.
언동을 운운하기에는 나눠본 말이 거의 없는 셈이나 마찬가지지만.
세 번 중 처음 한 번은 유린당했고, 나머지 두 번은 전장에서 싸운 사이이니까.
느긋하게 대화나 나눌 겨를은 물론 없었다.
하지만 두 번이나 검을 겨루면서 얼마간 깨달았던 것도 있다.
아마 그 녀석은 속 터질 만큼 고지식한 작자다.
군인으로서는 모범적인 우등생.
명령 위반은 언어도단, 혼지 폭주해서 마을 하나를 괴멸시키는 짓은 절대로 하지 않는다.
그러면, 분명.
메라조피스가 우리의 고향을 괴멸시켰던 이유는 상부의 명령 때문이 아니었을까?
그 녀석은 단지 명령에 따른 게 아니었을까?

자꾸 의문이 든다.

나는 이제껏 타도 메라조피스를 목표로 쭉 진력했었는데 알면 알수록 생각을 다시 해봐야겠다는 망설임이 생긴다.

애당초 와카바의 이야기가 너무 충격적이라서 원수 갚기를 떠들려는 의욕이 살짝 미아 신세다.

와카바의 진짜 속내는 물론이고 메라조피스라는 인물도 더 제대로 알아서 다시 이것저것 고민해보고 싶다.

내가 이후에 어떻게 행동할지.

그 근거를 확인하기 위해서라도 나는 메라조피스와 이야기를 나눠야 한다.

"그나저나, 메라조피스가 어디 있는지는 알아?"

"앗."

엘프의 마을 내부를 빙글빙글 걸어 다니다가 보다 못한 하얀 옷차림 감시자가 길 안내를 먼저 제안해준 덕분에 겨우겨우 점심 전에 메라조피스와 만날 수 있었다.

……하얀 옷 감시자, 인간미가 있군.

누구냐, 기계 같다는 말 했던 녀석은. ……나군.

"그래. 이야기를 하자고?"

이야기를 하고 싶다며 요청한 우리가 안내받은 곳은 어느 엘프의 집 안이었다.

그곳에서 우리는 아마도 전후 처리를 진행하고 있던 메라조피스와 대면했다.

지금은 탁자를 사이에 두고 마주 앉아 있다.

"그래. 먼저 자기소개를 하지. 나는 타가와 쿠니히코. 전생자다."

"쿠시타니 아사카. 마찬가지로 전생자야."

"메라조피스다. 나 자신은 전생자가 아니다만, 전생자 세 분과 가까운 입장이기는 하군."

간단하게 자기소개부터.

나와 아사카는 메라조피스를 몹시 의식하고 있는 반면에 어쩌면 메라조피스는 우리의 이름조차 알지 못했을 가능성도 충분히 높을 테니까.

그리고 또 한 가지, 꼭 확인해야 할 문제가 있다.

"너는 기억하지 못할지도 모르겠는데 10년쯤 전에 너한테 멸망당한 마을에서, 촌락 비슷한 곳에서 살았던 단 두 명의 생존자다."

"물론 기억하고 있다."

메라조피스는 고개를 끄덕이며 답했다.

다행이다. 혹시 「기억나지 않는다」라는 대답이면 어쩌야 하나 고민했는데.

나와 아사카에게는 인생이 확 달라지는 큰 사건이었지만, 메라조피스에게는 기억할 가치도 자질구레한 일상사였다는 촌극은 아니었나 보다.

만약 아무렇지도 않게 부정했다면 못 참아서 얼결에 주먹이 나가지 않았을까.

아사카한테는 싸우려는 게 아니라고 말하고 온 만큼 참으려는 노력은 했을 테지만.

……끝까지 참았을지 잘 모르겠다만.

“기억한다면 바로 본론을 얘기하지. 우리 고향은 어째서 멸망당해야 했지? 그 이유를 네 입으로 듣고 싶다.”

“흠…….”

내 이야기를 듣고 생각에 잠긴 메라조피스는 이지적이다.

역시 나의 예상대로 이 남자는 자기 변덕으로 마을을 유린하고 다닐 사악한 부류는 아니었다.

우리 고향이 멸망당한 데는 모종의 이유가 있고, 아울러 메라조피스는 집행을 맡을 인원으로 누군가에게 명령받았을 뿐이다.

“……이유를 들어 어찌할 텐가?”

“어떻게 할지 결정하기 위해서라도 꼭 들어야겠다.”

메라조피스의 물음에 대답했다.

“알겠다. 별로 기분이 좋을 이야기는 아닐 터이나, 괜찮겠나?”

“물론.”

내가 즉답하자 메라조피스는 거하게 숨을 내쉬었다.

메라조피스 본인에게도 기분이 좋은 이야기는 아닌 듯하다.

부모와 고향의 원수일지언정 호감을 가질 수 있는 태도였다.

동시에 복잡한 기분이 든다.

차라리 망설임 없이 콱 때려잡아도 될 만큼 사악한 녀석이었다면 고민하지 않고 싸울 수 있었을 텐데 말이지.

“글쎄, 막상 이야기를 하려니까 어디부터 시작해야 할지……. 잠시 기다려봐라.”

그렇게 말한 뒤 메라조피스는 자리에서 일어나 방을 나가버린다.

그리고 다시 돌아왔을 때는 두 손에 컵을 하나씩 들고 있었다.

"꽤 길어질 테니 마시도록 하지."

나와 아사카의 앞에 컵을 내려놓는다.

배려심이 아주 두둑하시군! 이 자식 분명히 인기쟁이다!

"……고맙습다."

"잘 마실게요."

뭔가 석연치 않은 심정을 느끼며 일단 답례의 말은 했다.

아사카는 곧장 컵을 손에 들고서 입을 가져간다.

아사카는 누가 주는 건 사양하지 않고 받는 녀석이니까…….

독 넣었으면 어쩔 셈이야. 아, 괜히 귀찮은 짓을 안 해도 메라조피스라면 우리쯤이야 거뜬히 죽일 수 있겠지.

나도 아사카를 본받아서 내준 음료를 입에 가져갔다.

사과 차 비슷한 맛의 찻물이었다.

"가능한 한 객관적으로 이야기할 생각이다만, 어쩔 수 없이 마족을 두둔하는 의견이 나올 듯하군. 부디 양해해주게."

그렇게 메라조피스가 시작한 이야기는 사전에 주의 들었던 대로 기분이 좋은 내용은 아니었다.

오히려 기분을 말하자면 최악이다.

메라조피스의 이야기는 길었다.

설명, 이야기의 발단이 마족의 내란부터였으니까.

우리의 고향과는 아무 관련이 없을 것 같은 이야기였지만, 꼭 짚고 넘어가야 하는 부분이라고 한다.

나와 아사카는 잠자코 다음 이야기를 듣기로 했다.

마왕에게 대항하기 위해 반란군이 형성되고, 거기에 엘프가 은밀하게 협력했었나 보다.

그 엘프들 틈에 오카 쌤이 같이 있었고.

반란군이 정규 마족군에 패배한 터라 오카 쌤을 포함한 엘프는 마족령에 고립되었고, 아무리 따져봐도 도저히 살아서 인족령으로 돌아갈 수 있는 상황이 아니었다고 한다.

이때 최대의 장해물이 바로 마족령과 인족령 사이에 위치하는 인마 완충 지대, 그곳에 자리를 잡은 부족들.

얼굴을 아는 인물 이외에는 문답 무용으로 죽여버린 뒤 소지품을 몽땅 약탈해서 생활에 보태 살아가는 도적이나 다를 바 없는 집단이었다던가.

……우리의 고향 이야기다.

진짜냐?

우리 고향은 마족이 봐도 도적단이었어?

나는 아연실색했다만 아사카는 의외로 태연했다.

"그치만 척 봐도 야만스러웠잖아."

"어어……."

아사카의 관점에서 본 고향 사람들은 저런 인상이었구나.

슬쩍 물어봤더니 아사카는 어릴 때부터 하루빨리 마을을 떠나고 싶었다고 한다.

진짜냐……. 진짜냐고…….

내 눈에 부족의 남자들은 강하고 멋진 어른이라는 이미지였는데, 혹시 미화된 기억이었던 건가?

알고 싶지 않았던 고향의 진실을 알고 탈선해버렸다만, 메라조피스의 이야기는 계속 이어진다.

오카 쌤을 무사히 인족령까지 탈출시키려면 우리 고향을 선수 쳐서 괴멸시키고 안전을 확보하는 방법뿐이었다던가.

“잠깐만. 어째서 선생님을 포로로 잡는 방법은 배제됐던 거야?”

“배제한 것이 아니라 선택할 수 없었다. 포티머스 하이페너스의 능력 때문에.”

아사카의 질문에 메라조피스는 저렇게 대답했다.

엘프의 족장, 포티머스와는 나도 면식이 있었는데 그 녀석이 이 세계를 난장판으로 만든 원흉이랬지.

게다가 가진 능력은 타인의 몸을 빼앗는 것.

누구 몸이든 빼앗을 수 있는 만능은 아니지만, 조건을 채운 상대의 의식을 지워서 포티머스가 자기 몸처럼 움직일 수 있다고 한다.

오카 쌤은 그 신체 약탈의 후보 중 한 명이었고, 포로로 잡은 순간에는 아마도 포티머스에게 몸을 빼앗겨 처분당하는 수순이 예측되었다는 것.

“……야비한데.”

“그러한 사정도 있어 우리는 선생님에게 직접 손을 쓸 수 없었다.”

와카바의 이야기를 들으며 엘프들이 악독한 족속이라는 것은 알았지만, 새삼 듣고 보니까 포티머스의 능력은 정말 악랄하구나.

성격의 비열함이 하필 능력에도 나타난다니.

그나저나, 그런가…….

“간접적인 이유지만 오카 쌤 때문에 우리 고향이 멸망당했던 건가.”

오카 쌤 본인은 아무 잘못도 안 했는데 복잡한 기분이다.

"그런 이유도 물론 감안해야 할 터이나 자네들이 있었다는 것도 요인 중 하나다."

"엉? 우리 때문에?"

"때문이라는 표현은 바르지 않군. 그곳은 마족과 인족의 영역과 맞닿은 경계선. 인족과 전쟁이 발발하면 가장 먼저 전쟁터가 될 장소이자 확실하게 멸망했을 부족이지. 선생님의 탈출로 인해 멸망이 앞당겨진 것은 사실이다만, 동시에 자네들이라는 전생자를 이른 단계에서 장래에 전쟁터가 될 위험 지대 바깥으로 보내기 위한 목적이 있었다. 전생자를 잡아들이려 하는 엘프와, 선생님과 대면시켜서는 안 되는 까닭이었지."

"뭐, 냐, 그게. 뭐냐고……."

말이 안 나왔다.

그러면 뭐냐?

고향이 멸망당했던 이유는 우리 때문이라는 말인가?

나와 아사카만 죽이지 않았던 것도 전생자였기 때문이었나.

"하하. 전생자는 뭔 역병이라도 되는 건가?"

"방금 전 말했듯 너희 부족은 빠르든 늦든 전쟁에 휘말려서 멸망했을 것이다."

자조하는 나에게 메라조피스가 아마도 위로의 말을 건넨다.

이러지 마라.

원수 주제에, 내게 친절을 베풀지 마라…….

"당시 상황의 설명은 대강 끝났다."

그렇게 말하며 메라조피스는 이야기를 마무리했다.

사전에 주의받았던 대로 이야기를 다 들었을 때 나의 기분은 최악이었지만, 이것저것 납득이 되는 이야기였다.

메라조피스처럼 황당하게 강한 녀석이 아무 전조도 없이 갑자기 나타나서 습격했던 배경을 분명히 알 수 있었다.

어째서 이런 녀석이 갑자기? 언제나, 줄곧 의문이었다.

애당초 대체 왜 갑자기 우리 고향이 멸망당했는지도 말이지.

오랜 의문이 드디어 해소되었군.

알게 되어서 후련한가 묻는다면 조금 헷갈린다만.

"……우리에게는 우리의 이유가 있다. 하지만 내가 자네들의 고향을 멸망시켰고 육친과 벗과 지인을 모두 죽였다는 사실은 달라지지 않아. 자네들은 나를 원망할 권리가 있다."

그렇게 말한 뒤 메라조피스는 자리에서 일어섰다.

"사죄는 할 수 없다. 그리고 이 목숨을 아낌없이 내어 주기도, 불가능하다. 다만 자네들의 도전을 굳이 거부하지는 않겠다. 언제든 상대가 되어주지."

그렇게 말한 뒤 방을 나갔다.

또 배려해주는 건가?

풀 죽은 나에게 기운을 넣어주기 위해서 마지막 말을 남겼던 걸까?

대체 뭐냐고, 원수 주제에 친절을 베풀지 말란 말이다…….

"……어떻게 할지 결정하기 위해서 진실을 들으려고 왔는데 오히려 더 어떻게 해야 할지 갈피를 못 잡게 되어버렸군."

아사카가 말없이 내 어깨에 손을 얹어준다.

메라조피스가 끓여준 컵의 내용물은 이미 사라져 있었다.

막간 나츠메 켄고

야마다 패거리가 떠나간 뒤 나도 곧 집을 나왔다.

다른 예전의 같은 반 녀석들도 나를 어떻게 대해야 하나 헷갈릴 테지.

내가 야마다 패거리와 말을 주고받던 중 서먹서먹했던 분위기로 대강 알아챌 수 있었다.

잇세이가 같이 있어줬다면 그래도 어떻게든 대화를 이어 나가려고 애썼을지도 모른다.

하지만 더 이상 애써볼 생각도 안 든다.

내가 이 세계의 삶을 완전히 포기한 것은 오카 쌤에게 잇세이의 죽음을 들었을 때다.

학원에서 오카 쌤과 재회하고 얼마 뒤였다.

답변을 망설이는 오카 쌤한테 끈질기게 사정사정하며 캐물었다가 결국은 후회했다.

잇세이, 사쿠라자키 잇세이는 나의 반신이라고도 말할 수 있는 절친이었다.

그런데 잇세이가 벌써 옛날에 이 세계에서 사라졌다는 사실을 알았을 때는 온 세상의 빛이 바래졌다.

"얘 좀 봐~? 누구 허락받고 쏙 빠져나가니~?"

시노하라가 내 뒤를 쫓아왔다.

"아앙? 뭔 볼일이라도 있냐?"

"딱히~? 볼일은 없는데 말야."

"그럼 내가 뭘 하든 상관없을 텐데? 내버려 둬라."

"……그치만 내버려 두면 너 죽을 것 같거든."

헹, 시노하라의 말에 코웃음으로 답한다.

"안 죽는다. 네 녀석들이 죽이지 않는 한 살아 있어주마."

"……아, 그래."

걸음을 내딛는다.

다만 시노하라가 말없이 따라온다.

……이러니저러니 해도 이 녀석 나름대로 나를 걱정해주는 건가?

그토록 잔인한 짓을 저질렀던 나를?

헹! 이 녀석도 주인을 닮아 호인이 되어버렸군.

"……너 말야~ 어쩌다가 이런 신세가 된 거야?"

침묵이 답답했는지 시노하라가 대놓고 물어본다.

"네 녀석들은 그럭저럭 축복받은 환경 속에서 같은 대우를 받는 친구도 곁에 있었지. 야마다뿐이 아니다. 이곳에 잡혀 살았던 녀석들도 의식주 잘 보장되고 서로 이해해주는 친구가 있지 않았나? ……나한테는 아무도 없었다."

결국에 할 말은 이것뿐이다.

나의 전세는 축복이 가득했다.

불만은 무엇 하나도 없었다.

이세계 전생 따위 하고 싶지 않았다.

이따위로 살 바에야 차라리 죽는 게 훨씬 나았다.

"제국은 말야, 알맹이가 걸쭉걸쭉 썩어 빠진 난장판이다. 나를 허수아비로 내세워서 달콤한 꿀을 빨아먹으려는 돼지들이 마구 설치고 다녀. 웃는 얼굴 뒤에 추악한 욕망을 숨긴 채 말이지. 게다가 그냥 막 새어 나와서 못 숨기니까 더욱더 추하기만 하고. 그딴 자들 틈에 둘러싸여서 듣고 싶지도 않은 아첨이나 듣는 신세지. 아무한테도 마음을 열 수 없어. 아무도 신용할 수 없어. 그딴 환경에서 제정신으로 버티자는 게 우스워졌을 뿐이다."

제국이 강건한 실력주의 국가였던 것은 옛날이야기다.

군벌 귀족은 선대 검제의 허깨비를 좇아 다니며 나의 아버지, 검제에 대한 기대를 내버렸다. 그들 대신에 사리사욕을 채우는 궁정 귀족이 설치고 다닌다.

마족이라는 공통된 적이 사라졌더니 제국 내부는 덜컥덜컥 흔들린다.

이따위 빌어먹을 나라의 왕자라고?

어째서 내가 이 더러운 자리에서 버텨야 하나!

누가 유고 반 렝잔드라는 말인가!

왕자가 다 뭐냐, 나는 나츠메 켄고로 살고 싶었다!

그래서 생각했다.

진부 다 악몽이라고.

꿈이면 무슨 짓을 저질러도 상관없잖아?

악몽이니까 죄다 쳐부술 기세로 엉망진창 난장을 치면 되잖아?

그래도 안 깨어난다면 이따위 빌어먹을 세계에서 살아갈 이유도 없지 않겠나.

조금이나마 편해질 수 있다면 감지덕지.

아무것도 바뀌는 게 없다면 역시 빌어먹을 악몽.

나에게 이 세계는 아무 가치가 없었다.

"아, 그래도 말이야, 오카 쌤이랑 만나서 네 녀석들과 만나서 잠깐은 꽤 기뻤다니까?"

전세의 세계를 아는 사람과 만나서 기뻤던 것은 정말이다.

"그런데 이 세계에 정붙이면서 즐겁게 사는 네 녀석들을 보고 열불이 나더라고."

어째서 이 녀석들은 긍정적으로 살고 있지?

이 세계에서 버티는 삶을 받아들이고.

나는, 받아들일 수 없다.

잇세이가 살아 있었다면 힘겹게나마 받아들였을지도 모른다.

그 녀석이 있어줬다면「켄은 못 말리겠다니까」라며 있는 그대로의 나를 받아들이고, 나의 푸념을 들어줬을 것이다.

그렇게 실컷 푸념하고 후련한 마음으로 앞을 돌아봤을지도 모른다.

하지만 잇세이는 없다.

"애정이 강할수록 미움도 심해진다지. 배반당한 기분이 들어 증오가 솟구치더라. 야마다를 특히 적대시했던 이유는 그 자식이 네 녀석들의 중심이었기 때문이군."

같은 왕자인데도.

어째서 나와 저 녀석은 이렇게까지 차이가 있지?

부조리하다.

조금이나마 나와 똑같은 괴로움을 맛보여줄 테다.

"시답잖은 이유지? 경멸하냐?"

"응. 툭 까놓고 말해서 그냥 화풀이잖아."

"그렇군. 네 말이 맞다."

목만 움직여 돌아보니 시노하라의 몹시 사나운 눈과 시선이 마주친다.

하지만 경멸하든 말든 관심이 없고 오로지 허망하다.

모든 것이 오로지 허망할 따름이다.

삶도 죽음도 전부 다 허망하기만 하다.

"일단 좀 맞자."

"엉?"

시노하라가 내 어깨에 손을 얹어서 강제로 내 몸을 돌려놓는다.

"흥!"

"끄억?!"

이 자식!

아까도 욱했는데 진짜 아무렇지도 않게 주먹질이군!

"네 비틀리고 꼬인 근성을 똑바른 모양으로 다시 고쳐줄게. 고치고 나서도 벌로 평생 때려줄 거야!"

"……뭔 소리야, 평생이라니. 신종 프러포즈냐?"

"흥!"

"끅?!"

아, 진짜. 퍽퍽 때리지 말란 말이다.

……제길. 아프군.

막간 유리

"페르미나 씨."

방으로 돌아온 나는 뒤에서 쭉 따라오던 페르미나 씨에게 말을 붙였다.

이 사람은 내가 세뇌당했을 때부터 드문드문 얼굴을 마주했었다.

제국군과 다른 조직에 속한 사람이라는 것은 알고 있었지만, 설마 마족군 소속이었을 줄은 몰랐어.

왜 여태껏 못 알아차렸을까? 세뇌당하면 인지력도 확 낮아지나 봐.

그러니까 지난 실수를 반성하며 다양한 각도에서 세상을 살펴봐야겠지!

"아까 슌 군이 했던 이야기, 사실이야?"

페르미나 씨의 눈을 들여다보며 묻는다.

페르미나 씨는 나를 피하려는 듯 상체를 조금 젖혔지만, 그만큼 나도 얼굴을 가까이 가져간다.

"……좀, 가까운데요."

"내답해."

"대답할 테니까, 저기, 떨어져줄래요?"

똑바로 눈을 쳐다보는 와중에 얼굴을 돌려버리다니.

대답해주겠다는 말을 믿고서 한 발짝 뒤로 물러난다.

다른 사람을 믿어주는 마음은 소중하니까요.

"……처음에 먼저 양해를 구하지요. 저는 주인님과 마왕님의 말씀을 통해 들었을 뿐 정말 사실인지 판단할 수 있는 입장은 못 됩니다."

페르미나 씨는 한숨을 쉬며 자세를 바로한 뒤 서두를 뗐다.

"이 세계의 현 상황과 시스템, 과거의 사건들이 정말 사실이 맞는지 확인할 방법이 없으니까요."

"확실히."

듣고 보니까 맞는 말이었다. 아무리 묻고 따져도 다른 사람의 말만 가지고 진짜 사실인지 확인할 방법은 없다.

전세 때도 인터넷에는 정보가 가득 흘러넘쳤지만, 정작 진위는 애매모호한 것이 많았다.

그뿐 아니라 학교에서 배운 내용도 정말 사실인지는 우리의 입장에서는 사실 알 방법이 없었다.

역사는 실제 당시의 생활상을 보고 온 게 아니고, 화학도 원자를 직접 관찰한 게 아니었는걸.

그렇게 생각하면 무엇이 사실인지를 믿는 것 자체가 중요하다는 생각도 든다.

"그래도 괜찮다면 제가 들었던 말이나마 이야기해드리죠."

"부탁할게요."

"알겠습니다."

페르미나 씨는 말솜씨가 좋은 것 같다. 요점을 알기 쉽게, 그리고 개인적인 감정이나 의견을 안 섞고 담담하게 얘기해줬다.

덕분에 나도 얘기해주는 내용을 어렵지 않게 이해할 수 있었다.

"내가 아는 내용은 여기까지야."

"그렇구나. 고마워."

이야기를 다 듣고 나는 하늘을 우러러봤다.

아아, 머릿속이 뒤죽박죽이라 결론이 안 나와.

이런 때는…….

“어? 너, 너 무슨 짓이야?!”

페르미나 씨가 소리를 지르지만, 이 행위를 하면 무척 진정되거든.

나는 방금 전 손톱으로 손목을 그었다.

이른바 리스트 커트.

“지혈! 아니! 치료 마법으로!”

페르미나 씨의 재빠른 대응으로 상처는 눈 깜짝할 새에 회복되었지만, 흘러나온 피와 통증의 여운은 남아 있다.

쓱, 손톱이 피부를 흠집 낸 순간의 싸늘한 감촉 덕분에 침착함을 되찾는다.

그 후 지끈지끈 배어나는 아픔과 상처의 열기가 안도감을 가져다 준다.

요즘은 오랫동안 안 했는데 옛날에는 자주 이렇게 마음을 가라앉혔다.

이 세계에는 치료 마법이 있어서 흉터도 안 남게 지워지니까 편리하지.

《숙련도가 일정 수치에 도달했습니다. 스킬 〈통각 경감 LV 8〉이 〈통각 경감 LV 9〉로 성장했습니다.》

“아…….”

목소리가, 들린다.

하느님의, 목소리가!

"그래. 사실이 무엇이든 간에 하느님은 진짜로 계셔! 하느님의 목소리가 들려!"

두 손을 하늘로 뻗는다.

천장밖에 안 보이지만, 저 너머의 하늘을 향해 높이높이!

"나의 신앙은 여기에 있어! 하느님! 아아, 하느님!"

하느님은 있다.

하느님의 목소리는 들린다.

무엇이 사실인지 잘 알지는 못하겠지만, 이것만큼은 나의 마음속에 확고히 선 사실!

설령 신언교가 허식투성이의 종교이더라도 하느님을 섬기는 나의 신앙심만은 진짜야!

고민할 필요는 전혀 없었어!

처음부터 대답은 나와 있었고, 나의 신앙심은 티끌만큼도 흔들리지 않았으니까!

"찬양합시다! 믿고 따릅시다! 하느님! 고귀한 이름을! 사리엘 님! 아아! 사리엘 님!"

아아! 고귀한 이름을 소리 내어 말할 수 있는 이 기쁨!

누군가와 나누고 싶어!

"페르미나 씨! 당신도 같이!"

"엥?! 아, 아니, 어, 사양할게……."

아쉬워라…….

5 월드 퀘스트

그것은 느닷없이 떨어졌다.

마왕과 쿠로가 화해하고 분위기가 풀어졌던 직후.

마왕의 표정이 다시 험악해지고, 동시에 흡혈 양과 오니 군이 놀란 기색으로 허공에 시선을 이리저리 움직이며 귀 기울이는 태도를 보였다.

이 시점에서 나는 불길한 예감을 느꼈지요, 그럼요.

곧장 분체에 시스템 해킹을 명령.

하늘의 목소리(가짜)의 이력을 살펴본다.

이 자리에 있는 세 사람의 분위기로 아마 모종의 계시(啓示)가 하늘의 목소리(가짜)를 통해서 내려왔다고 예상했거든.

아니나 다를까, 빙고.

으음~ 뭐야, 뭐야?

월드 퀘스트 발동.

세계의 붕괴를 저지하기 위해 인류를 산 제물로 바치고자 획책하는 사신의 계획을 저지, 혹은 협력하라.

……아~ D, 나쁜 자식.

멋지게 수작을 부렸구나!

뜨아아아아~!

아~ 진짜! 제대로 한 방 먹었네!

뭔가 끼어들 것 같긴 했는데 이렇게까지 대담하게 간섭할 줄은 몰랐어.

이거 사신이라는 말, 나를 가리켜서 썼겠지?

사신의 대명사는 D잖아! 나쁜 사신아!

그야 뭐, D의 입장에서 이대로 두면 당연히 재미가 없지.

그러니까 이 결과는 예상 범위다.

예상 범위인데 그래도 짜증이 안 날 수가 없잖아요.

지금 때린다! 조심해라! 때린다니까! 예고를 받고 대비해도 실제 얻어맞으면 당연히 아프고 짜증이 나지 않겠냐고요.

나의 이상은 이대로 아무 사고도 없이 뒤에서 암약하며 결과를 이끌어 내는 것이었다.

뭐, 요컨대 아무한테도 들키지 않고 시스템을 쳐부수면 그게 내 승리였던 셈이지.

사람들이 깨달았을 때 이미 시스템은 붕괴, 뭐, 여파로 엄청 죽어 나가겠지만 세계와 여신은 구원받을 테니까.

피해 심대한 인류의 입장에서는 끔찍한 대재해가 아무 전조도 없이 일어났다는 느낌을 받겠지만, 나는 가장 편하고 장해물도 없다.

그런데 잠깐, 저런 편안한 앞날을 과연 D가 용납해줄까?

아니, 절대로. 결코.

게임으로 설명하면 라스트 보스가 암약을 하고, 주인공은 힌트도 없으니까 전혀 알아차리질 못하고, 갑자기 게임 오버가 되는 전개잖아.

완전 망겜이지.

게임이면 어떤 식이든 간에 「라스트 보스가 암약하고 있어! 막지 못하면 위험할 거야!」라고 힌트를 주기 마련인걸.

자연스럽게 주인공 파티는 라스트 보스의 못된 음모를 깨부수기 위해 일어서는 법이다!

하긴 아무래도 힌트 없이 갑자기 시간제한이 설정되고, 관계없는 데서 모험을 하는 동안에 갑자기 「게임 오버랍니다~」 소식만 전해지면 게임으로 성립이 안 되지.

그치만 라스트 보스의 입장에서는 저게 당연히 편하거든~.

도대체 뭐가 아쉬워서 적대할 가능성이 높은 상대한테 힌트를 줘야 하는데?

묵묵히 암약하는 게 당연히 좋잖아.

게임은 악역한테 너무 불리한 규칙을 요구한다.

그리고 이곳은 능력치 등등 게임 비슷한 요소가 있어도 현실.

그럼 게임의 규칙을 따를 필요도 없지 않아?

암약에 암약.

푸히하, 깨달았을 때는 이미 다 늦어버렸지!

응, 이렇게, 쉬운 게, 좋았을 텐데…….

이 세계는 게임이 아니다.

하지만 신의 놀이판은 맞단 말이지~.

완전 민폐지만.

이제 제대로 된 게임으로 성립할 조건이 전부 갖춰졌네요.

아무튼.

내가 게임의 라스트 보스라면 내게 적대하는 세력은 누구일까?

우선은 교황.

교황은 인류, 그중에서도 특히 인족을 위해 활동하고 있다.

인류의 수호자라고 표현해도 과언이 아냐.

인류를 잔뜩 죽음으로 몰아가는 나와는 확실하게 적대 관계다.

설득은 애당초 시간 낭비.

마왕이 정신의 괴물이라고 불렀던 인물의 의지를 꺾는 것은 불가능하다.

나이를 잔뜩 먹은 고집쟁이 아저씨한테 뭐라 떠들어 봤자 쇠귀에 경 읽기다.

교황이 되게 골칫거리인데 반드시 적대하게 될 관계이면서 지배자 스킬 중 하나, 절제를 갖고 있으니까.

시스템의 비밀 메뉴, 시스템 붕괴의 열쇠가 되는 지배자 권한 하나를 보유하고 있다.

7대 대죄 스킬과 7대 미덕 스킬에 부가된 지배자 권한.

그 지배자 권한이라는 열쇠를 전부 넣어서 돌림으로써 시스템의 붕괴를 일으킬 수 있다.

그냥 억지로 열쇠 구멍을 뚫어서 해체하는 수단도 지금의 나라면 아주 불가능하지는 않아.

그치만 진짜 실행하면 나중에 어떤 악영향이 발생할지 예측할 수 없다는 것도 사실이거든.

그러니까 안전한 방법을 선택하자면 모든 지배자 권한을 장악하고 싶다.

그중 하나가 적의 손에 들어가 있는 상황이니까 너무나 골치 아프지.

절제의 지배자 권한을 확보하려면 교황을 설득해서 양도받거나 아니면 교황을 저세상 사람으로 만들거나.

그~치~만~ 설득은 아예 무리라고 거듭 말했잖아!

그런고로 교황의 미래는 확정.

그리고 적대할 게 확실한 인물은 발트.

이제껏 줄곧 마왕의 보좌를 맡아왔던 남자.

의외라고?

꼭 그렇지도 않아.

발트는 마족을 위해 몸이 가루가 되도록 일해왔다.

방향성은 좀 달라도 교황과 마찬가지로 마족을 위해 분투했던 아그너와 통하는 부분이 있어.

발트가 마왕한테 복종했던 이유는 어디까지나 마족에게 최선이라고 판단했기 때문이지.

마왕이라는 절대적인 위협과 맞서 싸우기보다는 차라리 영합해서 당장에 닥칠 피해가 마족에게 쏟아지는 것을 회피했을 뿐.

마족의 존망이 달린 문제임을 깨닫는다면 원인이 되는 나와 적대하고자 각오를 굳힐 거야.

마왕과 맞서 싸워서 전멸하거나 인족과 전쟁을 벌여 큰 피해를 감수해서라도 더 오래 살아남거나, 저런 어려운 선택을 결단했던 발드라면.

……위장에 구멍이 뻥 뚫릴지도 모르겠지만.

교황과 발트.

인족과 마족의 대표가 둘 다 적대할 것은 확정.

즉 인족과 마족 대부분이 적대 관계로 돌아선다는 것을 의미한다.

뭐, 인족과 마족을 두루 뜻하는 인류라는 단어가 사용된 시점에서 양쪽의 대표자가 대처에 임하는 것은 자명한 이치 아니겠어요.

그리고 두 사람보다 훨씬 중요하고 최대의 문제가 되는 인물이 있다.

"후우."

그 인물, 눈앞에 있는 쿠로, 관리자 규리에디스트디에스는 하늘을 우러러보며 땅이 꺼져라 한숨을 내뱉었다.

쿠로가 하늘을 계속 우러러보며 말을 건넨다.

"……어떤 수단을 강구했을지 대강 예감은 들었지. 시스템을 붕괴시키면 이 세계는 구원받는다. 네 녀석들이 제창했던 세계 구제의 방법에 거짓은 없을 터이다. 다만."

거기에서 쿠로는 일단 말을 끊으며 내 얼굴을 똑바로 쳐다본다.

"이렇듯 파멸하기 일보 직전의 세계 상황에서 아무 희생도 치르지 않고 모든 것을 원만하게 수습할 방법이 설마하니 있을 리 없다."

그렇게 말하며 천천히 일어난다.

뒤따라 반응하며 마왕과 오니 군도 일어나자 갑자기 긴장감이 감돈다.

흡혈 양? 애는, 알잖아. 내 실로 빙글빙글 감아 놨으니까…….

"아리엘. 방금 전 나누던 말이다만, 나의 속죄 방법은 지난날과 다르지 않다. 우직하게 사리엘의 의지를 존중해 나갈 뿐이다. 이제까지도, 이제부터도. 그러니까."

쿠로는 잠시 내게서 시선을 떼어 마왕을 바라본다.

"정녕 사리엘의 의사를 짓밟겠다면 어느 누구인들 용납은 하지 않는다. 그럼에도, 밀어붙일 테지?"

"응. 이미 결정했어. 미안해."

쿠로의 물음에 마왕은 지체 없이 답했다.

그 즉답이 마왕의 각오가 얼마나 굳건한지 대변해준다.

"사과하지 마라. 오히려 사과할 사람은 나다. 이렇게 된 것도 또한 내가 한심했기 때문이니."

쿠로는 다정하게, 다만 서글프게 웃었다.

"미안하다."

쿠로는 아까부터 자꾸 미안하다는 말만 하는데 방금 전 한마디는 오늘 꺼냈던 말 중에 가장 복잡한 의미와 감정이 담긴 사죄였을 것이다.

그리고 정을 끊어버리려는 듯이 표정을 없앤 뒤 쿠로는 마왕에게서 시선을 옮겨 또다시 나를 주시했다.

"과거에 내가 했던 말을 기억하고 있나?"

무게 잡지 마. 어느 과거의 말인지 어떻게 알아.

"내가 하려는 일의 앞길이 나와 서로를 용납하지 않는 결말에 이르려고 한다면 나는 네 앞을 가로막을 것이다."

나와 마음이 통한 것도 아닐 텐데 쿠로는 곧바로 그때 한 말을 입에 담았다.

저 말은 사리엘라 국과 오우츠 국이 전쟁을 벌였을 때, 더 자세히 말하자면 불쑥 마왕이 난입해서 나랑 한바탕 붙은 이후에 쿠로가 찾아와서 한 말이었다.

그때 나는 마왕과 적대하고 있었고, 쿠로는 마왕에게 딱 한 번 힘을 빌려줬다.

그럼에도 살아남은 나에게 사죄의 말을 건네러 왔었더랬지.

겸사겸사 더 이상 마왕에게 손을 대지 말아달라며 제안도 했다.

그때 나는 쿠로의 제안을 퇴짜 놓았었는데, 그러니까 자기는 아무것도 못 한다며 되게 침울해했다.

보다 못했던 내가 「그대가 바라는 대로 하도록 하라」라고 어딘가의 사신 비슷하게 조언을 했고.

그 말은 들은 쿠로가 힘겹게나마 다시 기운을 낸 직후에 충고로 건네준 말이 저거였다.

"지금이 그때 같구나."

……이럴 줄 알았어, 젠장!

나와 쿠로, 행동 개시는 거의 동시에.

쿠로가 곧장 이쪽으로 돌진하며 주먹을 휘두른다.

오니 군이 사이에 끼어들려고 몸을 날리는데 이미 늦었어.

진짜배기 신인 쿠로의 속도는 오니 군도 못 따라잡는다.

약체화된 마왕은 더더욱 어림이 없어 반응조차 하지 못했다.

소수점 몇 초로 판가름 나는 급박한 세계 속에서 나는 어쨌든 간에 가능한 한 최선의 대처를 했다.

단 눈앞의 쿠로를 목표로 한 대처가 아니라 기타 자질구레한 여러 가지 사안에 대해.

물론 이렇게 딴짓을 하면 쿠로한테 제때 대처하기는 불가능하니까 나는 허망하게 가슴을 꿰뚫렸다.
딱 심장이 있을 위치를 쿠로의 팔이 관통하고 있다.
보통은 즉사.
"이런 정도로 설마 네 녀석이 죽지는 않으리라."
다만 당연히 신인 쿠로는 이런 정도로 내 숨통을 끊었다는 생각은 안 하고 또다시 공격을 날린다.
일순간에 풍경이 덧칠되고 있다.
어디인지도 알 수 없는 살짝 근미래적인 도시의 도로 위쪽에 우리가 있었다.
마왕과 다른 애들은 이곳에 없다.
그뿐 아니라 도시 분위기의 지형인데도 나와 쿠로 이외에 사람은 아무도 단 한 명도 없다.
공간 전이.
아니, 이곳은 아마 진짜 세상이 아니라 이공간 안에 만든 필드겠네.
내가 분체들을 수납해 두는 마이 홈과 비슷비슷한 곳이다.
지금 막 이공간의 딱딱한 도로 위쪽에 내동댕이쳐졌고.
꾸웩!
명색이 신이지만 육체를 파괴당하면 그만큼 대미지를 다 받는다.
나는 신입 하느님이니까 더욱 타격을 잘 받기도 하고.
심장을 꿰뚫리면 물론 대미지도 크다.
죽진 않지만 말야!
……곰곰이 잘 생각해보면 신이 되기 전부터 산산조각으로 박살 나거나 머리만 남아 바다를 떠다녀보기도 했고, 심장을 꿰뚫린 것

은 경상이 아니려나?

뭐, 실제로 이런 정도는 괜찮아, 괜찮아.

그렇다고 미련하게 퍽퍽 맞아주고 싶은 생각은 안 들지만 말야!

제길! 이 자식, 진짜로 가차 없네!

뭐, 언젠가 이렇게 한판 맞붙을 것 같다는 생각은 쭉 했어.

결국 무엇을 우선하겠냐는 문제이고 서로 목적이 다르잖아.

나와 마왕은 여신의 존재.

쿠로와 여신은 여신의 의지.

여신의 존재를 구하고, 여신의 의지를 내던지려고 하는 우리들.

여신의 의지를 존중해서 여신의 존재가 사라지는 것을 묵인하려는 쿠로.

서로 목적이 상반된 이상 충돌하는 것은 필연적.

이렇게 될 줄 알았지~.

문제를 복잡하게 만든 가장 큰 원인은 바로 여신이거든~.

우리는 여신을 구출하기 위해 이것저것 애써주고 있는데 정작 여신은 자기 안부는 뒷전이고 인류를 위해 자신의 존재를 소멸시키려고 한다.

구출 대상인 당사자가 구출받자는 생각을 안 해.

게다가 구출 수단으로 준비한 게 여신의 뜻에 반하는 인류 대학살.

그야 여신님은 엄청 화나시겠죠.

우리가 밀어붙이고 있는 계획은 옆에서 봤을 때 악행일 거야.

그렇지만 끝까지 한다.

왜냐하면 마왕이 쭉 밀어붙이기를 바라니까.

세계의 모든 것을 적으로 돌려서라도, 구한 본인에게 원망받더라도, 그럼에도 쭉 밀어붙이겠다고 결심한 사람이 마왕이니까.

그런 마왕에게 같은 편이 있어줘도 괜찮잖아.

이미 각오는 다 굳혔는데 말이야!

아무리 그래도 이건 좀 심하거든!

언젠가 쿠로와 충돌하게 되더라도 조금 더 나중의 일이라고 생각했었으니까!

이쪽은 이것저것 아직 준비가 부족하다고!

우린 엘프랑 전쟁 벌이고 뒤처리도 아직 안 끝나서 바쁜 시기였거든?!

그런 때를 노려서 수작 부리면 만전의 상태로 요격할 수도 없잖아!

나쁜 자식, D!

이렇게 자~꾸 나를 불리한 상황으로 몰아넣는구나~!

나를 밟아서 부수고자 내리 휘둘러지는 쿠로의 다리를 옆으로 굴러 회피한다.

콰앙! 요란한 소리를 내며 쿠로의 다리가 방금 전까지 내가 있었던 곳에 깊숙이 박혀 들어갔다.

깔끔하게 정리된 지면에 균열이 뻗어 나간다.

지면이 산산조각으로 부서지지 않았다고 우습게 보면 안 된다.

이곳은 쿠로가 만들어 낸 세계.

보통의 물리 법칙을 판단 근거로 삼는다면 따끔한 맛을 볼 거다.

이미 저 공격에 맞았다면 온몸의 뼈가 가루가 됐을걸.

몸을 굴리다가 지면에 손을 짚어서 펄쩍 일어난다.

가슴에 뚫려 있었던 큰 구멍은 아물었다.

이 정도의 순간 재생은 신의 교양이나 마찬가지랍니다.

그래도 잠깐만 스톱, 스톱!

안면에 들이닥친 쿠로의 주먹을 상체를 휙 젖혀서 간신히 회피!

이나 바우어~!

또는 매트릭스!

그대로 지면에 손을 짚어서 브리지!

엑소시스트 달리기로 이탈!

징그럽다고?

그런 거 신경 쓸 때가 아니야!

잠깐, 쿠로 씨, 너 진짜로 너무 가차 없다!

D가 선포한 월드 퀘스트 뭐시기를 듣더니 즉각 적으로 돌변, 곧바로 자기 영역에 끌고 들어와서 태세를 갖출 틈도 안 주고 공세라니.

그거 강자가 할 만한 짓이 아니거든~!

강한 녀석은 어딘가의 금삐까처럼 방심이나 해라!

너어는 왕도 아니고 신이잖아!

어질어질 도망치는 나를 쿠로가 순식간에 따라잡아서 등을 차올렸다.

끄허으아!

뭔가 좀 사람 몸에서 나면 안 되는 소리가 들렸어!

좀 진지하게 이거 정말로 장난이 아닌데요~?

차올리는 발길질에 공중으로 내동댕이쳐진 내 몸을 쿠로의 주먹이 쳐서 꿰뚫는다.

가슴 한복판을 가격한 주먹질은 내 몸을 또다시 관통했다.

하하하.

방어 결계를 쳐도 의미가 없네~.

웃을 일이 아니지만 말이야.

지금 상황은 좀 본격적으로 위험하다.

마치 물속에 있는 것처럼 몸의 움직임이 둔한 데다가 방어도 제대로 못 하고 있고.

몸의 움직임이 둔한 이유는 여기가 쿠로의 필드라서.

주인인 쿠로 이외에는 이곳에 있는 한 전력을 발휘하지 못한다.

그리고 방어가 아무 의미도 없는 이유는 쿠로의 결계 때문에 내 결계가 지워지기 때문에.

이게 진짜 용종만 보유하고 있는 진짜 용 결계.

모든 마술을 문답 무용으로 무효화하는 치트 결계이다.

방어에 쓰면 공격계 마술을 무효화하고, 공격에 쓰면 지금처럼 상대의 방어를 무효화할 수 있다.

그야말로 치트.

비겁하다.

치드 능력을 가진 녀석이 만전의 태세를 갖추고 죽이려 든다.

나는 반대로 만전과는 거리가 먼 상태인데 말이야!

방심하지 않는 강자를 어떻게 상대하라는 거냐!

쿠로와 언젠가 자웅을 겨룰 때가 온다면 일단 내 필드에 유인할 심산이었는데 완전히 반대 상황에 몰려버렸잖아요~.

망했어~.

후유.
불만 늘어놔 봤자 달라지는 게 없지.
이미 벌어진 판이니까 어쩔 수 없어.
이래저래 예정을 벗어났지만, 내가 할 일은 달라지지 않는걸.
쿠로를 거꾸러뜨리고 세계 재생 계획을 시동시킨다.
"끙."
내 가슴을 꿰뚫어버린 쿠로의 팔을 붙잡았다.
동시에 하반신을 거미 몸뚱이로 변화시켜서 앞다리에 달린 낫을 휘두른다.
쿠로는 내 손을 떨쳐 내더니 팔을 잡아 뽑아서 후퇴.
필드의 효과 때문에 움직임이 둔해진 낫을 여유롭게 피했다.
용 결계를 쓰고 있으니까 굳이 안 피해도 문제없을 텐데.
그만큼 내 공격을 경계한다는 뜻이 되려나.
뭐, 덕분에 거리를 벌릴 수 있었다.
이곳은 쿠로의 필드니까 기껏 거리를 벌려 놓아도 큰 의미는 없지만 말야.
애당초 신이 만들어 낸 필드에 끌려 들어가면 안 된다. 그 신의 몸속에 들어가 있는 셈이거든.
자신을 유리하게, 상대를 불리하게 만든다.
이곳에 있는 한 쿠로의 우위는 뒤집히지 않아.
뭐, 내가 이대로 쭉 당하기만 할 바보는 아니지만 말이야.
사각사각, 내 발밑의 그림자에서 하얀 거미가 기어 나온다.
잔뜩, 잔뜩.

하얀 거미는 마치 공간을 뜯어 먹는 것처럼 나올 때마다 필드를 일그러뜨리고 있다.

"어림없다!"

쿠로가 주먹을 겨누며 돌진하지만, 하얀 거미는 사방으로 흩어졌다.

물론 본체인 나도 후퇴해서 쿠로의 공격을 피하고 있다.

사방팔방 흩어졌던 하얀 거미들은 다른 하얀 거미를 불러들이고, 불려서 왔던 거미가 또 다른 하얀 거미를 불러들인다.

기하급수로 늘어 가는 하얀색 거미.

그 녀석들이 쿠로의 필드를 자꾸자꾸 물어뜯는다.

"이런 힘이라니."

케케케케케!

내가 가만 앉아서 퍽퍽 맞아줄 줄 알았냐!

……거짓말이에요.

진짜 진지하게 퍽퍽 얻어맞았어요.

아무튼! 이렇듯 즉각 분체를 동원해서 바깥쪽부터 쿠로의 필드에 침입하는 수단을 마련해 놓았다는 말씀이야!

구멍이 뚫린 가슴을 원래대로 되돌린다.

훗, 싸움은 이제부터가 진짜 시작이다!

퍽퍽 얻어맞은 과거는 나의 기록에 없다!

"쳇!"

쿠로가 혀를 찬다.

나의 본체를 노리고 돌진하지만, 나는 쭉쭉 뒤로 물러나면서 거리를 좁혀주지 않았다.

쿠로의 돌진 속도와 나의 후퇴 속도가 비등비등하다.

방금 전까지 나를 애먹였던 둔한 움직임은 이제 사라졌다.

공간 마술의 구사자끼리 붙는 대결은 땅따먹기 놀이와 비슷한 양상을 띤다.

어떻게 자기 필드를 넓히고, 상대 필드의 확대를 저지하는가.

그리고 지금 내 분체인 하얀 거미들이 무시무시한 기세로 쿠로의 필드를 덧칠하며 나의 필드로 변환하고 있다.

푸하하하하!

겉멋 부리려고 한길만 판 게 아니란다!

특화형을 우습게 보지 마!

쿠로가 빠른 속도로 쫓아와도 나 또한 같은 속도로 후퇴함으로써 도망친다.

그동안에도 분체가 다른 분체를 소환하며 쿠로의 필드를 덧칠해서 바꾸고 있다.

공간 마술의 활용에서는 내가 한 걸음 앞서는 형세라서 조금 안심이 된다.

이 부분에서 뒤지면 그냥 쪽을 못 쓰거든.

공간 마술로 최소한 맞대응을 못하면 그 시점에서 외통수니까.

이 필드에 끌려 들어온 직후의 내 추태를 돌이켜보면 필드라는 수단이 얼마나 흉악한지를 알 수 있잖아.

자기한테 버프를 걸고 상대한테 디버프를 거는 기술이니까.

저항할 수단이 없다면 속절없이 당해버린다.

그러니까 공간 마술은 신에게 필수 기술.

여기까지는 격상의 신과 싸우기 위한 전제 조건.

겨우 출발선에 섰을 뿐이다.

공간 마술이 동등 이상이 아니면 싸울 자격조차 못 가져.

내가 오히려 우위를 점했다는 게 기쁘긴 한데 그것도 최초의 공방에 따른 대미지로 사실상 상쇄되어버렸거든.

초전에서 뒤처진 만큼 내 필드의 전개가 느리다.

쿠로의 필드를 침식하는 데 성공은 했다지만, 정작 속도는 느릿느릿한 느낌.

장기전을 각오하지 않으면 완벽하게 뒤덮는 것은 무리겠네.

그래서 말야, 지금 내 상황을 설명하자면 엄~청 위험하다.

공간 마술이 동등 이상일 것이 전제 조건.

다행히 기본 조건은 충족시켰다.

그치만 초전의 차이 때문에 나는 대미지를 받았고, 본래 내 필드로 유인하려는 계획이었는데도 반대로 쿠로의 필드에서 시작.

게다가 쿠로는 강자.

약자인 내가 쿠로에게 이기기 위해서는 내 필드에서 유리한 위치를 확보해야 했다.

그게 실패한 탓에 위험해졌다.

"음?!"

건물과 건물 사이에 쳐 놓은 실이 쿠로의 몸을 옭아맨다.

분체가 미리 설치해 놓은 거미집.

물론 단순한 실이 아니고말고요.

공간 마술을 병용해서 물리적으로는 거의 절단 불가능한 실.

여기에 붙들리면 끝장, 빠져나갈 방법은 없다.

없어야 할 텐데 말이지~.

쿠로가 팔을 아무렇게나 휘두른다.

그냥 휙 휘두른 동작에 내 자랑스러운 실이 뚝 끊어져서 소멸한다.

치트 결계다!

내 실은 마술을 써서 만들었다.

즉 모든 마술을 문답 무용으로 삭제해버리는 쿠로의 용 결계에는 통하지 않는다.

대충 예상은 하고 있었는데 실에 뒤얽혀서 꼼짝달싹 못 하는 하느님이라는 재미있는 영상은 보여주지 않는군요, 그렇군요.

뭐, 혹시 통하면 좋겠다~ 살짝 기대했을 뿐 진짜 목적은 시간 끌기였지만.

쿠로가 실에 주의를 빼앗겼던 한순간의 틈을 찔러서 나는 더더욱 거리를 벌려 놓았다.

지금은 무조건 시간을 끌며 쿠로의 필드를 내 필드로 덧칠하는 게 우선이다.

반격은 나중에 해도 안 늦어.

아니, 못 하는 거야. 딱히 반격할 방법이 없어!

이유가 뭐냐, 난 사용할 수 있는 수단이 적다.

아마 신을 자처하기에는 굉장히 빈약하지.

즉 공간 마술, 분체, 사안.

이게 전부다.

공간 마술로 만들어 낸 나의 필드, 마이 홈에 틀어박힌 채 무수히

많은 분체로 동시에 사안을 쏟아붓는다.

내가 사용할 수 있는 공격 수단은 거의 이것뿐이라고 말해도 된다.

단기간에 습득 가능하면서 진짜 하느님과 맞붙을 수 있는 수단이 이것밖에 없었다는 이유도 있다.

그야~ 막 신이 된 쌩신입은 아니고 쌩신님인 내가 같은 길에서 왕베테랑의 경력을 쌓은 쿠로한테 대항하려면 뭔가 딱 하나를 철저하게 연마해서 일점 돌파를 노릴 수밖에 없지 않겠어요?

어설프게 이것저것 건드려 봤자 어중간하게 끝날 게 뻔했거든.

그러니까 특기인 공간 마술과 사안, 두 가지 수단을 중점적으로 수련했다.

하지만 이게 꽤 도박수거든.

왜냐면 공격 수단이 사안, 딱 하나밖에 없는 셈이니까 상대가 만약 대항책을 강구하면 나의 승산이 완전히 사라진다.

대항책을 마련하는 게 절대로 쉽진 않을 것이라 믿고 싶은 마음이지만, 어쨌든 가능성이 아주 없지는 않았다.

그래서 포티머스의 병기와 싸울 때 가능하면 보여주고 싶지 않았던 거야.

시험 삼아서 분체 하나로 쿠로를 표적으로 사안을 날리게 시켰다.

"큭!"

오! 통했다?

방금 쿠로의 대응만 봐서는 사안 대책을 마련하지 못했어.

그거야 뭐, 일단 안심이기는 한데. 현 상황에서 분체는 필드를 침식하는 임무부터 우선해야 하는 상황이니까 사안을 막 날릴 여유가 없다.

역시 초전의 차이가 크네.

덕분에 마이 홈도 사안도 봉인당해서 수세를 못 면하는 신세인걸.

그치만 바꿔 말한다면 불리한 상황에 몰렸는데도 어찌어찌 버티고 있다는 뜻이 되거든.

초전에 흠씬 맞아서 마력을 잃었지만, 재정비가 가능한 타격에 머물렀다.

솔직히 최악의 경우 한 방 맞았을 때 즉사할 가능성도 있다는 것을 각오했었던 만큼 이 정도의 대미지로 버틴 게 행운이야.

예상과 달리 쿠로의 공격 능력은 높지 않았다.

자꾸 접근을 시도하는 걸 봐도 원거리 공격으로 높은 위력을 발휘하지는 못하는 눈치이고.

용 결계가 있는 까닭인지 아무래도 쿠로는 방어형의 신 같아.

신은 굉장히 부조리한 존재다.

왜냐하면 기껏 타격을 줘도 눈 깜짝할 틈에 원래대로 돌아가버리니까.

쿠로한테 타격을 받았던 내 몸도 감쪽같이 원래대로 돌아온 상태이다.

물리적으로 신과 맞서려면 엄청 고생할 거야.

심장을 부수든 머리를 날려버리든 금세 원래대로 부활하니까.

물론 머리가 싹 날아가면 아무리 신이어도 일순간 사고 능력을 빼앗긴다.

그치만 사전에 대책을 마련한다면 자동 부활은 쉽다.

나도 대책을 마련해 놓았으니까 신을 자처하는 녀석들은 당연히 비슷하게 대책을 갖춰 놓았을 거야.

그렇게 튼튼한 신을 쓰러뜨리려면 몇 가지 방법이 있다.

크게 나눠서 대강 두 종류.

완전 소모시키거나, 혼을 부수거나.

내가 아는 혼을 부수는 대표 사례가 외도 공격과 심연 마법이다.

신을 쓰러뜨릴 수 있는 수단을 은근슬쩍 스킬로 넣어 둔 D.

딱히 짜릿하지도 않고 동경하지도 않아.

이게 도대체 무슨 만행일까요~ 황당한 녀석.

아무튼 이 방법은 나한테는 너무 수준 높아서 못 쓴다.

그런 방법을 아무렇지도 않게 신도 아닌 인간들 손에 쥐여주는 D.

딱히 짜릿하지도 않고 동경하지도 않아.

이게 도대체 무슨 만행일까요~ 황당한 녀석.

중요한 문제라서 두 번 말했습니다.

혼은 쉽게 말해서 생물의 핵이다.

아무리 신이어도 혼을 파괴당하면 살아갈 수 없다.

애당초 신의 본체 비슷한 물건이니까.

신들이 대결할 때 주류는 이쪽이야.

혼을 부수는 수단을 가져야 하고, 맞서 저지하는 수단을 가져야 한다.

상대에게 먹히는 수법을 모색하고, 아울러 때려 박을 빈틈을 살핀다.

그런 느낌이라고 한다.

근데 나한텐 저런 재주가 없거들랑요~.

나야 꼼수로 신이 된 녀석이니까 기본기가 없어.

그런고로 내가 선택할 수 있는 수단은 다른 하나.

소모 쪽이다.

무엇을 소모시키냐고?

에너지랍니다.

에너지는 신의 원동력.

혼이 신의 심장 역할이라면 에너지는 혈액.

그것을 써서 갖가지 기적을 일으킨다.

순식간에 상처 입은 몸을 재생시키는 데도 에너지가 사용된다.

에너지가 다 떨어지면 당연히 모든 기적이 멈춰버리지.

즉 죽는다.

나는 사안을 써서 에너지를 빼앗는 데 특화되어 있어.

독을 주입하듯이 차근차근 상대를 몰아붙인다.

근데 말이야~ 이 방법에는 문제가 있거든요…….

요컨대 신은 방대한 에너지를 잔뜩 쌓아 둔 녀석들을 가리키는 말이잖아?

그런데 잔뜩 쌓아 둔 에너지를 전부 고갈시키라는 말이잖아?

엄청나게 시간이 걸리겠지?

맞아, 맞아요~.

완전 소모라는 수단은 엄청~ 시간이 걸린다.

게다가 쿠로는 용 결계 보유자.

사안을 완전하게 막아 내지는 못하겠지만, 소모되는 속도는 어쩔 수 없이 지체된다.

게다가 나는 사전 단계인 마이 홈 건축부터 애먹고 있는 상황이니까.

쿠로도 나를 일순간에 제압할 만한 화력이 없다.

이상, 도출되는 결론.

초장기전 돌입.

누가 먼저 힘이 바닥나는가, 버티기 마라톤의 시작.

후, 후후. 힘들겠다…….

대체 결판이 날 때까지 며칠이나 걸릴까?

까딱 잘못되면 한 달은 걸릴지도?

설마 연 단위로 걸리지는 않을 테고.

사실 저렇게 오래 걸리면 내가 먼저 나가떨어진다고 단언할 수 있다.

그 전에 쿠로의 힘이 바닥나도록 잘 몰고 가야지.

내가 쿠로의 이공간으로 날려 오기 전에 이것저것 손을 쓴 이유는 이 대결이 엄청난 장기전이 될 것을 알아서였거든.

내가 이 대결에 매진해야 하는 처지가 될 테니까 남겨 둔 일거리를 서둘러 처리해야만 했다.

뭐, 그 탓에 쿠로한테 선수를 양보하는 셈이 되어버렸지만.

게다가 서둘러 처리했던 탓에 남겨진 녀석들한테 거의 떠넘기는 식이 되어버렸어.

그렇다 해도 더 이상은 거들 방법이 없으니까 남아 있는 사람들끼리 어떻게든 힘내주면 좋겠다.

물론 걱정되지만 나는 나대로 다른 데 신경을 쓸 여유는 없으니까.

아무튼 간에 상대는 이 세계 최강이자 진정한 신, 쿠로.

내가 싸워왔던 상대 중에서 독보적으로 최강의 상대.

분명하게 말해서 쌩신님인 내가 도전하기에는 무모하다고 말할 수 있는 상대다.

그래도 나는 신이 되었을 때부터 줄곧 너를 의식하며 단련했거든.

쉽게 해치울 수 있다고 생각한다면 한 방 먹을 거야.

이 승부의 행방이 세계의 앞날을 결정한다고 해도 과언이 아니다.

자, 여기서 백흑(白黑)을 가려보도록 하자!

……일단 보험은 들어 놔야지.

S4 달라진 장소

깨달았을 때는 낯선 장소에 있었다.

"으억?!"

너무나 갑작스러운 상황이라 이상한 목소리가 나왔다.

뭐지?! 여긴 어디야?!

나는 일순간 전까지 분명 카티아와 함께 엘프의 마을에 위치하는 집의 방 안에 있었다.

그런데 지금은 해변의 모래사장에 있다.

직전까지 앉아 있었던 의자가 불안정한 모래사장에서 균형을 잃고 뒤쪽으로 넘어간다.

이런 때에도 잘 단련된 몸이 무의식중에 움직여줘서 간신히 의자와 함께 쓰러지는 신세만큼은 막을 수 있었다.

다만 특별히 달라지는 게 없다.

안 자빠지고 버텨 봤자 이 상황의 해결에는 티끌만큼도 영향을 못 준다.

넘어간 의자 옆에서 나는 망연자실하며 바다를 바라봤다.

바다다.

엘프의 마을이 위치하는 가람 대삼림은 내륙에 있다.

바다까지는 하루 이틀 중 도착할 만한 거리가 아니었다.

그런데 나는 고작 눈 한 번 깜빡할 시간에 이곳으로 이동되어버렸다.

나는 자신의 머리 위쪽으로 손을 뻗었다.

뻗은 손이 무엇인가를 붙잡는다.

잡아 들어서 눈앞까지 가져와보니 그것과 눈이 맞았다.

하얀 거미였다.

이곳에 오기 직전에 무엇인가가 머리 위쪽에 톡 내려앉았던 것은 기억하고 있다.

나의 감지계 스킬로도 미리 존재를 감지하지 못했는데 갑자기 머리 위쪽에 떨어지기에 깜짝 놀랐었지.

그 직후에 이런 상황이다.

범인은 이 하얀 거미가 틀림없었다.

다만 눈앞의 하얀 거미는 꿈쩍도 안 하고 가만히 있다.

일단 살아는 있는 것 같은데 마치 건전지가 떨어진 듯한 모양새다.

시험 삼아서 손가락으로 건드려봐도 반응은 없었다.

"너, 말은 알아들어?"

역시나 시험 삼아서 물어봤는데 하얀 거미는 한 번도 꿈쩍을 안 한다.

유일한 단서가 이런 꼴이면 내가 느닷없이 이곳에 전이되어버린 수수께끼는 풀 가망이 없겠다.

나는 전혀 반응해주지 않는 하얀 거미에게서 의식을 떼어 내도 다시금 주위를 둘러봤다.

눈앞에는 주변 일대에 쭉 뻗어 나가는 바다.

끝없는 수평선이 뻗어 나갈 뿐 새도 육지도 안 보인다.

뒤쪽을 돌아보면 모래사장 너머에 숲이 펼쳐져 있었다.

얼마나 깊은 숲인지는 나무들에 막힌 터라 척 봐서는 알 수가 없다.

다만 좌우를 쭉 내다봐도 똑같은 숲이 이어지고 있으니까 작은 숲은 아닐 터이다.

"……곤란한데."

이제부터 어떻게 해야 하나 고민하던 참이었는데 다른 의미로 이제부터 어떻게 해야 할지를 알 수가 없는 상황이 되어버렸다.

……일단 정리하자.

이곳에 전이당하기 전 나는 카티아와 대화 중이었다.

어제 내가 기절해버린 이후의 일을 카티아에게 듣거나 금기에 관해 내가 이야기하거나.

이런저런 정보 교환을 하며 앞으로 어떻게 해야 하는지 단서라도 찾을 수 있다면 좋겠다는 생각을 했다.

그때 불현듯 신언이 내려왔지.

《월드 퀘스트 발동

세계의 붕괴를 저지하기 위해 인류를 산 제물로 바치고자 획책하는 사신의 계획을 저지, 혹은 협력하라.》

이 말을 들은 사람은 아마 나 혼자가 아니었는지 카티아도 놀라는 모습이었다.

물론 나 또한 갑작스러운 통보에 놀랐었고.

신언은 레벨 업이나 스킬 레벨이 올라갔을 때 등등 특정한 상황이 아니면 들려오지 않는다.

이렇듯 퀘스트라는 형식으로 알림을 전달했던 사례는 지금까지

한 번도 없었다.

역사적으로 봐도 처음으로 일어난 일이 아니었을까?

적어도 나는 역사상 퀘스트라는 명목으로 신언이 전달되었다는 이야기를 전혀 들어본 적 없었다.

그런 이례적인 사건이 있었다면 분명 신언교의 역사에 뚜렷하게 기록이 남아 있었을 텐데.

아니, 오히려 역사를 지워 없앴을지도 모르겠군.

금기의 내용이 퍼지는 것을 막기 위해서 금기 스킬 보유자를 철저하게 숙청한 신언교라면 저지를 수 있어.

하지만 내가 살아온 삶 중에서 월드 퀘스트가 발령된 적은 없었을 뿐더러 앞선 세대의 사람들도 비슷한 이야기는 하지 않았으니까 무척 예외적인 사태임은 분명하겠다.

과거에도 월드 퀘스트가 발령되었던 사례가 혹시 있을지도 모르겠지만, 지난 십수 년 동안에는 없었을 것이다.

즉 정말 심각한 사태라는 뜻이다.

……그런데 나는.

"아무 개입도 못 할 바깥으로 쫓겨난 건가……."

전이가 이루어진 때는 월드 퀘스트가 발령된 직후이다.

월드 퀘스트를 듣고서 놀란 동안에 이 하얀 거미가 머리에 톡 떨어져서 다시 놀라야 했고, 다시 또다시 이렇게 어디인지도 알지 못하는 장소에 전이당했으니…….

이제 놀라움을 넘어서 눈앞이 까마득한 심정이다.

다만 이대로 쭉 정신을 놓고 가만히 있을 순 없다.

내가 이곳에 전이당한 데는 틀림없이 월드 퀘스트가 관련되어 있다.
시기상 다른 이유는 생각할 수 없다.
다만 누가 무엇을 위해? 상세히 파고들자면 답이 안 나온다.
누가, 이 부분은 대강 예측은 가능하다.
이 하얀 거미가 나를 전이시킨 것은 주인일 테지.
이 거미의 하얀색은 누군가를 떠올리게 한다.
머릿속에 스치고 가는 것은 새하얀 소녀.
율리우스 형님조차 당하지 못한 그 소녀라면 이 같은 상황쯤이야 손쉽게 일으킬 수 있지 않았을까.
하지만 범인인 이 거미가 하얗다는 이유로 주인도 하얀 소녀라고 벌써 단정 짓기에는 성급할지도 모른다.
지금은 의혹 단계에서 멈추도록 하자.
아무것도 알지 못한 채 속단으로 행동했을 때 얼마나 위험한지는 오늘 뼈저리게 깨달았으니까.
……그렇다.
나는 아무것도 알지 못한다.
알지 못하는 게 너무나 많다.
그러니까 하나씩 알아 나가야 할 필요가 있다.
그렇게 생각했었는데…….
지금 상황에서는 알려는 노력도 못 하겠구나.
어디인지도 모르는 장소에 홀로 떨어졌는데 돌아갈 방법도 없다.
……애당초 여기에서 살아 버티는 게 가능한가? 되게 위험하지 않나?

몸뚱이 하나만 갖고 뚝 떨어져서 입은 옷 이외에는 소지품도 전혀 없다.

무기도 없고 식량도 들고 오지 않았다.

물과 식량이 없으면 나는 며칠도 못 버티고 죽을 텐데?

어떻게든 주변에서 물자를 확보해야겠군.

하지만 숲에 먹을거리가 있다는 보장도 없고…….

이렇게 생각하니까 갑자기 불안해졌다.

여기에서 넋 놓고 가만히 있을 때가 아니다.

일단 행동을 개시해야겠다.

"응?"

그때 희미하게 무슨 소리가 들리는 것 같았다.

귀를 기울이자 역시 무엇인가가 들려온다.

또한 저 소리는 아무래도 이쪽을 향해 다가오는 것 같았다.

게다가 상당히 빠른 속도로.

"오 라 버 니 이 이 이 이 이 !!"

"으와앗?!"

곧이어 숲에서 뛰쳐나온 누군가를 반사적으로 홱 피한 나는 잘못하지 않았다고 생각한다.

다이빙을 감행한 기세를 못 이겨서 모래사장에 엎어져버린 인물에게 나는 머뭇머뭇 말을 건넸다.

"……스우?"

"네! 오라버니의 사랑스러운 여동생 스우랍니다!"

행방을 알 수 없었던 여동생 스우가 어째서인지 이곳에 있었다.

이것저것 묻고 싶은 게 많았지만 「여기는 좀 그러니까요」라는 스우의 말을 듣고서 장소를 옮기기로 했다.

바로 근처에 스우가 사는 집이 있다고 한다.

또 왜 여기에 집이 있어? 물론 의문이 들었는데 진짜 숲에 들어가서 꽤 가까운 곳에 탁 트인 장소가 있고, 그곳에 집 한 채를 우뚝 세워 놓았다.

영문을 알 수가 없다만, 분명 스우가 사정을 말해줄 테니 끌어가는 대로 집 안에 걸음을 들여놓았다.

"어서 오세요, 사랑의 둥지에."

스우가 불쑥 의미 불명의 말을 중얼거렸다만, 이곳에 올 때까지 나는 머릿속이 온통 알쏭달쏭이었기 때문에 굳이 질문을 하지 않았다.

묻고 싶은 것, 모르는 것이 너무 많아서 뒤로 미뤘다고도 말할 수 있겠다.

설마 몇 분 뒤 곧장 후회하게 될 줄은 몰랐지.

"자, 오라버니. 저랑 같이 살아요. 오래오래, 영원히."

이 집에 들어오고 몇 분 뒤, 나는 여동생에게 속아서 약을 먹었고, 두 손과 다리를 구속당한 채 꼼짝도 못하는 상태가 되어 침대 위에서 옷이 벗겨지는 신세가 되고 말았다.

막간 카티아

슌이 사라졌다.

슌이, 사라졌다아?!

"엥?! 에엥?!"

직전에 들려왔던 월드 퀘스트인지 뭔지의 충격이 싹 날아갔다.

일순간 머리가 새하얘졌지만, 가만히 있을 때가 아님을 퍼뜩 깨닫고 재기동.

당장 행동에 나선다.

급히 달려간 곳은 유리가 있는 방.

"무, 무슨 일이야?"

안색이 싹 바뀌어서 뛰어든 내게 유리가 놀라며 묻는다.

아무튼! 지금 볼일이 있는 사람은 유리가 아니라 또 다른 한 사람이다!

"슌이 사라졌어요! 당신들이 한 짓이죠?!"

"……네?"

니에게 추궁을 당한 하얀 옷차림의 소녀. 분명 이름은 페르미나였던가.

와카바의 부하이자 현재 이 집에 남아 있는 유일한 와카바의 관계자.

그 밖에도 똑같이 하얀 옷차림의 은밀 요원이 몇 사람 숨어 있다는 것은 감지했지만, 아까 전 와카바와 페르미나 양의 대화를 감안했을 때 아마 여기에서는 이 소녀가 가장 계급이 높다.

슌이 사라진 것은 아마도 와카바가 한 짓이다.
아니, 와카바 이외에는 다른 사람이 없어.
하얀 옷차림의 요원들이 철저하게 감시하는 와중에 모든 시선을 피해서 슌을 전이시킬 수 있는 사람이 누구겠어. 이 녀석들의 관계자가 아닌 한 불가능하지.
게다가 시기상 월드 퀘스트인지 뭔지와 관계가 있다.
불쑥 들려온 월드 퀘스트는 돌발 사태이니 범인이 신언을 듣고 움직였다고 가정하면 요원들의 눈을 피해서 뚫고 들어올 틈은 더더욱 없었을 것이다.
왜냐하면 슌이 사라진 것은 월드 퀘스트가 들려온 직후이니까.
아무튼 범인은 와카바의 관계자가 틀림없어!
하지만 우리는 지금 와카바가 속한 집단의 포로 비슷한 처지.
지금은 페르미나 양에게 와카바를 연결시켜달라고 부탁해서 원만하게 대화를 진행해야 한다!
"슌을 어디로 데려갔어요오오오오?!"
"와아, 위험한 애가 늘어났어……."
아아아아앗!
생각과 달리 페르미나 양의 옷깃을 붙잡고 흔들어버렸다~!
병렬 의사 스킬을 획득한 이후부터 이렇듯 사고와 행동이 일치되지 않는 경우가 있다.
즉 스킬을 제대로 활용하지 못한다는 뜻.
병렬 의사 스킬은 평소에는 분명 오프로 설정하는데도 깜빡 방심하면 온으로 바뀌어서 이렇게 폭주를 한다.

분명 남자였던『나』가 내 마음속에 있었던 잔재일 거야.

말투도 머릿속에서는 자꾸 뒤죽박죽되기 일쑤니까.

아차! 지금은 느긋하게 딴생각이나 할 때가 아니었지!

워, 원만하게.

지, 지금이라도 원만하게 수습할 수, 있을까?

"카티아."

마음속으로 정신을 못 차리고 있던 때 유리가 내 손을 페르미나 양의 옷깃에서 살며시 떼어 낸다.

"붙잡을 곳은 여기가 아니라."

그리고 무슨 이유인지 페르미나 양의 목으로 유도했다.

"괜찮아. 꽉 잡아주면 대부분의 사람은 솔직해지니까."

"괜찮을 리 없잖아요."

……유리의 언동 때문에 질겁해서 다시 침착해졌어요.

그나저나, 페르미나 양도 대단한 게 목을 붙잡혔는데 침착하네요.

지금도 서늘한 눈빛으로 유리를 바라보며「괜찮지 않아」라고 말할 뿐 동요하지는 않아.

저 관록마저 느껴지는 모습 덕분에 불현듯 몹시 허둥거린 자신이 부끄러워져서 살며시 손을 떼어 냈다.

풀려난 페르미나 양은 흐트러진 옷깃을 척척 가다듬는다.

"……자, 이제 무슨 상황인지 물어도 되겠지요?"

페르미나 양의 무척이나 침착한 태도는 정장을 쫙 빼입은 커리어 우먼이 환영이 보이는 것 같다.

으끅. 이게 능력 있는 여자!

저랑 나이 차이도 별로 안 나는 것 같아 보이는데요!

수수께끼의 패배감에 휘청이면서도 더 이상의 추태는 안 된다는 각오로 방금 전 일어났던 사건에 대해 설명했다.

그렇다 해도 월드 퀘스트인지 뭔지가 들려왔던 직후, 슌의 머리 위쪽에 하얀 거미? 비슷한 게 떨어지고 슌이 사라져버렸다는 게 전부지만요.

"하얀 거미……. 잠시 기다려주시죠. 확인하겠습니다."

페르미나 양은 가만히 답한 뒤 무엇인가를 꺼내 들었다.

조그맣고 하얀 거미였다.

역시 범인은 이 녀석들의 패거리였구나.

"듣고 계십니까? 이쪽에 항의가 접수됐습니다. ……주인님?"

페르미나 양이 조그만 하얀 거미에게 말을 건넨다.

하지만 조그맣고 하얀 거미는 전혀 반응하지 않는다.

이제까지 전혀 표정이 바뀌지 않던 페르미나 양의 얼굴이 파랗게 질린다.

"대단히 죄송합니다만 긴급 사태 같군요. 사태를 파악하는 대로 추후에 설명해드릴 테니 잠시만 기다려주십시오."

그렇게 말한 뒤 이쪽에서 말릴 틈조차 없이 재빨리 방을 나가버렸다.

속도도 물론이거니와 마치 의식의 빈틈을 찌르는 것 같은 비범한 움직임이었다.

페르미나 양의 움직임은 스테이터스를 굳이 안 봐도 강자임을 알 수 있는 증거였다.

나와 유리가 소란 부려도 동요하지 않았던 이유는 동요할 필요가 없었기 때문이다.

분명 우리 두 사람을 한꺼번에 상대할 수 있다는 것이 페르미나 양의 판단이었을 거야.

섣불리 적대했다면 위험했을지도 모르겠다.

유리가 이상한 말을 꺼내줬던 덕분에 최악의 사태는 회피할 수 있었어.

그렇게 생각하면 유리는 나를 제정신으로 돌려놓기 위해 일부러 이상한 말을 늘어놓았는지도 모르겠다.

"그럼 어떻게 슌 군을 납치한 녀석들을 목 졸라 죽이는 거야?"

그런 게 아니었다. 아무 구김살 없이 웃는 얼굴로 무서운 말을 꺼냈다.

"아니요, 목 졸라 죽이지는 않아요."

"정말?"

"네."

의아해하며 고개를 갸웃하는 유리는, 흠, 본판이 좋은 이유도 있어 남자의 마음을 자극하는 느낌이라 귀엽다.

다만 눈동자에 하이라이트가 안 보이는 데다가 분위기가 되게 묘해서.

아무튼 좀 무서워.

옛날부터 유리는 이런 구석이 좀 있었는데 오늘 유리는 한 단계 더 파워 업을 한 인상이다.

……더 자세하게 알려고 하지는 말자.

군자는 위험한 곳에 가지 않는다잖아.

유리의 변모는 일단 잊어버려야지. 이제 어떻게 할까…….

와카바 쪽 사람들을 목 졸라 죽이는 짓은 안 한다.

그런 짓 시도했다간 오히려 우리가 목 졸려 죽을 테니까.

그렇다고 이대로 쭉 손가락이나 빨면서 가만 기다리는 것도 도저히…….

"아! 슌 군은 전이로 어딘가에 날려 갔댔지?"

내가 생각에 잠겨 있던 때 유리가 질문했다.

"네, 네에."

"그러면 나 말야, 딱 좋은 사람을 알고 있는 것 같아!"

"딱 좋은 사람?"

"맞아! 공간 마법의 권위자, 로난트 님이야!"

"흠. 무리라네!"

나와 유리는 곧장 로난트 님을 만나러 갔다.

아니나 다를까, 와카바 쪽 인원들도 허둥지둥하는 분위기라서 엄연히 감금 장소인 집을 나왔는데도 아무 대응이 없었다.

정작 로난트 님이 어디에 있는지를 모르는 처지였지만, 집을 뛰쳐나와서 곧장 나츠메와 페이와 마주쳤는데 마침 나츠메가 위치를 알고 있었다.

나츠메는 썩어도 준치라고 제국의 왕자이고 로난트 님도 제국의 필두 궁정 마도사이니까 위치를 알아 둔다고 했다.

그래서 슌을 뒤쫓을 방법에 대해 로난트 님에게 물어봤지만, 반가운 대답은 들을 수 없었다.

"어째서?"

성큼, 로난트 님에게 바짝 다가드는 유리.

"슈레인 왕자가 어디에 있는지도 알지 못하잖은가? 아무러면 행선지도 모르는 데야 나라고 무슨 방법이 있겠느냐. 하다못해 행선지가 어디인지를 안다면 추적을 시도해보겠다만."

"행선지만 알면 되는 거야?"

페이가 기세등등해서 로난트 님을 추궁한다.

유리와 페이, 두 사람이 같이 따지고 들자 로난트 님은「워워」달래며 다시 이야기를 늘어놓았다.

"행선지를 알아도 추적할 수 있다는 보장은 못 하겠구나. 전이는 술사가 한 차례 가봤던 장소가 아니면 가지 못한다. 나는 이래저래 꽤 많은 지역을 발로 밟아봤네만, 여하튼 내가 가보지 않은 장소에 혹여 슈레인 왕자가 있다면 쫓아갈 도리가 없군."

결국 방법이 없는 걸까.

다른 사람도 아니고 인족 중 최고의 마법사라고 불리며 공간 마법을 누구보다도 능숙하게 구사하는 로난트 님이 한 말이잖은가.

"아."

페르미나 양의 말대로 얌전히 기다려야 할까 생각하던 때 페이가 톡 손을 내리쳤다.

"소환은?"

"소환? 아."

듣고 나서야 깨달았다.

그러고 보니 페이는 슌과 계약했었지!

페이는 인간화를 한 상태로 지내면서도 분류는 마물에 속한 용이니까 슌에게 테임을 당한 취급을 받고 있다.

그 계약을 이용하면 슌은 페이를 소환할 수 있다.

일방통행이지만 페이 혼자라면 슌의 위치로 갈 수 있다는 뜻이다.

"그런데 페이가 직접 소환을 실행할 수 있어요?"

"……못 해."

아이고.

어디까지나 슌이 주체가 되어 소환해야 하는 것 같다.

"야마다가 시노하라를 아직까지 소환하지 않았다면 즉 위기 상황에 빠진 게 아니냐?"

나츠메는 따분해하며 재수 없는 소리를 늘어놓지만.

"슌은, 소환이 있다는 것을 잊어버렸는지도 몰라요."

슌이 페이를 실제 소환한 적은 없다.

애당초 슌은 페이와 대등한 입장으로 대하는지라 단 한 번도 사역마 취급을 하지 않았다.

계약 자체를 잊어버리고 페이를 소환 가능한 것도 잊어버렸을 가능성이 있다.

실제로 나는 잊고 있었다.

"게다가 소환조차 떠올리지 못할 만큼 위급한 상황에 맞닥뜨렸을 우려도 있어요."

"그런 귀찮은 방법을 굳이 쓰겠냐?"

나츠메가 회의적으로 되묻듯이 나 또한 아마도 슌은 생명의 위기에 처하지 않았을 거라 생각한다.

와카바가 슌을 죽이려는 생각이었다면 굳이 전이를 시키는 대신에 곧장 죽여서 끝낼 수 있을 테니까.

모종의 다른 목적이 있어서 슌을 어딘가로 전이시켰다고 가정하는 것이 맞겠다.

"흠? 아가씨는 슈레인 왕자와 계약을 맺은 관계인가?"

"으응? 그런데?"

"흐음."

로난트 님이 뭔가 생각에 잠긴다.

"잠시 아가씨의 스테이터스를 감정해도 괜찮겠는가?"

"스테이터스? 딱히 상관없는데."

"그럼 실례하지."

페이가 일순간 얼굴을 찡그렸다.

감정당할 때의 불쾌감 때문이겠지.

그나저나 로난트 님은 페이의 스테이터스를 감정해서 어떻게 할 생각이지?

"소환……. 전이……. 흠. 이것을……. 오? 오오! 옳거니, 갈 수 있나? 갈 수 있는 것인가?"

중얼중얼 혼잣말하며 뭔가에 집중하고 있다.

"오호?! 갈 수 있다! 갈 수 있다네! 아무렴! 처음부터 불가능이라 단정 지으면 될 일도 안 되는 법이지! 가능하다, 가능하다!"

엑, 무서워?!

이 사람 뭐야, 갑자기 엄청 흥분하잖아?!

"지금 이곳에! 전이의 새로운 역사가 새겨지리라!"

척, 두 손을 펼치는 로난트 님.

"소환이 가능하다는 것은 거기에 전이의 경로가 있음을 의미하지! 그 경로를 이용하여 슈레인 왕자가 있는 곳으로 전이하겠다!"

설마, 진짜로 가능한 건가?!

그래서 로난트 님은 페이의 스테이터스를 들여다본 건가!

인족 최고의 마법사는 과연 대단하구나.

조금 위험한 사람 같다고 생각했는데 역시 굉장한 사람이었어!

"자! 건너가자꾸나! 슈레인 왕자가 있는 곳으로!"

직후, 풍경이 휙 바뀐다.

"으아앗?!"

갑작스러운 변화에 몸이 비틀거렸지만, 쭉 뻗은 손이 마침 뭔가를 붙잡아준 덕에 나자빠지는 신세는 모면했다.

다만 눈앞의 광경을 봤을 때 다행히 나자빠지지 않았다는 안도의 마음은 곧장 싹 날아간다.

내가 붙잡은 것은 침대의 테두리였다.

그리고 그 침대 위에서는 두 손과 다리를 묶인 소년의 옷을 누군가가 지금 막 벗기고 있는 와중이었다.

거의 반라 상태가 된 소년은 어떻게 봐도 슌인데!

한마디 더 하면 벗기는 애는 어떻게 봐도 슌의 여동생 스우인데!

"무, 무슨 짓을 하는 거예요오옷?!"

소리 질렀다.

그야 소리 지를 수밖에 없잖아요오오?!

"혼전 관계는 안 돼! 하느님께 정식으로 결혼 보고를 올리고 나서

해야지!"

유리가 살짝 논점을 벗어나서 소리 지르고 있다.

"애당초 스우는 여동생이니까 결혼을 못 하는데?!"

페이도 제정신이 아니구나.

아니지, 결혼 운운은 지금 아무래도 좋아!

"놓으세요! 불결해! 불결해요!"

슌의 위쪽에 두 다리를 벌리고 올라탄 스우를 밀쳐 낸다.

침대에서 굴러떨어진 스우는 그럼에도 낙법을 치며 곧바로 일어났다.

"카티아……. 지금, 한창 좋았는데, 어째서, 방해하는, 거야아?!"

음량 자체는 작은데도 무시무시하게 묵직한 원망의 목소리가 스우의 입에서 새어 나왔다.

"당연하지! 하느님께 결혼 보고를 올리지 않았는걸!"

유리, 그런 문제가 아니잖아…….

"그게 중요한 게 아니라?! 뭔데, 남매가 저런 짓 하면 당연히 안 되지?!"

"모르는 여자가 늘어났어어! 오라버니는 왜 이렇게 절조가 없는 거야?!"

"으엥?! 아! 맞다! 이 모습으로 스우랑 만나는 건 처음이구나?!"

스우가 페이한테 열불을 낸다.

그러고 보니 페이가 인간화에 성공했던 게 스우와 헤어진 이후의 일이었지.

새끼 용의 모습밖에 알지 못했던 스우가 보기에는 낯선 여자가 또 늘어난 셈이구나.

아니지, 페이의 정체를 알았어도 아마 또 다른 문제가 일어났을 것 같아.

페이, 새끼 용이었을 때 맨날 슌의 방에서 지냈던 데다 어깨에도 올라가고 무척 거리가 가까웠잖아.

"아무튼 슌 군은 나랑 하느님께 결혼 보고를 올려야 하니까 돌려받을게."

스우가 페이를 물고 늘어지는 동안에 유리가 쏙 끼어들어서 슌을 끌어안는다.

"잠깐만요! 누가 누구랑 뭘 한다고요?!"

정신없는 틈에 이 애가! 뭔 소리를 늘어놓는 거냐?!

예전부터 슌한테 신언교를 포교하려고 열성이었는데 결국은 직접 결혼하겠다는 말까지 꺼내는구나?!

포교도 무척 노골적인 접근이었는데 이제는 앞뒤 안 가리고 달라붙잖아?!

유리의 손에서 슌을 되찾기 위해 슌의 팔을 붙잡아 잡아당겼다.

다만 유리도 저항하며 슌의 몸을 꽉 붙잡은 채 놓아주지 않는다.

"놓아요!"

"싫~어!"

"오라버니는 내 거예요!"

줄다리기 싸움에 스우가 참전했다.

세 방향에서 잡아당기는 바람이 슌이 아파하는 것 같다.

"잠깐, 잠깐만! 팔 떨어지겠네, 그만 좀 해!"

게다가 페이까지 참전했다.

아니, 페이의 말은 물론 옳은데 이건 물러날 수 없는 싸움이야!

"……야마다, 너, 나하곤 다른 의미로 고생했었구나."

"허허허. 인기쟁이군. 아무튼 인연을 맺을 한 사람은 제때 결정하거라?"

나츠메와 로난트 님은 가만히 구경꾼 노릇이다.

슌이 저쪽에 도움을 청하려는 듯 시선을 보내지만, 두 사람 모두 못 알아본 시늉을 하고 있다.

그나저나 이런 난장판이 벌어졌는데도 슌이 스스로 움직이지를 않고 말을 안 하는 게 이상했다. 뭔가 약이라도 먹은 게 아닐까?

"스우! 당신, 슌 몰래 뭔가를 먹였군요?!"

"그냥 마비약이야! 이제 기정사실만 만들면 끝이었는데에!"

"기정사실이 있어도 하느님은 용서하시지 않아요!"

"아~! 진짜! 너희들 다 작작 좀 해! 슌의 몸에서 뭔가 뚝뚝, 들리면 안 되는 소리가 나잖아아아!"

시끌시끌 네 사람이 각자 떠드는 통에 도무지 수습이 되질 않았다.

그때.

《월드 퀘스트 시퀀스 1. 전 인류에게 금기 인스톨을 개시합니다.》

또다시 신언이 들려왔다.

슌이 사라지고 정신이 없어 완전히 잊고 있었다.

월드 퀘스트라는 본래라면 무시하지 못했어야 하는 계시를.

직후, 견딜 수 없는 두통이 들이닥치면서 나의 의식은 맥없이 암전되었다.

단장 남겨진 마왕은

"미안하다? 뭐가……."

나는 규리에와 시로가 사라졌던 곳을 가만히 바라보고 있었다.

규리에와 오랜 세월을 알고 지냈지만 영영 작별하게 될지도 모르는 이때에 남긴 대사가 「미안하다」라니.

꽤 어울리기는 하네, 쓴웃음을 짓는다.

항상 저랬다.

규리에는 항상 미안해하는 모습을 내비치며, 쓸데없이 책임감이 강한 탓에 짊어지지 않아도 되는 책임까지 떠안았지.

고집스럽고 융통성 없고 손해만 보는 녀석…….

바라건대 이게 영원한 작별은 아니기를…….

적이 되어버린 친구의 무사를 잠시나마 기원하며 마음을 다잡는다.

"자. 예정 외 전개가 벌어졌지만, 우리의 행동 방침은 달라지지 않아."

월드 퀘스트라는 사건 때문에 계획은 무너졌지만, 최종 목표는 달라지지 않는다.

즉 시스템의 붕괴를 감행해서 사리엘 님을 해방하는 것.

그 목표를 위한 준비는 착착 진행해왔다.

대부분 시로한테 의지했던 데다가 다음 수순도 시로한테 거의 다 달려 있지만.

방금 시로가 규리에한테 잡혀가버린 것은 큰 타격이다.

"저기, 방침은 바꾸지 않는다고 치고, 이제 어떻게 하나요?"

"현 상황에서는 움직일 방법이 없네~."

유감스럽게도 당장 움직일 순 없었다.

여기에는 몇 가지 이유가 있다.

일단 월드 퀘스트가 앞으로 어떻게 전개되어 갈지 예측할 수 없다는 것이 첫 번째.

방금 월드 퀘스트를 발령한 분은 사리엘 님이 아니야.

사리엘 님이 자발적으로 시스템에 간섭해서 방금 전과 퀘스트를 발령했다고 생각되지는 않을 뿐 아니라 애당초 가능할 것 같지도 않아.

규리에도 아니다.

그런 소거법으로 발령한 인물은 결정이 난다.

D님이다.

나는 만난 적조차 없는 그분이 어떻게 나올지는 분명하게 말해서 예측이 안 돼.

뭐가 튀어나올지 모르는 이상 섣불리 움직이면 오히려 위험하지.

지금은 기다리는 자세로 임기응변을 발휘해서 움직일 수 있게 준비를 잘 갖추는 것이 정답이라고 생각한다.

두 번째는 월드 퀘스트를 받은 세계가 어떤 움직임을 나타낼지 보고 확인하기 위해서.

특히 더스틴, 신언교가 어떻게 나올지 신중하게 보고 판단할 필요가 있다.

더스틴이 규리에와 마찬가지로 적대 관계가 되는 것은 확정된 사안이라고 생각해도 좋아.

그런 더스틴이 과연 어떻게 나올까.

먼저 반응을 보고 이쪽도 대응 방식을 결정하고 싶다.

선수 필승과는 거리가 먼 무척 소극적인 자세이지만 어쩔 수 없어.

원래는 더스틴과 규리에한테 들키지 않게 몰래몰래 시스템을 쳐부술 계획이었으니까.

시스템을 부순 반동으로 인류의 절반 정도는 죽게 된다는 사실을 깨닫지 못하도록.

잘만 해내면 저 사실을 들키는 때는 시스템이 부서진 이후.

실제 인류의 반수가 죽어서 이미 손쓸 방법도 없어졌을 때 알려져야 했다.

하지만 월드 퀘스트가 상황을 뒤엎어버린 지금은 몰래 계획을 진행하기가 매우 어렵다.

다만 더스틴이 움직이더라도 시스템 붕괴를 막을 수단이 저쪽에 있냐 없냐에 따라서 우리 쪽 대응도 달라진다.

수단이 딱히 없다면 방치해도 무방하지.

만약 있다면 우리는 전력으로 막아 내야만 한다.

판단 근거를 찾기 위해서 일단 더스틴의 반응을 살펴봐야 하는 입장이야.

그리고 세 번째, 지금 우리는 포티머스와 전쟁을 막 마친 와중이며 전후 처리도 아직 못 끝냈다.

전생자들의 처우 문제도 있고, 당장 이곳을 내팽개치고 움직이기는 조금 어려워.

마지막으로 네 번째.

이게 가장 큰 이유인데 시로의 부재.

시스템 붕괴는 시로의 담당이고, 그 이외에도 세계 각지에 분체를 배치해서 감시하거나 전이를 써서 이동시켜주었고, 애당초 계획 자체가 시로의 입안이었거든.

아무튼 시로가 이 계획에 차지하고 있는 비중은 너무나 크다.

시로 없이는 진행되지 않는 게 너무 많아서 움직일 방법이 없다는 게 본심이다.

이런 사정을 라스 군과 소피아에게 차근차근 들려줬다.

"그런고로 여기저기 다른 세력의 움직임을 지켜보면서 일단은 전후 처리를 얼른 마치는 게 현실적으로 가능한 방법일 거야."

즉 예정대로 따라갈 수밖에 없다.

"맞는 말씀이에요. 다른 방법이 없군요."

라스 군이 납득해줬을 때 핼쑥한 안색으로 페르미나가 달려왔다.

"보고 올립니다."

"응. 들어볼까."

"주인님과 연락이 두절되었습니다. 월드 퀘스트가 발령된 직후 전생자 야마다 슌스케, 슈레인이 전이로 행방을 감추었다고 합니다. 목격자는 하얀 거미가 슈레인의 머리에 내려앉은 뒤 사라졌다고 증언했습니다."

"응. 시로가 한 짓이겠네."

시로와 연락이 불쑥 두절된 이유는, 뭐, 여유가 전혀 없어서겠지.

규리에와 싸우는 와중인데 아무리 시로여도 딴짓을 할 여유는 없다.

아무튼 지금 보고를 들어보니까 시로는 월드 퀘스트가 발령되고 규리에와 싸움을 시작하기 전 약간의 시간 동안에 손을 썼나 보다.

야마다 군이 어디에 갔는지는 대강 예상도 되고.

“그렇구나. 계획보다 많이 빨라졌지만, 사랑의 둥지에 던져 넣었겠구나…….”

잠시나마 야마다 군을 가엾다는 생각이 들어버렸어.

야마다 군의 이복 여동생, 스우레시아. 통칭 스우.

그 아이는 시로에게 협박을 당해 아군에 협력하고 있었지만, 시로는 단지 이용만 하는 게 아니라 만족할 만한 포상을 내어 주기로 했었다.

무엇을 갖고 싶냐고 본인에게 물어봐서 돌아온 답이 「오라버니와 단둘이 지낼 수 있는 사랑의 둥지」였다.

시로는 쾌히 승낙했고, 벽지에 사랑의 둥지라는 것을 준비했다.

시로의 입장에서는 스우의 요청을 이루어주는 동시에 이래저래 이레귤러인 야마다 군을 격리할 수 있는 일석이조의 방안이었던 것 같다.

나도 사랑의 둥지인지 뭔지가 어디에 있는지 모르겠지만, 전이라도 쓰지 않는 한 사람들 사는 지역을 찾아가기도 매우 어려운 벽지에 있다고 한다.

거기에 집어넣어 두면 시스템을 붕괴시킬 때까지 야마다 군이 밖에 나오지는 못할 거야.

일단은 밭도 있고, 근처에는 고기를 구할 만한 바다도 있고, 산나물도 풍부한 지역이라니까 살아가는 데 곤경을 겪진 않는다던가.

시스템이 붕괴해서 능력치와 스킬이 사라져도 죽지는 않을 거라더라.

시로 기준의 판단이니까 약간 수상한 감도 드는데, 아무튼 스우와 야마다 군 두 사람이 열심히 버텨주면 좋겠어.

"그나저나, 어떻게 할까……. 주로 야마다 군을 사모하는 여자애들한테 설명하는 게 문젠데……."

야마다 군, 되게 인기가 좋았잖아…….

비록 정당한 활약의 보수라지만, 정작 야마다 군의 의사를 무시한 채 요리해서 밥상을 차려주는 셈이니까 결과는 불 보듯 훤하다.

이런 처사를 알았을 때 다른 여자애들이 납득할 리 없지.

자기들은 알지 못하는 곳에서, 아무 간섭도 못 하는 상태에서 누군가 혼자 진도를 빼고 있다는 말을 듣는다면? 과연?

뭐, 납득하든 안 하든 나조차 사랑의 둥지인지 뭔지 위치를 모르는 입장이니까 어떻게 해줄 방법이 없다.

포기하든 온 세상을 샅샅이 뒤져서라도 행방을 찾든 간에 기껏해야 숨김없이 설명해주는 게 나의 최선이다.

사실 설명도 굳이 할 의무는 없는 만큼 차라리 시치미 떼는 게 양쪽을 위해 좋을지도 모르겠는걸.

"뭐, 그런고로 어디까지 설명할지는 페르미나의 재량에 맡기도록 할께. 다만 생명의 위기가 없다는 사실만큼은 꼭 전달해줄래?"

"맡겨주십시오."

일단 야마다 군을 사모하는 여자아이들에게 보내줄 설명꾼 역할은 페르미나한테 떠넘기도록 하자.

야마다 군에게 생명의 위험은 없기도 하고, 이쪽도 저런 문제를 굳이 진지하게 대응하고 싶지는 않고 말이지.

……생명의 위험은 없더라도 정조의 위험은 있겠지만.

응? 뒤늦게 페르미나가 아직 안 떠나고 제자리에 서 있다는 사실을 깨닫는다.

우수한 페르미나가 명령을 분명 받았는데도 곧바로 움직이지 않는 이유는? 아하.

“시로는 걱정 안 해도 괜찮아.”

“그렇습니까.”

은근히 마음을 놓는 페르미나의 태도를 보고 내 예상이 맞았다는 것을 확신한다.

이 아이, 연락이 두절된 것 때문에 시로를 걱정했었구나.

이러니저러니 해도 시로를 좋아해주는 사람이 꽤 많다니까~.

정말 신기하게도.

소피아는 물론이고 사실 페르미나도 시로한테 꽤 심한 취급을 받았을 텐데 말이야.

……그렇게 말하면 나도 마찬가지인가.

처음 만났을 때는 시로와 적대 관계였는데 지금은 정이 붙어버렸잖아.

이게 인덕이라는 걸까.

……나 이외에는 과묵 캐릭터로 통하는 주제에.

대화라는 커뮤니케이션을 필요 최소한으로 때우는 주제에 인덕이고 뭐고 있냐는 의문은 든다.

재능인가? 호감을 사는 재능인가?

이앗, 현재 진행형으로 규리에와 사투를 벌이고 있을 녀석인데 무슨 생각을 떠올리는 거야.

규리에는 가능하면 안 죽기를 조심스럽게 기원했던 내가 시로의 안부는 요만큼도 걱정을 안 한다니.

뭐, 이유야 뻔하지.

"시로는 반드시 이길 테니까."

난 굳게 믿고 있거든.

"그러니까 시로는 전혀 걱정할 필요 없어. 우리는 우리끼리 할 일 하면서 시로가 돌아왔을 때 웃는 얼굴로 맞아주면 돼. 시로의 일거리를 더 이상 늘리지 않는 게 우리의 할 일이야."

"명심하겠습니다."

페르미나는 걱정거리를 해결할 수 있어 어깨의 힘이 빠진 것 같았다.

실제는 아직 걱정거리가 다 해결된 것은 아니지만, 내 말에서 안도감을 얻은 듯하다.

"그나저나, 저쪽은 뭐가 어떻게 된 겁니까?"

문득 페르미나의 눈이 쓰레기를 보는 듯한 절대 영도의 서늘함을 띤다.

저 시선의 끝에는 도롱이 벌레 상태의 소피아가 있었다.

"아앗……. 맞다, 잊어버렸네. 아직도 묶여 있었구나. 어떻게 하지……."

시로야…….

야마다 군 문제를 처리할 짬이 있었다면 이왕에 소피아도 같이 풀어주고 가는 게 좋지 않았을까…….

꽤 옛날에 라스 군이 똑같이 시로의 실에 묶였을 때는 절단이 아예 불가능해서 라스 군까지 같이 태워버린다는 강경 수단을 써서 겨우 풀어줄 수 있었는데 말이야.

지난 사례로 생각하면 소피아도 본인까지 불에 탈 각오의 방법이 아니면 못 풀어줄 텐데.

"흥."

화제에 오른 당사자, 소피아는 코웃음을 치더니 자기 신체를 붉은 안개로 변화시켜서 아주 손쉽게 구속에서 빠져나와버렸다.

이 순간에는 나뿐 아니라 라스 군과 페르미나도 눈이 휘둥그레졌다.

"자력으로 탈출할 수 있었어?"

"당연하죠."

당연하다는 듯이 가슴을 펴는 소피아 양. 그럼 더 빨리 탈출해도 되었을 텐데.

"주인님 앞에서 빠져나오면 더 엄하게 벌을 받았을 게 뻔하잖아요."

생각이 얼굴에 드러났을까, 소피아는 빠져나오지 않았던 이유를 말해줬다.

그 말을 듣고 하기야 맞네, 납득했다.

시로의 성격을 감안하면 자기 자랑거리인 실에서 빠져나온 순간 무조건 발끈한다.

다시는 못 빠져나가게 묶어주겠다며 쓸데없이 정성 들여서 만든 술식으로 소피아를 다시 구속했겠지.

그런 광경을 쉽게 상상할 수 있다는 게 역시 시로는 꼬맹이가 맞구나~.

언뜻 흐뭇한 분위기가 감돌던 때, 다시 변화가 도래했다.

《월드 퀘스트 시퀀스 1. 전 인류에게 금기 인스톨을 개시합니다.》

"음?"

"어?"

반응할 수 있었던 사람은 라스 군과 나뿐.

소피아와 페르미나는 고통에 찬 표정을 지으며 쓰러졌다.

소피도 페르미나도 기절 무효 스킬을 가지고 있을 텐데.

다만 원인은 사전에 통보받았기 때문에 이미 판명되었다.

"설마 이렇게 나올 줄이야~."

D님도 꽤 과감하게 일을 저질러주시는구나.

전 인류에 대한 금기의 인스톨.

신언교가 전력을 쏟아 숨겨왔던 것, 금기.

지난 신언교의 노력을 일순간에 무(無)로 되돌리는 행위다.

와아, 하하핫.

더스틴이 지금 어떤 표정을 짓고 있을까? 굉장히 궁금해지는걸!

지금쯤 신언교, 더 정확하게 더스틴은 엄청 당황할 거야.

아마 더스틴 이외에 대부분의 인간은 소피아와 라스 군처럼 기절했을 테니.

무사한 사람은 이미 금기를 최고 레벨까지 올린 나와 더스틴, 라스 군 같은 소수의 몇몇뿐.

더스틴이 수장으로 군림하고 있는 신언교의 강점은 한마디로 거대 조직이라는 것.

더스틴은 뛰어난 통솔자이지만, 인간 한 명이 발휘하는 힘에는 한계가 있다.

전 세계를 아우르는 규모에 맞게 수많은 신자를 거느리고 있는 대조직, 그 조식을 뜻하는 대로 움직일 수 있는 지위는 더스틴의 힘.

그 조직의 인간 대부분이 지금은 금기 인스톨 때문에 정신을 잃어버렸다.

즉 신언교는 현재 기능 부전을 일으켰다는 뜻이다.

당연히 더스틴을 지키는 인력도 거의 다 사라졌겠지.

더스틴을 저세상으로 보낼 절호의 기회.

평소였다면 더스틴을 죽여 봤자 큰 의미는 없다.

그 녀석은 지배자 스킬 중 하나인 절제의 효과 덕분에 죽어도 기억을 계승해서 전생한다.

죽은 뒤 전생까지 몇 년이 걸리고.

그 이후에 몸이 성장할 때까지 또 몇 년이 걸린다지만, 더스틴이 없는 동안은 신언교라는 거대 조직이 빈 구멍을 메워주며 세계는 통상의 형태를 유지하고 있다.

더스틴이 없는 구멍은 결코 작지 않지만, 절대 메우지 못할 만큼 거대하지도 않다.

그것은 포티머스가 신언교라는 조직을 이제까지 무너뜨리지 못했다는 것을 보아도 명백하다.

더스틴이 있어도 없어도 정세에 큰 변화는 못 끼친다.

다만 지금만큼은 사정이 달라.

이 중대한 시기에 더스틴이 사라지면 신언교를 머리를 뽑힌 오합

지졸로 전락한다.

그뿐 아니라 지배자 스킬 권한에 공석을 만들 수 있다.

시스템 붕괴의 열쇠가 되는 지배자 권한 중 하나를 공백으로 만들 수 있음을 의미한다.

결국 우리의 손에 들어오는 게 아니니까 딱히 유리해지지는 않지만, 불리한 상황을 동등하게 끌어가는 효과는 있다.

그러니까 지금 이때에 더스틴을 처리하는 게 최선.

……다만 유감스럽게도 쓸 수 없는 방법이다.

이쪽에서 더스틴에게 접촉하는 방법으로 줄곧 시로의 전이에 의지했으니까…….

더스틴과의 협력 관계도 포티머스를 쓰러뜨리기 위한 일시적인 수단.

얼마 전 포티머스와의 결전에 임하며 시로의 부하들, 하얀 옷차림의 연락 요원들도 더스틴의 곁에서 전부 철수시켜버렸다.

애당초 규리에와 마찬가지로 시스템 붕괴에 따른 대가를 알게 된다면 더스틴이 적대 관계로 돌아설 것은 뻔했으니까.

적 진영에 남겨 놓는 미련한 짓인 데다가 시로가 있어주면 굳이 연락원을 남겨 두지 않아도 괜찮았다.

무슨 일 있으면 시로가 혼자 돌진해서 더스틴을 저세상에 보내버렸을 테고.

더스틴 본인의 전투 능력은 일반인과 별 차이가 없으니까.

하지만 정작 시로가 자리를 비운 지금은 더스틴과 통하는 길이 없다.

절호의 기회인데도 가만히 앉은 채 방관할 수밖에 없다.

이렇게 될 줄은 몰랐는데. 누구든 더스틴의 곁에 남겨 두고 와야 했을까?

그치만 포티머스와 싸우려면 이쪽도 전력을 다해야 하는 상황이었고…….

후유. 이미 지나간 일을 후회해도 소용없잖아.

좋은 기회를 놓쳐버린 것은 사실이지만, 전 인류에게 금기를 인스톨한다는 소식은 우리 쪽에도 나쁜 소식이 아냐.

오히려 순풍이 되어줄 수 있다.

어쨌든 신언교의 근간을 뒤흔들 수밖에 없는 게 금기의 내용이다.

더스틴의 측근들은 금기의 내용도 아마 파악하고 있을 테지만, 신언교의 일반 성직자 및 신도들은 물론 알 리 없었다.

혼절했다가 깨어나도 신언교의 혼란은 수습되지 않아. 오히려 더욱 가속될 거야.

더스틴이라면 아마 단기간에 다스릴 수도 있겠지만, 첫수는 확실하게 지체된다.

그렇다면 이미 혼란이 확정된 신언교의 빈틈을 찌르는 게 좋겠지만…….

어딜 찌르든 간에 앞으로 월드 퀘스트가 어떻게 전개되어 갈지 모르니까 좀.

월드 퀘스트 시퀀스라고 말을 했었지.

시퀀스 1이 있다면 2 이후도 있지 않겠어?

2 이후, 어떤 내용일지 몰라서 무척 불안하다.

금기를 전 인류에게 인스톨한다는 대규모 조치가 벌써 이루어졌잖아.

2 이후도 큰 변화가 일어날 것 같거든.

오히려 큰 변화를 각오하는 게 좋아.

왜냐면 D님이니까.

전 인류를 대상으로 한 금기 인스톨만으로도 현재 인류에 대한 영향은 도저히 가늠할 수가 없다.

혼절했다가 깨어난 사람들의 아비규환, 지옥도가 벌써 눈에 어른거린다.

시퀀스 2에서는 큰 혼란에 빠진 사람들에게 살육전을 강제하는 식의 폭탄이 떨어져도 놀라지 않을 거야.

그러면 이쪽 입장에서는 무척 반가울 텐데, 한쪽에 유리하게 몰아주지는 않겠지.

결국 추이를 지켜볼 뿐.

아니, 지켜보는 것밖에 선택지가 없어.

어차피 이곳, 엘프의 마을에서는 재빨리 움직일 수 없는 처지니까.

시로가 없는 지금은 우리 쪽 기동력도 대폭 저하되었다.

새삼 시로의 전이가 너무 편리했다는 것을 사라진 뒤에 절절하게 느낀다.

뭐, 시로가 있었더라도 아무러면 마족군과 제국군 잔당, 게다가 전생자들, 이 많은 인원을 한꺼번에 이동시키기는 어려웠겠지만.

그게 가능하면 고생은 안, 한다……?

거기까지 생각하다가 나는 자신이 있는 장소를 떠올렸다.

포티머스가 제작한 우주선.

개척 가능한 별을 찾기 위하여 긴 항해를 감당할 수 있게 만들었기에 거주 구역 및 생산 구역까지 있는 거대한 우주선.

이 우주선을 쓴다면 엘프의 마을에 남아 있는 인원들을 전원 수용할 수 있지 않을까?

게다가 포티머스가 어제 대결에서 패색이 짙어졌을 때 도망치려고 가동시켰던 만큼 이 우주선에는 이미 출진할 수 있는 에너지가 꽉 충전되었다는 것이 증명됐다.

"아리엘 씨. 저는 바깥 상황을 보고 올게요. 갑자기 다들 쓰러져서 다친 사람이 있을지도 몰라요."

라스 군이 건네는 말에 사고의 바다에서 빠져나왔다.

"아, 그렇겠네. 확인은 필요하구나."

듣고 보니까 쓰러지는 와중에 어딘가 부딪쳐서 부상을 당한 사람이 있을 우려도 떠올려야 했다.

뭔가 무거운 물건을 운반하는 도중이었다면 아래에 깔렸을지도 모르는 데다 아니면 물로 얼굴을 씻는 와중에 기절해서 익사하는 사고가 벌어졌을 가능성도 아주 부정할 수는 없었다.

"일단 땅바닥에 쓰러진 사람들을 가만 둘 수도 없으니까 이 기회에 진부 데리고 들어오자."

"데리고 들어온다고요?"

"응. 이 배에 말이야."

내가 살짝 장난스럽게 웃으며 말하자 라스 군은 조금 놀란 표정을 지었다가 곧 납득하며 고개를 끄덕거렸다.

"아하. 좋은 생각이네요."

"그치?"

이런 때 라스 군은 눈치가 빨라서 좋아.

괜히 눈치가 빨라 시로한테 막 부려먹힌다는 것은 부정할 수 없지만.

"나는 여기서 이 배 움직이는 방법을 살펴볼 거야. 라스 군은 바깥 상황이랑 남자들 운반을 부탁할게. 여성들은 바깥에서 한가하게 놀러 다니는 피엘한테 시키도록 하자."

피엘은 뭔가 잘 모르겠는데 제국군의 로난트라는 할아버지한테 달라붙어 있었다.

이런 급박한 상황에 놀게 놔두기는 아까우니까 놀러 다녔던 만큼 부려먹자.

"알겠습니다."

"응. 중노동이겠지만 잘 부탁해."

라스 군은 쓴웃음을 지으며 떠나갔다.

자, 다음은.

"말은 쉽게 했는데 나 자동차도 운전한 적 없잖아. 이걸 조종할 수 있을까?"

과연 우주선 조종을 진짜 할 수 있을지 꽤나 걱정이었다.

S5 세계 변동의 도래

“으……. 으윽. 끄응…….”

신음 소리가 들려서 고개 돌려서 봤더니 로난트 님이 얼굴을 찡그린 채 이제 막 깨어나고 있는 참이었다.

“안녕하십니까. 기분은 어떠시죠?”

“흥. 좋을 리 없잖느냐.”

로난트 님은 여태껏 누워 있었던 바닥에서 「이영차」 소리를 내며 일어났다.

월드 퀘스트 시퀀스 1이 발령되며 전 인류에게 금기가 인스톨되었다.

그 때문에 로난트 님을 비롯한 이 자리에 있는 나 이외의 전원이 정신을 잃는 상황까지 벌어져버렸다.

내가 정신을 잃지 않는 이유는 이미 금기를 최고 레벨까지 올렸던 덕분일 테지.

다만 난 처음 스우가 먹인 약 때문에 독이 빠져나갈 때까지 잠시 움직이지 못했지만.

그동안은 아무것도 할 수 없어서 다 같이 바닥에 푹 엎드려 있었다.

독이 빠져서 움직일 수 있게 된 다음은 정신을 잃은 사람들을 편하게 눕혀줬다.

로난트 님처럼 나이가 많은 분을 바다에 눕히기는 좀 미안했지만, 침대가 하나뿐이라서 어쩔 수 없었다.

일단 수건 등등을 바닥에 깔았으니까 너그러이 이해해주면 좋겠다.

어째서 로난트 님을 침대에 눕힐 수 없었는가 말을 하자면 침대는 현재 여자들에게 점령당한 상태이기 때문이다.

스우, 유리, 그리고 저기에 같이 눕혀도 되나 망설였는데 아슬아슬하게 한 사람 몫의 공간이 남아서 카티아도 같이 눕혔다.

사실은 카티아 대신 페이를 눕히는 게 맞을지도 모르겠지만, 체중의 문제 때문에 부득이하게 단념했다.

페이는 인간화를 한 상태이지만, 원래 거대한 용이다.

겉모습은 인간과 다를 바 없어도 체중은 원래 모습에서 변한 게 없다.

침대에 눕히면 부서질 것 같았거든.

다행히 정신을 잃는 순간에 원래 모습으로 돌아가는 대참사, 난감한 사태는 안 벌어졌기에 로난트 님과 마찬가지로 바닥에 눕혀 놓았다.

거대한 원래 모습으로 돌아갔다면 어떻게 됐을까.

좁은 실내에 큰 몸체가 다 들어갈 리 없으니까 이 집의 일부가 휙 날아갔을지도 모른다.

나츠메?

물론 바닥이지.

"내가 얼마나 잠들었는가?"

"한나절 정도입니다."

로난트 님이 기지개를 켜자 허리쯤에서 뚝뚝 소리가 들려왔다.

……역시 연로한 분을 바닥에 눕힌 게 실수였나.

아니, 그래도 여자애들과 같은 침대에 눕힐 순 없잖아…….
"저기, 음, 죄송합니다. 바닥에 눕혀 놓아서."
"음? 오오! 괜찮네, 괜찮아."
민망해서 일단 사과했는데 로난트 님은 침대를 쓱 보더니 납득한 표정을 짓고 껄껄 웃었다.
"전선에 나가 지내면 야영 따위야 일상다반사이니라. 지붕이 있는 곳에서 재워주기만 해도 고마워해야지."
"과연 대단하십니다. 그러데 로난트 님이시라면 전이로 자택에 돌아갈 수 있지 않습니까?"
"전우가 야영을 하는 와중에 자기만 자택의 침대에서 편하게 잠들 수 있겠느냐. 유사시에도 대응을 못 하게 되고 말이다."
"아하, 그렇군요. 제 생각이 짧았습니다."
"나의 신체를 최선의 상태로 유지하며, 전장에서 최고의 활약을 펼치자는 의미에서는 틀린 견해는 아닐 터이지. 단지 효율만을 추구한다면 안 보이는 부분도 있기 마련이니라."
"많은 공부가 되는군요."
정말 학원의 수업만 들어서는 알 수 없는 것, 모르는 것이 무척이나 많다.
"율리우스를 닮아 성실하구나. 뭐, 너는 아직 젊으니 배울 기회는 얼마든지…… 이런 시대인 터라 없을지도 모르겠군."
로난트 님은 한숨을 쉬며 힘없이 중얼거렸다.
"로난트 님은 앞으로 어떻게 할 생각이십니까?"
"글쎄, 잘 모르겠구나. 최근에 겪은 사건은 나로서도 도저히 이해할 수 있는 범주를 넘어갔잖느냐."

제국의 필두 궁정 마도사이며 율리우스 형님의 스승이기도 한 이 분조차 알지 못한다면 아마 누구도 알 수 없을 것이다.

"본디 너와 이런저런 이야기를 나눠야 할 터이나 나는 이 금기라는 녀석을 살펴보는 데 집중하고 싶구나. 잠시 자리를 비우겠네."

"아, 네."

"무얼, 이 집의 근처에 있겠다. 무슨 있거든 크게 불러주거라."

"알겠습니다."

로난트 님은 여전히 굳은 표정으로 집에서 나갔다.

혼자 있는 곳에서 금기의 내용을 확인하려는 생각일 테지.

괜찮을까?

금기는 소지만 해도 강렬한 사념을 쏟아붓는다.

『속죄하라.』

금기의 메뉴를 열지 않아도 저 사념은 끊어지지 않는다.

또한 금기의 메뉴를 열면 사념은 한층 더 심해진다.

나는 잠시 바라보기만 해도 얼굴이 핼쑥해질 만큼 기분이 안 좋아졌다.

다른 세계로부터 전생해서 온 전생자인 나조차 이런 꼴이다.

나는 어떤 의미로 부외자이기 때문에 저 사념을 어찌어찌 흘려 넘길 수 있었다.

하지만 당사자인 이 세계 출신의 사람들은 저 속죄하라고 말하는 사념에 얼마나 견딜 수 있을까.

금기 메뉴에는 전생 이력이라는 항목이 있다.

그중 최초의 기록, 아마도 시스템이 만들어졌을 때의 인생 기록을 열람하면 이 세계 출신의 사람들은 죄책감에 짓눌려버리지 않을까 염려된다.

지난 한나절 동안 확인한 바로 내 전생 이력은 공백이었다.

아마도 이 전생 이력에는 이쪽 세계의 출신이라면 지금껏 겪은 전세, 전전세 등이 표시될 것이다.

어디까지 상세한 기록이 쓰여 있을지는 이 세계의 본래 주민이 아닌 한 확인할 수 없다.

다만 시스템 각 항목 상세 설명과 업데이트 이력 항목의 내용이 글자로 빼곡하게 차 있었다는 것을 보건대 상당히 상세하게 쓰여 있지 않겠느냐는 예감이 든다.

그냥 글자로 쓰인 기록이라면 조금 낫겠지만, 전세 이전 인생의 기억을 떠올리는 장치가 되어 있을지도 모른다.

그렇다면 지금의 인격에도 영향을 주지 않을까.

혼이 같아도 출생과 성장이 달라지면 인격은 바뀐다.

스우가 불쑥 비뚤어지면 싫은데.

아니, 잠깐만, 스우는 이미 여러모로 늦지 않았나?

오히려 이런저런 전세를 떠올린 덕에 조금이나마 정신을 차린다거나…….

아니지, 가만 앉아서 기도만 하면 뭐가 달라질까. 게다가 오빠가 여동생에게 할 요구라기에는 조금 너무하지 않나?

이래저래 끙끙 고민하던 중 스우가 깨어났다.

하지만 분명 깨어났는데도 침대에서 내려오지는 않는다.

"오라버니. 저는 어째서 묶여 있는 거예요?"

"자기 가슴을 손을 얹고서 생각해볼까?"

"손이 묶여 있어서 못 해요."

"손은 안 얹어도 생각은 할 수 있겠지?"

별일 아니다. 스우는 지금 두 손과 두 다리가 묶여 있다.

아까 당했던 앙갚음은 아니지만, 자유롭게 놔둘 이유도 없었다.

이복 여동생의 손발을 묶는 오라비. 이런 설명만 듣는다면 나는 위험한 녀석이 될 테지만, 직전에 똑같이 묶였을 뿐 아니라 속아서 약까지 먹은 처지니까 이런 정도의 경계는 용서해주면 좋겠다.

"……허락할게요."

"뭘 허락하는데, 뭘."

얼굴을 붉힌 채 유혹하듯 눈웃음 짓는 스우.

허락? 무슨 허락이야, 무슨 허락이냐고…….

내가 이복 여동생을 묶어 놓고 괘씸한 짓을 할 리 없잖냐.

어떡하지……. 나한테 약까지 먹인 시점에서 이미 분명했지만, 이복 여동생이 이상해졌다.

아니, 예전부터 브라콤 기질이 지나쳐서 위험하다는 생각은 했지.

그러나 남매 사이에 선을 넘는 행위를 하지 말아야 한다는 것을 알 만한 분별력은 분명히 갖고 있었다.

갖고 있었지? ……갖고 있었다고 생각하고 싶어.

아무튼 지금은 약간의 분별력조차 어딘가에 싹 날아가버렸다.

이게 일시적인 폭주인 걸까, 아니면 쭉 이렇게 선을 넘을까.

일시적인 착란이라면 괜찮다.

하지만 쭉 이런 상태라면 곤란하다. 대단히 곤란하다. 엄청나게 곤란하다.

월드 퀘스트라는 세계 규모의 대사건이 현재 진행형으로 일어나고 있는 와중에 어째서 하필 이런 때 개인적인 문제가 겹쳐서 일어나는 거야……

세계적으로 보았을 때 나의 이 문제는 월드 퀘스트와 비교하면 아주 보잘것없겠지.

하지만 나 개인이 보았을 때 가족 문제는 아주 큰 문제다.

뒤로 미루기는, 도저히 불가능한데……

아니, 그동안 뒤로 미뤄왔던 대가를 지금 치르고 있잖아.

스우가 나에게 남매 이상의 감정을 품었다는 것은 알고 있었다.

그렇게 노골적인 태도였는데 못 알아차리는 게 오히려 이상하지.

이상하지, 다만 난 분명히 있는 문제를 외면한 채 지금껏 못 봤다는 시늉을 하며 지냈다.

어떻게 해야 할지 도무지 알 수 없었으니까.

답답해도 잘 생각해봐.

나는 전세 때, 평범, 엑스트라라는 말이 어울릴 법한 어디에나 있는 남자 고등학생이였다.

귀여운 여동생도 물론 없었고, 귀여운 소꿉친구도 없었고, 살아온 햇수가 곧 여친 없이 지냈던 햇수였다.

여자인 친구가 전혀 없지는 않아서 유리의 전세인 하세베 유이카라든가 이야기 나누는 여자아이는 있었지만, 남친 여친의 관계로 발전하려는 낌새는 티끌만큼도 없었다.

요컨대 무슨 소리를 하고 싶냐면 나는 남녀 관계의 미묘한 개념을 전혀 도무지 알지 못한다는 것이다.

그랬던 나의 처지에 오빠한테 반한 이복 여동생은 존재 자체가 판타지다.

평범한 여자애도 어떻게 대응하면 되나 알 수가 없는 마당에 이복 여동생이라니?

더더욱 어떻게 해야 할지 알 수가 없다.

일단 나 자신은 남녀가 아닌 남매답게 스우를 대했다고 생각한다.

다만 전세 때는 외동아들이었던 나의 대응이 진짜 남매다운 방식으로 바른 태도였는지는 확신이 없다.

스우의 상태를 보자면 틀린 것 같기도 하고.

스우가 브라콤이 된 것은 어린 시절의 각인 효과에 의한 부분이 크다고 나는 생각하고 있다.

나와 스우는 철든 무렵부터 함께 자랐다.

그리고 유소년기부터 나는 이세계 전생 이야기의 정석처럼 스킬 습득에 힘썼다.

그게 스우의 눈에는 「오라버니 굉장해」라고 보였는지 잘 따르게 된 것이 시작이다.

다만 유소년기 시절에는 이렇게까지 급한 마음은 아니었다.

나와 스우는 무척 특수한 환경에서 자랐기에 또래를 접할 기회가 극단적으로 적었다.

스우의 경우는 나 이외의 남자와 만날 기회가 거의 없었다.

그러니까 학원에 입학해서 나 이외의 남자와 접할 기회가 늘어나면 자연스럽게 오빠에게서 독립하지 않을까 기대했었는데.

가족애와 연애 감정이 뒤죽박죽으로 섞여서 아마도 착각을 하는 탓이니까 사춘기가 오면 자연스럽게 둘을 나눠서 생각할 수 있을 테고, 조만간에 좋아하는 녀석도 생길 것이라고.

그런데 나의 예상은 멋지게 빗나갔다. 스우는 아무리 시간이 지나가도 오빠에게 떨어지려고 하지 않았다.

요즘 들어서는 어딘가 서먹서먹한 태도를 취했기에 드디어 오빠에게서 독립할 때가 왔구나 싶어 안도감과 함께 일말의 섭섭함을 느꼈었다만, 이번에 겪은 사건으로 전부 다 착각이었다는 것을 통감했다.

서먹서먹해졌던 이유는 우리에게 비밀로 와카바 쪽 집단과 협력했었기 때문일 테지.

또한 그 결과로 스우는 친부 살해라는 절대 일어나서는 안 되는 비극을 일으켜버렸다.

그 비극이 얼마나 스우의 마음에 큰 부담을 주었을지는 알지 못한다.

하지만 지금 스우의 폭주 기세를 보면 절대로 가벼운 무게는 아닐 것이다.

스우와 서먹서먹해졌을 때 내가 성심껏 대화를 시도했다면 이런 사태는 피할 수 있었을지도 모른다.

어떻게 대해야 하나 올바른 방법을 알 수 없다는 이유로 적당히 미루거나 외면하지 않고 진지하게 마주했다면 스우가 겪은 이변도 분명 깨달을 수 있었을 텐데.

그 이후 내가 와카바의 강력한 세력을 상대하며 과연 잘 대처할 수 있었겠냐는 것은 부차적인 문제다.

스우가 겪은 이변을 알아주지 못했다.

그것은 명백하게 나의 잘못이니까.

그럼에도 나는 스우의 마음을 받아줄 수는 없었다.

"나는, 스우의 마음을 받아줄 수는 없어. 하지만 쭉 옆에 있어주고 싶은 마음은 있어. 오빠로서. 이렇게는 안 될까?"

스스로도 나약한 태도라고 생각한다.

나는 절대로 성인군자가 아니다.

스우에게 어째서 와카바와 협력했냐고 따지고 싶은 마음은 있다.

그다음은 어째서 나한테 약을 먹여서 두 손 두 다리를 묶고 역○●을 하려 들었냐고 대략 한 시간 정도는 따지고 싶은 마음이다!

그래도 지금의 틀림없이 정서 불안정으로 보이는 스우에게 쌀쌀맞게 굴었다가는 돌이킬 수 없는 사태가 벌어질 것 같아서 두려웠다.

그렇다고 스우가 바라는 대로 이루어주는 것도 잘못됐다고 생각한다.

일시적인 마음의 안녕을 위해 잘못된 걸음을 내디디면 나한테도 스우한테도 아무 도움이 안 된다.

지금 당장은 스우의 마음이 충족되더라도 첫걸음부터 비틀린 관계는 언젠가 분명 파탄이 난다.

그때가 왔을 때 지금 이상으로 상처를 받을 사람은 스우다.

그러니까 나는 지금 이 순간에 나와 스우의 관계를 정상적인 형태로 돌려놓아야만 했다.

단지 평범한 남매로서.

나는 가만히 스우의 눈을 똑바로 바라보며 답을 기다렸다.

"……오라버니는, 치사해요."

슬슬 시선을 마주하는 것이 어색해졌을 무렵, 스우는 갑자기 고개를 휙 돌리며 칭얼거렸다.

그리고 더 이상 명확한 말소리를 들려주지 않고 훌쩍훌쩍 울기 시작했다.

울려버렸구나.

어, 어떡하지?

어떻게 하는 게 정답인지 전혀 모르겠지만, 지금 도망치면 또 출발점으로 되돌아갈 것 같다.

주뼛주뼛 스우의 머리에 손을 뻗어서 살며시 쓰다듬었다.

이게 정답이라는 생각은 안 들지만, 아무것도 안 하며 가만히 바보처럼 망설이기만 하는 것도 좀 아닐 테니까.

나는 어쩔 수 없이 스우가 울음을 그칠 때까지 머리를 계속 쓰다듬었다.

……참고로 이때는 이미 카티아도 깨어났지만, 분위기 파악을 해서 잠든 시늉을 해주고 있었다.

게다가 몰래 유리한테 수면 상태 이상을 거는 마법까지 써줬다.

유리가 깨어났다면 카티아처럼 분위기를 맞춰주지는 않았을 테니…….

《월드 퀘스트 시퀀스 2. 신들의 대결에 기도를 올려 개입하라.》

"……드디어."

스우가 울음을 그쳤을 무렵, 정확하게 말하면 우는 시간이 너무

지나치게 길어서 가짜 울음을 의심하기 시작하다가 곧 확신으로 바뀌어서 쓰다듬어주던 머리에 아이언 클로를 먹여줄까 진지하게 고민하던 무렵에 월드 퀘스트 시퀀스 2가 발령되었다.

타이밍도 마침 적당했기에 신언이 들리자 나는 스우의 머리에서 손을 떼어 내고 곁에서 물러났다.

그때 스우가 은근히 불만을 내비치기에 역시 도중부터는 가짜 울음이었다는 것을 확신했다.

이 녀석, 이런 상황에 어리광을 부리는 건가…….

역시 아이언 클로를 써서 조금은 혼쭐을 내는 게 좋았을까?

내가 스우에게서 떨어지자 카티아도 같이 아무렇지도 않는 표정으로 일어나더니 유리를 깨웠다.

그러자 마법으로 잠들어 있었던 유리가 「앗?!」 하며 깨어났다.

잠기운에 취한 유리가 제대로 정신 차리기를 기다리는 동안에 나는 금기의 메뉴를 열어 확인했다.

『금기 메뉴
시스템 개요
시스템 각 항목 상세 설명
업데이트 이력
포인트 일람
전생 이력
특수 항목 n%I=W
월드 퀘스트』

마지막에 월드 퀘스트라는 항목이 늘어났다.

어째서 지금 이 순간에 늘어났는가. 그 이유는 월드 퀘스트가 금기의 내용을 미리 알 것을 전제로 하기 때문일 테지.

시퀀스 1로 전 인류에게 금기를 인스톨하고, 시퀀스 2로 월드 퀘스트 항목을 만들서 내용을 주지시키려는 의도일 것이다.

나는 흠칫흠칫하며 월드 퀘스트의 항목을 열었다.

『현재 시스템의 핵이 되어 있는 여신 사리엘은 막대한 부하를 견디지 못하여 소멸의 위기에 처하였다. 백색의 신은 시스템을 파괴하고 시스템을 가동시키고 있는 에너지를 활용하여 별의 재생을 완료함으로써 여신 사리엘 소멸의 저지와 해방을 목표하고 있다. 다만 이 방법을 선택할 경우 인류의 약 반수는 시스템 붕괴의 부작용으로 인하여 사망, 혹은 혼의 소멸을 맞이한다. 이 같은 사태를 용납하지 않는 흑색의 신은 백색의 신을 막기 위하여 대결에 나섰다. 백색의 신이 승리할 경우 인류의 약 반수를 희생하여 여신 사리엘과 별은 구원받는다. 흑색의 신이 승리할 경우 여신 사리엘과 그 후임이 되는 흑색의 신을 희생하여 인류와 별은 구원받는다. 인류는 어느 한쪽의 신에게 기도를 올림으로써 기도를 올린 신에게 약간이나마 힘을 보낼 수 있다.』

"이것, 은……."

충격적인 내용.

너무 충격적이라 먼저 무엇부터 확인해야 할지 가늠이 안 될 정도로.

"결선 투표, 아니, 결전 투표라고 말해야 할까요."

카티아도 월드 퀘스트의 내용을 봤는지 작게 중얼거렸다.

결전 투표. 적절한 표현이다.

백색의 신과 흑색의 신, 어느 한쪽에 기도를 올려서 힘을 보낸다.

그렇게 힘의 균형을 무너뜨리는 것이 이 결전 투표.

"이것은, 인류를 구할 것인가, 신을 구할 것인가, 양자택일인가?"

또한 대결의 승패에는 이 세계의 명운이 걸려 있다.

인류를 구할 것인가, 신을 구할 것인가.

어느 쪽을 구할 것인가, 어느 쪽을 내버릴 것인가. 직접 결정을 내리라는 말인가.

이 세계를 구하기 위해 산 제물이 되어 지금까지 쭉 자기 몸을 내바쳤던 여신 사리엘.

여신 사리엘을 위해 이 세계를 줄곧 지켜왔고, 그 의지를 이어받고자 하는 흑색의 신.

이 세계와 이 세계의 사람들에게 큰 은혜를 베푼 하늘과도 같은 두 존재.

저들을 구할 것인가, 아니면 자신들을 구할 것인가, 양자택일의 상황에서 선택을 해라?

"이딴 잔인한 선택을 강요하겠다고!"

이딴 선택지, 어느 한쪽도 선택할 수 없단 말이다!

어느 쪽을 선택하든 간에 잃어버리는 것이 너무나 크다.

"뭔가, 뭔가 둘 다를 구할 방법은 없는 건가?!"

"없기 때문에 이러한 상황까지 몰렸을 테지."

문득 들려온 목소리에 놀라서 고개 돌리자 로난트 님이 막 돌아온 참이었다.

"신이 얼마나 강한 힘을 지녔는가 나는 알지 못한다. 한데 말이지, 나는 사람의 약한 면모를 잘 알고 있다네. 사람은, 약해."

"그래서, 이 상황을 뒤집을 힘이 없다는 말씀입니까?"

"그러하다네."

그 말에 나는 울컥했다.

"율리우스 형님이라면 절대 포기하지 않았어!"

율리우스 형님이었다면 이 상황에서도 틀림없이 포기하지 않았다.

그런데 정작 율리우스 형님의 스승이기도 한 로난트 님이 어째서 저렇게 나약한 발언을 한단 말인가.

"그랬을 테지. 한데 율리우스는 이미 죽었다."

로난트 님이 꺼내는 말에 나는 분노와 슬픔을 느꼈지만, 한편 납득도 하고 말았다.

율리우스 형님은 최후를 맞이하는 그때까지 분명 포기하지 않았을 것이다.

그럼에도 율리우스 형님은 뜻을 이루지 못한 채 떠나가고 말았다.

모두가 웃으며 살아갈 수 있는 평화로운 세계를 만들고 싶다며 말을 들려주던 율리우스 형님.

그랬던 율리우스 형님도 이루지 못한 목표였다.

"우리는 보잘것없는 존재이니라. 우리 몇몇이 발버둥질 친들 과연 무엇을 얼마나 이룰 수 있으랴."

이를 악물고 고개 숙였다.

로난트 님의 말이 맞았다.

나는, 바로 얼마 전 무력감을 맛봤다.

"다만 율리우스가 그리하였듯이 죽을 때까지 포기하지 않는 선택지도 있구나."

"예?"

수그렸던 얼굴을 들어 올린다.

"사람은 약하단다. 단지 포기하지 않아서 이루어지는 게 오히려 적지. 이번 사태도 마찬가지구나. 죽을 때까지 포기하지 않을지라도 대항을 하지 못할 게야. 분명 개죽음일 테지. 다만 도전하지 않는 한 가능성 또한 없음은 사실이니. 처음부터 불가능이라 단정을 짓고 포기할 테냐, 개죽음을 두려워 않고 포기하지 않으며 발버둥질 칠 테냐. 너는 어찌하겠느냐?"

로난트 님이 시험하는 듯한 눈빛으로 바라본다.

"제가 할 대답은 이미 정해졌습니다."

나는 똑바로 로난트 님의 눈을 마주 바라봤다.

나는, 율리우스 형님의 뒤를 잇겠다고 결심했으니까.

그리고 율리우스 형님은 포기하지 않았다.

"훌륭하구나."

씨익, 로난트 님이 나이에 어울리지 않게 장난꾸러기처럼 웃음을 띤다.

"그러면 작전 회의를 열어보자꾸나!"

나는, 포기하지 않는다.

막간 더스틴

신언교의 총본산이 있는 이곳 성 아레이우스 교국, 교국의 행정부는 유례가 없는 어수선한 상황에 처해 있었다.

염화의 상위 스킬인 원화 스킬 보유자를 총동원하여 각지에 파견된 원화 보유자에게 연락을 보내고 있다.

신언교는 이렇듯 전 세계에서 정보망을 펼쳐서 어떠한 사건이 발생하면 하나하나가 다 나의 귀에 들어오도록 체계를 갖춰 놓았지만 이번에는 반대다.

이쪽에서 정보를 확산시키는 것이 목적이다.

"어떠한 궤변을 늘어놓더라도 상관없다! 앞뒤 가리지 마라! 무슨 수를 써서라도 흑룡 님, 흑색의 신께 기도를 올리도록 민중을 설득해야 한다! 아예 작정을 하고 선동이든 무엇이든 해라!"

원화 보유자가 침을 튀기며 소리친다.

이렇게 된 까닭은 전부 월드 퀘스트의 발령 때문이었다.

덕분이라는 표현이 맞을지도 모르겠군.

시퀀스 1에서 전 인류에게 금기가 지급되었을 때는 머리를 부여잡았다.

금기를 보면 신언교의 방침에 담긴 진정한 의미를 이해하게 되리라.

그것을 알면 인심은 신언교에서 멀어진다.

애당초 신언교의 권위 실추는 이미 계획에 반영했었다.

어떠한 결말을 맞이하든 간에 신언교의 발족 이유와 이제껏 남긴

행적을 감안하면 언젠가는 사라져 없어져야 하는 종교다.

그러나 그 시기가 지금이어서는 너무 이르다.

아직 신언교라는 나의 손발을 잃기에는 너무 이르다.

흑룡 님이 대결에서 어떤 결말을 맞이하는가 확인할 때까지는 어떻게든 신언교도 존속해줘야만 했다.

그 예정을 허망하게 쳐부순 것은 월드 퀘스트 시퀀스 1.

하지만 이어지는 월드 퀘스트 2에서 광명이 보였다.

신언교의 실추는 이미 막아 낼 방법이 없다.

다만 아직껏 민중은 혼란에 빠진 상태이다.

신언교에는 지금껏 신자들의 의지처가 되어주었던 실적이 있다.

시간이 지나가면 인심도 멀어지겠지만, 지금이라면 아직 귀를 기울여주리라.

시간 싸움이다.

인심이 멀어지기 전에 조금이라도 많은 사람들이 흑룡 님께 기도를 올리도록 유도하자.

시간이 지나 혼란이 수습되고 사람들이 다시 냉정해졌을 때 이렇듯 유도에 나선 신언교는 비난을 받겠지만, 애당초 몰락할 것을 전제로 한 조직이다.

조금 예정이 빨라졌을 뿐, 단지 그뿐이 아니겠는가.

신언교라는 거대한 패를 놓아버려야 하는 시기로 최선이라 말하기는 어렵다.

다만 적어도 차선을 만들어 내야만 한다.

"교황님!"

굳은 표정을 짓고 원화로 대화 나누고 있던 한 사람이 달려온다.

표정을 보면 아마도 좋은 소식이 아님을 알 수 있었다.

"뭔가 문제가 있나?"

"예. 교회가 누군가에 의해 파괴되었다는 보고입니다."

"……이미 그러한 행동에 나선 지역도 생겨났는가."

이미 예상은 했던 반응이다.

사람은 신뢰했던 대상에게 배반당했을 때 격렬한 증오를 느낀다.

친애의 강한 정도가 고스란히 반전되어 증오로 바뀌는 법이다.

그럼 마음의 의지처 역할을 하던 종교에 배반당했음을 알면 어떻게 되는가?

간단하게 예상할 수 있다.

"아닙니다. 그게, 아무래도 민중이 폭도로 돌변한 상황은 아닌 듯합니다."

"뭐라?"

예상에 반하는 대답.

그럼 도대체 무슨 사태인가?

"하늘을 나는 거대한 원반이 지나갔으며 그때 교회가 파괴되었다는 보고입니다."

"……한 방 먹었군."

하늘을 나는 원반.

그런 물건을 소유하고 있는 인물은 단 한 명.

아니, 소유했었던 인물이군.

포티머스 하이페너스.

그 남자가 만든 병기의 종류일 테지.

그리고 그 남자가 죽은 지금, 남겨진 병기를 접수할 수 있었을 인물은 얼마 전 포티머스를 쓰러뜨린 아리엘 님밖에 없다.

그렇다면 교회를 파괴한 것도 아리엘 님이라고 생각하는 것이 자연스럽다.

"교황님!"

다른 염화 사용자가 소리 높인다.

"그쪽도 하늘을 나는 원반에 교회가 파괴되었다는 보고인가?"

"예, 예엣."

"장소는?"

곧장 교회가 파괴된 도시의 위치를 확인하며 지도로 경로를 대조해본다.

그러고 있는 동안에도 비슷한 보고가 다수 올라왔다.

이동 속도가 빠르다.

과연 포티머스가 만든 물건답구나.

몹시 괘씸하지만 그 남자의 우수함은 인정할 수밖에 없다.

"……똑바로 엘로 대미궁을 향하고 있나."

계산이 끝난 하늘을 나는 원반의 진로는 똑바로 엘로 대미궁을 향하고 있었다.

그 중간에 있는 도시의 교회를 겸사겸사 파괴하는 것 같았다.

그래, 겸사겸사다.

교회를 파괴하는 행위는 겸사겸사이며 이쪽을 자극하는 별것 아닌 심술에 불과하다.

아리엘 님의 목적은 엘로 대미궁에 우리보다 빨리 도착하는 것.

월드 퀘스트의 개요에는 신들의 대결 이외에 또 하나, 시스템의 붕괴를 저지하는 수단이 쓰여 있다.

『시스템의 붕괴는 엘로 대미궁 최심부에 있는 시스템 중추에서 이루어진다. 이미 백색의 신에 의하여 시스템 붕괴의 준비가 진행 중이며, 이것을 막으려면 백색의 신을 타도하거나 시스템 중추에서 지배자 권한을 보유한 자가 보안 키를 조작하여 긴급 정지 조치를 취해야만 한다.』

즉 지배자 권한을 보유한 자가 엘로 대미궁의 최심부에 직접 가야 할 필요가 있다는 의미.

나는 지배자 권한 보유자다.

내가 가는 것이 가장 확실하다.

아리엘 님 또한 잘 아는 사실일 테니.

그러한 이유 때문에 엘로 대미궁에서 먼저 자리를 잡고 우리를 요격할 준비를 하려는 것 같다.

이쪽이 지리상 가깝다고 방심하고 말았다.

이래서는 아리엘 님의 병력이 더 빨리 엘로 대미궁에 도착한다.

전이를 자유롭게 구사하는 시로 님을 흑룡 님이 억제해주고 있다고 해서 느긋하게 대응했던 것은 실수였는가.

포티머스가 거꾸러지는 것을 확인하기 전에 출발해야 했다.

……아니.

그때는 아직 아리엘 님과 시로 님의 의도를 알지 못하는 처지였지.

비록 예상은 할 수 있었다지만, 포티머스를 함께 토벌한다는 공동체제를 취하던 그때 배반이나 다를 바 없는 행동은 불가능했다.

후회한들 소용없지.

아리엘 님의 병력이 먼저 엘로 대미궁에 도착하고, 그곳을 점거한 채 수비를 굳히는 것은 이미 확정되어버렸다.

그쪽보다도 지금은 이쪽의 대처에 집중해야 한다.

"교회가 파괴된 도시의 상황은?"

"역시 신벌이 아니냐며 불안해하는 소리를 수군거리고 있는 듯합니다."

역시 이렇게 되는가.

이 시기에 교회가 인간의 상식을 벗어난 하늘을 나는 원반에 공격을 받아 파괴되었을 때 저러한 해석이 나오는 것은 어쩔 수 없다.

신언교에 대한 불신을 가속시키려는 아리엘 님의 심술이다.

"어찌하시겠습니까? 이대로 두면……."

"……현지의 신관에게 백색의 신을 신봉하고 있다는 취지의 발언을 지시해라."

"예?"

어리둥절하는 원화 사용자들.

다만 방법은 이것밖에 없다.

악랄하다며 욕설을 듣게 되더라도 수단을 가릴 단계는 이미 지나갔다.

신언교의 인심 이탈이 가속되는 지역에서 신관이 시로 님을 신봉

하는 발언을 하면 어떻게 되겠는가?

반발심으로 흑룡 님에게 기도를 올리는 부류도 나타날 테지.

"가능한 한 민중을 부추기는 연설을 해라. 그런 다음에 백색의 신의 이름을 꺼내라."

그러한 연설을 한 신관의 말로가 어떠할지는…….

다만 할 수밖에 없다.

나의 결의를 느꼈는지 원화 사용자들이 원화를 시작한다.

……미안하다.

모든 잘못은 나에게 있다.

그래서 더더욱 나에게는 책무를 완수할 의무가 있다.

아리엘 님이 엘로 대미궁에 먼저 도착하겠다면 그것도 좋다.

추월이 불가능하다면 조금이라도 많이 흑룡 님께 기도를 올리도록 유도하기 위해 행동한다.

무얼, 이래 봬도 먼 옛날에는 대통령 선거에서 승리하고 대통령이 된 남자다.

표를 모으는 방법은 숙지하고 있다.

단장 마왕의 초동

“봐라! 인간이 쓰레기와 같구나!”

“아리엘 씨, 그거 악역이 할 대사인데요.”

“그치만 우리는 거의 악역이 맞지 않아?”

“……확실히.”

“바루스!”

“아리엘 씨, 그 주문 읊으면 이 배가 부서질 뿐 아니라 우주로 여행을 떠나가야 하는데요.”

“우주선이니까 아주 잘못된 건 아니지 않아?”

“……확실히.”

그렇게 별 시답잖은 잡담을 주고받으며 하늘 여행을 만끽한다.

우주선은 문제없이 움직일 수 있었다.

그리고 현재 우리는 중간중간 통과하는 도시의 교회를 파괴하는 등 신언교에 심술을 부리며 엘로 대미궁으로 향하고 있다.

시로와 규리에가 대결을 시작하고, 월드 퀘스트 시퀀스 2가 발령됨으로써 우리가 선택해야 할 길이 보였다.

시퀀스 2로 금기에 추가된 월드 퀘스트 항목.

그것을 살펴봄으로써 사람들은 이 대결이 어떠한 의미를 갖고 있는지, 그리고 어떻게 해야 승리 조건을 달성할 수 있는지 이해했을 것이다.

첫 번째로 시로와 규리에, 양자의 대결 결과에 달렸다.

분명하게 말해서 저 대결의 승패가 두 진영의 승패에 고스란히 반영된다고 말해도 과언이 아니다.

시스템 붕괴를 일으킬 수 있는 사람이 시로뿐이기도 하고, 시로가 건재하면 이쪽의 승리이며, 시로가 패배하면 시스템 붕괴 자체가 불가능하다.

그러나 두 사람의 대결에 우리가 개입할 방법은 없다, 없어야 했다.

그런 상황을 뒤집은 것이 시퀀스 2다.

신들의 대결에 기도를 올려 개입하라. 이 알림에 따라 시로와 규리에, 두 사람만의 대결이 세계 전 인류를 끌어들이는 형태로 변화했다.

기도한 대상의 신을 강화한다.

아마 강화되는 힘은 미미할 것이다.

그게 한 사람의 기도라면.

한 사람 한 사람이 올리는 기도의 힘은 미미하더라도 그게 쌓이고 쌓이면 큰 힘이 되어줄 수 있다.

큰 힘은 승패를 뒤집을 수 있겠지.

본래 개입할 엄두도 내지 못했을 천상의 대결, 거기에 개입할 권리가 사람들에게 주어졌다.

"남 일이 아니라 당사자로서 이 세계의 사람들에게 무엇을 선택할지 결정을 요구한다는 뜻이구나. 재미있어, 사람이 장난감 같아."

소피아가 감탄하면서도 악담을 한다.

이 규칙을 따르면 싸울 힘이 없는 인간들조차 시로와 규리에의 대결에 개입하게 된다.

모든 사람들에게 공평한 기회가 주어진다.

어느 한쪽을 선택시키는 것. D님다운 수법이었다.

D님다운 면모는 기도를 올림으로써 금기가 소멸된다는 점에 나타나 있다.

그렇다, 어느 한쪽의 신에게 기도를 올리면 금기를 없앨 수 있는 구조이다.

금기가 내보내는 속죄하라는 사념, 그것은 사람의 정신을 몰아세우는 데 충분한 위력을 발휘한다.

나와 더스틴은 이미 익숙하지만, 익숙하지 않은 인간일면 신경증에 걸릴 것이다.

그 원인이 되는 금기를 없앨 수 있다면 얼른 기도하겠지.

아무것도 선택하지 않겠다는 말은 즉 앞으로도 줄곧 금기와 같이 살아가야 한다는 뜻.

아마 상당한 각오가 없는 한 선택하지 못할 거야.

무엇을 선택해도 괴로운 선택을 고르거나, 금기를 남겨 둘 각오로 중립을 고수하거나.

전부 다 지옥이다.

정말, 정말이지 D님답다.

뭐, 무엇을 선택해도 결국 괴롭다지만, 아마 인류의 선택은 이미 결정이 났을 거야.

누구든 자기 안전이 가장 중요하니까.

자신과 은인, 저울에 올리면 어느 쪽으로 기울어질까? 뻔하지 않아?

"어휴. 이렇게 나올 줄이야……."

시로라면 그래도 이겨줄 거라 믿고 싶다.
다만 낙관할 수 없는 것도 사실이었다.
"그렇다 해도 우리는 우리가 할 일을 하는 수밖에 없어."
그것이 바로 제2의 승리 조건.
상대의 수단이지만.
엘로 대미궁 최심부에 있는 시스템 중추로 지배자 권한 보유자가 진입해서 시스템 붕괴를 긴급 저지시키는 것.
우리는 저 시도를 막아 내야만 한다.
그러니까 우주선을 휙 날려서 엘로 대미궁으로 향하고 있는 중이다.
더스틴의 세력보다 먼저 진입해서 방어 태세를 갖춘다.
방어 실패는 곧 이쪽의 실패를 의미한다.
이쪽의 승리 조건은 시로가 승리하는 것, 또한 우리가 방어를 끝까지 성공시키는 것.
상대는 규리에가 승리하거나 이쪽의 방어를 돌파해서 시스템 붕괴를 긴급 정지시키거나 어느 한쪽을 달성하는 것.
이쪽은 양쪽 다 달성해야 하는 처지인데 상대는 하나면 충분한 만큼 더 유리하다.
시로가 열심히 싸워주고 있으니까 이쪽도 기필코 방어를 성공시켜야만 한다.
굳게 마음을 먹는다.
《월드 퀘스트 시퀀스 3. 각 대표의 주장. 마왕 아리엘.》
"으엉?!"
그러니까 갑자기 들린 신언에 놀라 괴상하게 소리를 질러버렸다.

느닷없이 이름을 불린 것도 놀라버린 이유다.

그리고 나의 괴상한 목소리가 곧장 머릿속에서 이중으로 들려온다.

"어? 이게 뭐야?"

무심코 중얼거린 목소리도 머릿속에서 동시에 울려 퍼졌다.

"아리엘 씨의 목소리가, 머릿속에서."

"어? 나한테만 들리는 게 아니라, 너희도?"

"네."

라스 군이 고개를 끄덕였다.

소피아를 돌아보니 소피아도 고개를 끄덕이고 있었다.

그제야 몹시, 그렇다, 몹~시 불길한 예감을 받고 말았다.

"엥? 이거 설마, 전 인류에게 생방송이라거나, 그런 건 아니겠지?"

월드 퀘스트 시퀀스는 지금까지 전 인류에게 영향을 줬다.

그렇다면, 설마, 이것도, 전 인류에게 들리는 게 아닐까?

처음에 흘린 괴상한 목소리부터, 여기까지 전부 다!

"으, 아아아아~!"

그 가능성을 떠올리자 저절로 한심한 신음 소리가 튀어나왔다.

……이 신음 소리마저 아마도 전 세계에 울려 퍼진다는 것을 뻔히 알면서.

막간 양자의 주장

『아, 아…… 으흠! 서두가 좀 야무지지 못했는데 아까 소리는 잊어주면 좋겠어. 꼭.』

『아무튼, 보자, 뭐였더라? 주장이었나?』

『주장. 주장이라…….』

『막상 자리는 깔렸는데 말이야, 솔직히 딱히 할 말이 없거든.』

『왜냐면 나는 인류에게 기대하지 않으니까.』

『어쩔 수 없잖아? 이런 상황이 올 때까지 무사태평하게 살아온 녀석들한테 뭘 기대하라는 거야?』

『사리엘 님이 말이야, 목숨을 걸고 이 세계를 존속시켜주셨는데 지금껏 줄곧 모든 은혜를 잊어버린 채 살아왔잖아.』

『그날 이후로 얼마나 긴 세월이 흐른 줄 알아? 금기의 이력을 보면 대충 짐작할 순 있을 거야.』

『뭐, 일부러 다 잊게 만들려고 역사에서 말소한 녀석이 있었다는 이유 때문이기도 한데 말이야.』

『그래도 옛~날부터 쭉 봐왔던 나로서는 이미 분노를 넘어서서 실망밖에 안 남았거든.』

『이런 녀석들을 구하기 위해 사리엘 님이 희생하셨다는 게 너무 답답해.』

『인류는 말야, 과거에 자신들이 구원받기 위해서 사리엘 님을 산제물로 바치는 길을 선택했어. 그러면 이번에도 어떤 선택을 할지는 뻔히 보이거든.』

『그러니까 전혀 기대도 안 하고 설득하려는 생각도 없어.』

『그치만 딱 한마디 할게.』

『우리야, 우리가 이겨.』

『아무도, 심지어 사리엘 님 본인조차 구할 생각이 없다면 내가 사리엘 님을 구할 거야.』

『설령 인류의 반수 이상을 희생시켜서라도.』

『너희가 사리엘 님을 희생시키겠다면 본인들도 희생할 각오는 되어 있어야 하잖아?』

『그러니까 분명하게 선언할게.』

『내가 바로 2대 마왕 아리엘이야.』

『마족의 왕으로서 시스템에 지명받아왔던 가짜가 아닌 진정한 마왕.』

『사리엘 님을 해방하기 위해서 전 인류의 말살을 목표로 했던 초대 마왕 포두이의 유지를 이어받은 내가 인류에게 선전 포고하겠어.』

『인류여, 여신을 위해 죽어주렴.』

《신언교 교황 더스틴.》

이름을 불린다.

아리엘 님이 지명되었을 때 이렇게 되리라는 예상은 할 수 있었다.

나 이상으로 이쪽 진영의 대표로 어울리는 인물은 없다.

그렇다면 이렇듯 지명받는 것은 필연.

미리 상황을 예측했을 때부터 곧장 머릿속에서 연설 내용을 생각했었다.

하지만 준비했던 모든 내용은 아리엘 님의 연설을 듣고 싹 날아가버렸다.

표를 모으려는 생각도 없이, 아울러 환심을 사려고도 하지 않으며 자신과 주위 동료의 힘만 가지고 이기겠다고 단언했다.

그리고 전 인류를 대상으로 선전 포고하며 여신을 위해 죽어달라고 아무 꾸밈도 없이 진실되게 요구를 했다.

저 올곧은 자세가 너무나 눈부시구나

"……."

이미 전 인류를 대상으로 내가 발언하는 방송은 시작되었을 것이다.

그러나 나는 차마 입을 열지 못했다.

그대로 몇 분간 침묵이 이어졌다.

"……기나긴, 고통의 시간을 보내왔다."

간신히 쥐어짠 목소리의 음색이 몹시 갈라져서 나왔다.

"이제까지 쌓아 올렸던 것이, 다수 있다."

시스템 가동 직후의 혼란기를 동료들과 함께 극복하고자 발버둥 쳤던 때.

초대 마왕 포두이가 엄니를 드러내서, 전 인류가 심각하게 절멸의 위기에 처했을 때.

초대 용사와 어깨를 나란히 하여 위기를 극복했을 때.

첫 번째 삶을 마치고 두 번째 삶에서 시대가 변화하는 것을 이 눈으로 지켜보던 때.

세계가 바뀌어 시스템 가동 전 세계를 아는 인물이 사라져 감에 따라서 시대에 뒤처지는 듯한 섭섭함을 느꼈을 때.

절망에 빠져드는 사람들이 의지할 곳을 마련하기 위해서 신언교라는 조직을 만들어 냈을 때.

그때그때마다 나는 최선의 행동을 취하고자 온 마음을 기울였다.

그러나 나중이 되어 돌이켜보면 문제를 더욱 잘 해결할 수는 없었을까, 반성할 만한 부분도 몹시 많았기에.

어차피 이 몸은 보잘것없는 일개 인간에 불과하다는 것을 몇 번이나 절감했다.

몇 번이나, 몇 번이나.

최선을 목표로 하면서도 실패뿐.

그럼에도 한 걸음, 한 걸음.

쌓아 올리며 살아왔다.

선행도, 죄과도, 모든 것을.

모든 것은 오로지 인족을 구원하기 위해.

"나는, 내가 쌓아 올렸던 것을 믿는다. 따라서, 쓸데없는 말은 필요치 않다."

더욱 멋들어진 연설도 가능했으리라.

아리엘 님이 저러한 연설을 한 마당에 교묘한 화술을 구사하여 인심을 이쪽으로 쏠리게 하는 것은 아마도 수월했으리라.

그럼에도 나는 말솜씨를 부릴 수 없었다.

"내가 바로 더즈톨디아 국 최후의 대통령이자 최초의 신언교 교황 더스틴. 수치도 모른 채 여신 사리엘 님께 받은 은혜를 원수로 갚아 왔던 남자다."

이런 소리를 하면 인심이 멀어지리라는 것을 머릿속 냉정한 부분이 알려주고 있다.

그러나 하다못해 최후의 순간은 허식투성이였던 나의 본심을 말하고 싶었다.

항상 마음이 괴로웠다.

나의 이름은 영원히 모욕당하는 것이 마땅하다고 생각했다.

……그렇다.

나는, 나 자신이, 나의 행위가 몹시도 싫다.

"그럼에도 나는 선택했다. 은혜를 원수로 갚게 될지라도 인류를 구원하겠다고. 그렇기에 나에게는 기필코 끝까지 완수해야 할 의무가 있다."

그럼에도 한번 선택한 이상은 마지막까지 견지해야 한다.

"나는 인족을 구원한다. 어떤 수단을 써서라도. 그러니까……."

한껏 숨을 들이마신다.

이 말은, 무겁다.

"신들이시여, 인류를 위해, 죽어주시게."

아리엘 님의 연설과는 정반대의 선서.

더욱 멋들어진 연설이 가능했을 테지.

다만 이러면 된다.

입 밖에 꺼낸 이상은 나도 더는 돌이킬 수 없다.

돌이키지 않는다.

신들을 희생시켜서라도 인족을, 인류를 구원하겠다.

《각각의 주장, 완료.》

내 말이 끝난 직후에 울려 퍼지는 신언.

언제나와 같은, 오랜 시간 속에서 쭉 들어왔던 사리엘 님의 목소리.

《이렇게.》

하지만 이어지는 말은 듣지 못했던 낯선 목소리.

《무대는 준비되었다. 자, 이 세계에서 살아가는 사람들이여. 선택하라. 행동하라. 월드 퀘스트 시퀀스 최종장. 사신은 목적을 완수하는가, 실패하는가.》

평소의 기계음을 연상케 하는 온도가 느껴지지 않는 사리엘 님의 안내와 달리 모든 존재를 뼛속까지 얼려버리는 듯한 싸늘한 목소리.

가만히 듣기만 해도 소름이 끼치는 누군가의 목소리.

예상되는 인물은 단 한사람.

흑룡 님께서 조력을 요청하였고 시스템을 구축해주셨던 신.

《자, 나는 즐겁게 지켜보겠습니다.》

신의 저 말이 이 순간, 시작 신호가 되어주었다.

세계의 향방을 건 대결의.

에필로그 & 프롤로그

마왕과 교황, 양자의 주장은 내 귀에도 들려왔다.

우리야, 우리가 이겨.

저런 말을 해주는 친구가 있는데 질 수는 없잖아.

"질 수는 없겠구나, 서로가."

대치하고 있는 쿠로가 쓴웃음과 함께 말했다.

쟤한테도 양자의 주장이 들렸나 보다.

교황의 주장은 뭐랄까, 비통한 절규처럼 들리기도 했다.

아, 이 사람은 줄곧 고통받았지만 그럼에도 이 길밖에 선택할 수 없었겠구나, 절절한 심정이 전해지는 말이었다.

나쁜 사람이 아니고 오히려 고결한 사람이라는 것을 잘 알 수 있는 연설이었어.

뭔가 다른 계기가 있었다면 적이 아니라 아군으로 같이 행동하는 길도 있지 않았을까.

그것은 눈앞에 있는 쿠로도 마찬가지야.

우리는 딱히 서로를 미워하지 않는다.

오히려 인격적으로는 호감도 가질 수 있어.

다만, 그럼에도 싸워야만 한다.

서로 양보할 수 없는 목표가 있으니까.

그렇다면 전력으로 싸울 뿐.

"우리야, 우리가 이길 거야."

그런 마음을 담아 경의를 표시하며 나는 선언했다.

"나도, 질 수는 없는 입장이다."

서로에게 양보할 수 없는 목표가 있다.

서로에게 지키고 싶은 대상이 있다.

서로가 자긍심을 건 대결.

적은 관리자 규리에디스트디에스.

이 세계를 줄곧 지켜봐왔고 지켜보는 것밖에 허락되지 않았던 용신(龍神).

이 세계에 살아가는 인류의 희망을 짊어지고 있는 수호신.

상대하기에 아무 부족함이 없다.

그럼에도 결국 우리가 이긴다.

설령 전 인류의 바람과 힘을 짊어졌을지라도 깨부숴줄 테다.

"간다."

"가겠다."

그렇게 나와 규리에디스트디에스의 대결이 재개되었다.

■작가 후기

반갑습니다. 바바 오키나입니다.

이제 올해도 얼마 남지 않았습니다.

그리고 이 시리즈 또한 얼마 남지 않았습니다!

짠! 내년 연초에 곧바로 다음 권이자 시리즈의 클라이맥스인 16권이 발매(예정)됩니다!

즉 2개월 연속 출간입니다.

2개월 연속 출간입니다!

중요한 소식이라서 두 번 말했습니다.

어째서 2개월 연속 출간이라는 무모한 시도에 도전하고 말았는가?

그 이유는 14권 집필이 끝난 뒤 담당 편집자님과 회의 중 나온 말언에서 발단됩니다.

"다음 15권은 아마 최종 결전을 준비하는 과정이고, 16권이 마지막 권이 될 것 같은데요. 그럼 15권에 고양감이 조금 부족할 것 같아요."

넵.

이번 15권을 다 읽은 분들은 아마 알아주시겠지만, 놀랍게도 15권은 전투다운 전투가 한 번도 없습니다.

사랑싸움 비슷한 전개는 제법 있었지만요.

뭐, 일단 백흑(白黑)의 결전은 시작됐습니다만, 결국 16권에 들어가야 제대로 시작되니까요…….

이야기의 구성상 필요했습니다만, 어쩔 수 없이 이번 15권은 16권으로 이어지는 전 단계의 역할을 하게 됩니다.

14권 발매가 1월이라 1년 가까이 간격이 있다는 이유도 거들어서 이런 전개를 과연 독자님들께서 만족해주실까?

저게 걱정이었던 겁니다.

"아예 16권이랑 동시 출간이나 2개월 연속 출간으로 할까요?"

무심코.

진짜 무심코! 말이 튀어나왔습니다!

"그럼 2개월 연속 출간으로 하시죠."

그리고 담당 편집자 W여사는 열심히 저 말을 실현시켜주었습니다.

핫핫하!

그때부터 시작된 것은 2개월 연속 출간을 목표로 하는 집필 지옥의 나날!

몇 번이나! 몇 번이나!「멍청한 말을 꺼냈다~!」라며 후회했던가!

그동안에도 말이죠,「오케이, 오케이, 가능이야, 가능이야」라며 멍청한 말을 늘어놓고 후회했으면서 학습하지 못하는 인간이 있었어요.

몇 번을 자기가 자기 목을 졸라야 학습할까요.

이렇게 오키나는 사람들에게 멍청한 말을 툭 꺼내는 어리석은 실수에 대하여 널리 가르쳤습니다, 끝.

앗, 아직 안 끝났다고요?

넵.

뭐, 이러이러한 사정이 있어 전 고생했습니다만, 덕분에 공백을 두지 않고 15권과 16권을 여러분의 손에 전해드릴 수 있는 준비가 갖춰졌습니다.

16권도 모쪼록 기대해주세요.

여기부터는 감사 인사를 전합니다.

일러스트 담당 키류 츠카사 선생님.

제가 고생했다는 말은 곧 키류 선생님도 빡빡한 일정에 끌어들였다는 뜻!

진짜 죄송해요……. 그리고 고맙습니다!

만화판을 맡아주신 아사히로 선생님과 스핀 오프 코믹스를 맡아주신 그라탱 도리 선생님.

올해는 되게 바빠서 콘티 확인이라든가 많이 늦어졌죠, 정말 죄송해요……. 그리고 고맙습니다!

애니메이션 제작에 참여해주신 여러분.

감독 이타가키 신 님을 비롯해서 많은 분들이 힘써주셨던 덕분에 무사히 2쿨을 완료할 수 있었습니다.

이 자리를 빌려 애니메이션 관계자분들께 감사 인사를 올립니다. 고맙습니다!

담당 편집자 W여사님. 있잖아요, 제가 말이죠, 불쑥 2개월 연속 출간이라는 말을 꺼냈던 탓에 일정 조정이라든가 이것저것 민폐를 말이죠, 많이 끼쳤습니다……. 죄송해요! 그리고 고맙습니다!

절반 정도는 사죄가 되어버렸습니다만, 이 책을 구입해주신 모든 분들과 애니메이션을 시청해주신 분들께 순수한 감사의 마음을 전합니다.

고맙습니다!

거미입니다만, 문제라도? 15

초판 1쇄 발행 2022년 4월 20일

지은이_ Okina Baba
일러스트_ Tsukasa Kiryu
옮긴이_ 김성래

발행인_ 신현호
편집장_ 김승신
편집진행_ 권세라 · 최혁수 · 김경민 · 최정민
편집디자인_ 양우연
관리 · 영업_ 김민원

펴낸곳_ (주)디앤씨미디어
등록_ 2002년 4월 25일 제20-260호
주소_ 서울시 구로구 디지털로 26길 111 JnK디지털타워 503호
전화_ 02-333-2513(대표)
팩시밀리_ 02-333-2514
이메일_ lnovellove@naver.com
L노벨 공식 카페_ http://cafe.naver.com/lnovel11

KUMO DESUGA, NANIKA? Vol.15

ISBN 979-11-278-6406-4 04830
ISBN 979-11-278-2430-3 (세트)

값 10,000원

나는 모든 것을【패리】한다 1권

나베시키 지음 | 카와구치 일러스트 | 김성래 옮김

재능 없는 소년.

그렇게 불리며 양성소를 떠났던 남자 노르는

홀로 한결같이 방어 기술【패리】의 수행에 열중하며 살았다.

그러던 어느 날, 마물에게 습격당한 왕녀를 구하게 되며

운명의 톱니바퀴는 뜻밖의 방향으로 돌기 시작한다.

밑바닥 랭크의 모험가임에도 불구하고 왕녀의 교육자로 발탁되었는데…….

본인이 지닌 공전절후의 능력을 아직껏 노르 혼자만이 알지 못한다…….

무자각의 최강은 위기에 빠진 왕국을 구원할 수 있는가?

치유마법의 잘못된 사용법 1~12권

쿠로카타 지음 | KeG 일러스트 | 송재희 옮김

평범한 고등학생 우사토는 귀갓길에 우연히 만난 학생회장 스즈네,
같은 반 친구인 카즈키와 함께 갑자기 나타난 마법진에 삼켜져
이세계로 전이하게 된다.
세 사람은 마왕군으로부터 왕국을 구하기 위한 『용사』로서 소환된 것이지만
용사 적성을 가진 이는 스즈네와 카즈키뿐, 우사토는 그저 휘말린 것이었다!
하지만 우사토에게 희귀한 속성인 『치유마법사』의 능력이 있다고 밝혀지며
사태는 180도 바뀌게 되고, 우사토는 구명단 단장이라는 여성, 로즈에게 납치되어
강제로 구명단에 가입하게 된다.
그곳에서 우사토를 기다리고 있던 것은 험악한 얼굴의 동료들,
그리고 「치유마법의 잘못된 사용법」을 구사하는
지옥훈련으로 채워진 나날이었다―.

상식 파괴 「회복 요원」이 펼치는
개그&배틀 우당탕 이세계 판타지, 당당히 개막!!

세계 최고의 암살자, 이세계 귀족으로 전생하다 1~5권

츠키요 루이 지음 | 레이아 일러스트 | 송재희 옮김

세계 제일의 암살자가 암살 귀족의 장남으로 전생했다.
그가 이세계에서 맡은 임무는 단 하나.
【인류에게 재앙을 가져온다고 예언된《용사》를 죽이는 것】.
그 고귀한 임무를 완수하기 위해 암살자는 아름다운 종자들과 함께
이세계에서 암약한다.
현대에서 온갖 암살을 가능케 했던 폭넓은 지식과 경험,
그리고 이세계 최강이라고 칭송받는 암살자 일족의 비술과 마법.
그 모든 것이 상승효과를 낳아 그는 역사상 견줄 자가 없는 암살자로
성장해 나간다.
"재밌군. 설마 다시 태어나서도 암살하게 될 줄이야."

전생한 「전설의 암살자」가 한계를 돌파하는
어쌔신즈 판타지!!

BOOKS